亦舒
作品
03

亦舒 著

玫瑰的故事

CTS 湖南文艺出版社
HUNAN LITERATURE AND ART PUBLISHING HOUSE

明集天卷
CS-BOOKY

目
录

梦中我看见美丽的玫瑰成熟而美丽，
穿黑色网孔裙子颠倒众生，
后来醒来，不知是悲是喜。

玫瑰是不一样的。
再见玫瑰。

三

我们在厨房内拥抱良久。
我们的故事到此为止，
也应该结束了。

四

情海变幻莫测，情可载舟，亦可覆舟，
可是请问谁又愿置身一池死水之中，
永无波澜？

一

梦中我看见美丽的玫瑰成熟而美丽，

穿黑色网孔裙子颠倒众生，

后来醒来，不知是悲是喜。

我的名字叫黄振华。

黄玫瑰是我的妹妹玫瑰。她比我小十五岁，而我再也没见过比玫瑰更像一朵玫瑰的女孩子。

她是我唯一的妹妹，母亲在三十八岁那年生下她，父亲当时的生意蒸蒸日上，一切条件注定玫瑰是要被宠坏的。

玫瑰三岁大的时候，已是一个小小的美人坯子，连母亲也讶异不已，因为一家人都不过中人之姿，这样的水婴儿实在是意外之喜。

玫瑰不但长得好看，而且能说会道，讨人喜欢，考幼儿园的时候，无往不利，老师摸着她漆黑乌亮的头发，怜爱地说："这个小小的黄玫瑰，将来是要当香港小姐的。"

她的生活毫无挫折。

后来，当然，她长大了，漂亮与不漂亮的孩子，同样是要长大的。

玫瑰出落得如此美丽，蔷薇色的皮肤，圆眼睛，左边脸颊上一颗蓝痣，长腿，结实的胸脯，并且非常地活泼开朗。男孩子开始追求她的那年，我已读完建筑，得到父亲的资助，与同学周士辉合作，开设公司。周年少老成，他的世界明净愉快，人长得端正，品德高尚，他对诗篇图画、鸟语花香，完全不感兴趣。生活方面，他注重汽车洋房，当然还有公司的账簿。他是典型的香港有为青年，你不能说他庸俗，因他是大学生，谈吐高雅，但也不能将他归入有学问类，因除了建筑外，他对外界一无所知，他会以为鲍蒂昔里[1]是一种新出的名牌鳄鱼皮鞋。但我喜欢周士辉，他的优点非常多，和蔼可亲是他的首本好戏。他有个青梅竹马的女朋友，却把她藏得非常严密，轻易不让我们见面。

他的理由是："尤其是你，振华，防人之心不可无，我不怕一万，只怕万一，等我娶了她，才让她见你，情场如战场，你的条件太好，我不能放心。"

我顿时啼笑皆非。这便是周士辉，我的生意拍档。

母亲对我是满意的。

她说："士辉这孩子有生意头脑，能补足你的短处，将来生意做大了，这种事难免有意见分歧，你要忍让点。"

我唯唯诺诺。

母亲最近这一两年脾气很古怪，父亲叮嘱我们对她忍让一点，她正值更年期。

"听说士辉快要结婚了。"

"是。"

"你呢？"母亲问。

我抓抓头皮。"没对象。"

母亲说："打烂了电话的全是找玫瑰，玫瑰最近很不像话，一天到晚就是懂得往外跑，出了事就来不及了。"她不悦。"你是她大哥，她一向听你的话，总该说说她。"

我赔笑。"妈，现在的孩子，没什么好说的，他们都很有主张。"

---

[1] Sandro Botticelli，15世纪意大利画家桑德罗·波提切利。

"是我自寻烦恼，"她发起牢骚，"四十岁还生孩子，现在女儿不像女儿，孙儿不像孙儿。"

我连忙说道："玫瑰的功课，还是一等的。"

母亲也禁不住微笑。"也不知她搞什么鬼，都说圣德兰西是所名校，功课深得厉害，但是从小学一年级起，也没有看见过她翻课本，年年临大考才开夜车，却又年年考第一，我看这学校也没什么道理。"

电话铃响了。

妈妈说："你去听吧，又是找玫瑰的。"她没好气地站起来，到书房去了。

我接电话，那边是个小男生，怯怯地问："玫瑰在吗？"

我和颜悦色地说："玫瑰还没放学呢，你哪一位，叫她打给你好不好？"

他非常地受宠若惊。"不不，我稍迟点再找她好了。"

我忍不住问："你找她干什么？问她借功课？"

"不，我想约她看电影。"他说。

"好，"我说，"再见。"我放下电话。

玫瑰尚不过是黄毛丫头，难道这些男孩子，全是为了一亲芳泽？我纳罕地想。

电话铃又响起来，我刚想听，老用人阿芳含着笑出来说："少爷，让我来。"

我诧异，又是找玫瑰。

阿芳说："小姐还没回来，我不清楚。"

我问阿芳："这种电话很多？"

阿芳叹口气。"少爷，你不常在家，不知道，这种电话从早响到晚，全是找小姐的，烦死人。"

我说："有这种事？"

"是呀，太太说根本不用听，又说要转号码以求太平。"

"你去说说小姐呀，"我笑，"是你带大的。"

阿芳说："你少贫嘴，小妹都那么多人追，你呢？什么时候娶媳妇？"

这一句话把我赶进书房里。

才写了三个字，玫瑰回来了，她一脚踢开书房门，大声嚷："大哥，大哥！"

我不敢回头，我说："玫瑰，你那可怜的大哥要赶工夫，别吵，好不好？"

"大哥！"她把头探过来。

我看到她那样子，忍不住恐怖地惨呼一声："玫瑰，你把你的头怎么了？"

玫瑰本来齐腰的直发，现在卷得纠缠不清，野人似的散开来。

她若无其事地说："我烫了头发。"一边嚼口香糖。

"你发了神经，"我说，"等老妈见了你那个头，你就知道了。"

"她什么都反对，"玫瑰说，"我哪儿理她那么多。"她脚底一滑，溜到沙发上坐下。

我责问她："你的正常鞋子呢？滚轴溜冰鞋怎么可以在室内穿？"

"大哥，这样不可以，那样不应该，你太痛苦了。"她不屑地说。

"我有你这样的妹妹，痛苦是可以预期的。"我说，"有什么快говори说，好让我静心工作。"

"借钱给我，"她低声说，"三百。"像个小黑社会。

我摸出钞票，还没交到她手中，母亲已经推门进来。"振华，再不准给她钱！"

玫瑰手快，已经把钞票放进口袋里。

母亲大发雷霆，"玫瑰，你试解释一下你的行为，现在还是二八天时，你穿个短裤短成这样，简直看得到屁股，是什么意思？一把好好的直发去弄成疯子似的，又是什么意思？"

玫瑰一张脸顿时阴暗下来，低着头，不响，双腿晃来晃去。

母亲益发怒向胆边生："把溜冰鞋脱下来！"

我赔笑："她已经住在这双溜冰鞋上了，怎么脱得下来？"

我笑笑道："妈，现在流行这种打扮，孩子们自然跟潮流走，你动气也没有用。"

"怎么会生你这种女儿！"母亲骂道，"一点教养都没有，净丢人。"

我推母亲出书房。"好了好了，你老也别动气，一会儿血压高了，反而不妙，去休息休息。"

母亲总算离开书房。

玫瑰嘘一口气。"老妈真是！"她嬉皮笑脸。

"你别怪她，"我说，"她跟你有两个代沟，也难怪她看你不入眼。"

"她一直不喜欢我。"玫瑰说。

"不会的，你顺着她一点，就没事了。"

玫瑰在我书房里溜来溜去，把地板折磨得"咯咯"响，然后抱紧我的脖子，感激地说："大哥，你对我最好。"

我拉拉她一肩轰轰烈烈的鬈发。"你知道你现在像什么？像吉卜赛野女郎。"

她笑了。

有时候我也觉得老妈对玫瑰是过分一点。玫瑰还是个孩子，不应待她太严，光责骂不生效，有空得循循善诱，没空就放她一马，小孩子只要功课好，没大不了的事。

第二天回到写字楼，士辉鬼鬼祟祟地跟我说："振华，我决定结婚了。"

我笑说道:"好家伙!"

"看!这戒指。"他打开一只丝绒盒子,递到我面前,问道,"如何?"

我看了一眼。"大手笔,有没有一克拉?"

"一克拉十五分。"他说道,"请你任伴郎。"

"我答应你。"

"借你老爹那辆四五〇来用。"士辉说。

"不在话下。"我笑,"现在可以公开你的新娘了吧?"

"今天一起吃午饭。"他说。

我终于见到了士辉的终身伴侣,那女孩子叫芝芝,姓关,一个好女孩子。说她像白开水呢,她倒有英国小大学的学士文凭,可是谁也不能说她有味道,她还没有定型,外在与内在都非常普通。

她很适合周士辉。

隔了数日士辉再约我去参观他的新居,现场有好几位女家的亲戚,纷纷对我表示极大的兴趣,我立刻明白了。

钓到士辉这个金龟婿,太太们马上打蛇随棍上,乘胜追击,名单上早有黄振华三个字。我很礼貌地应付着她们。士辉的新房颜色太杂,家具太挤,配搭甚俗,但不知怎的,偏偏有一种喜气洋洋的幸福感,使我觉得寂寞。

关芝芝在狭小的客厅笑着扑来扑去招呼客人,居然有种贤淑逼人的味道,我马上在心中盘问自己:黄振华,你也可以过这种美满的生活,何必再坚持下去?

周士辉把我拉在一旁。"怎么?这里的几位小姐,喜不喜欢?"

我只是微笑。

"你在等什么?"士辉诧异地问,"香港并没有下凡的仙子,婚后好努力向事业发展,女人都是一样的,感情可以培养。"

我摇摇头。"不，士辉，不是这样的。"

他叹口气。"我不明白你。"

我说："你以为可以用自己的双手创造幸福，我的看法不一样，爱情是可遇不可求的幸福，而婚姻的支柱必须是爱情。"

士辉冷笑："振华，你比我想象中更年轻、天真，祝你幸运。"

我不以为忤，又笑了一笑。

把士辉的帖子带到家中，我就知道母亲要说些什么话。

果然——

"士辉多本事，恐怕人家儿孙满堂的时候，你还是孤家寡人。"

"你与他是同学，差个天同地。"

"你有没有想，将来做王老五的时候冷清清？父母迟早要离开你，到时连吃顿正经饭也办不到。"

玫瑰挤眉弄眼，偷偷跟我说："现在连你也骂。"

老爸替我解围："你怕振华娶不到人？我倒挺放心，现在外头女孩子虚荣的多，嫁他未必是嫁他的人，也许只是为了建筑师的头衔，他不能不小心点。"

玫瑰跟我说："大哥，我一会儿有话跟你说。"

她把我拉到露台。

"说呀，又是三百元？"我没好气。

"不，老妈在电话上装了开关，我不在的时候根本接不通电话，你帮帮忙。"

"帮不上。"

"大哥，你一向对我最好。"她恳求。

我瞪着她，只好笑。

"替我申请个电话装在房里好不好？求求你。"

"你的交际真那么繁忙？"我问。

她吐吐舌头。

"你才十五岁哪。"我说。

"快十六了。"她说,"帮帮忙,大哥。"

"好,"我不忍心,"答应你。"

"大哥——"她眨眨眼,眼圈鼻子红起来。

"得了得了,你平时乖点,就算报答大哥了。"

我拍着她肩膀。"我明天就叫女秘书替你办得妥妥当当,让电话公司趁老妈不在家的时候来安装,好了没有?"

"就你对我好。"玫瑰肯定地说。

士辉在教堂举行婚礼,我任伴郎。

仪式完成之后,天下起毛毛雨来,我约好玫瑰陪她打网球,因此要赶回家接她。

去取车的时候,士辉故意托我做司机,送几个女宾回府,我只好答应下来。

女孩子们花枝招展地笑着上车,剩下一个穿白衣白裙的女郎,她的一双凉鞋吸引了我,细细的带子缚在足踝上,足面上有一只白色的蝴蝶。

她在犹豫。

我礼貌地说道:"还挤得下,小姐,请上车。"

她展颜一笑,大方地坐在后座。

路上众人不断地叽叽喳喳,独那个白衣女郎非常沉默。

我在后视镜里偷看她的脸,无巧不成书,与玫瑰一样,她脸上也有一颗蓝痣,在左眼下角,仿佛一滴眼泪,随车子的震荡微微摇晃,像随时会落下面颊。

我心折了。

我喜欢她独有的气质,也喜欢那颗痣。

于是,我故意兜着路走,把所有的女孩子赶下车,最后才送她。

她住在一座旧房子的三楼。

我停了车，送她到门口。

我忽然忘了小妹的约会，情不自禁地微笑，问："你不请我上去喝杯茶？"

她抿起嘴唇笑，她说："我还不知道你的名字。"

"黄振华，你呢？"

"苏更生。"她说。

"你是男方的亲戚？"我说。

"我是新娘姐姐的校友。"苏更生说。

"啊，"我说，"难怪没见过你。"

她微笑。

"至少把电话告诉我。"我说。

她说一个号码，我立刻写下来。

眼看她要上楼，我追上去，对自己的厚脸皮十分惊异，我说："下午我与妹妹打球，你要不要参加？"

她一怔。"我也约了朋友在维园。"

"那么好，我来接你。"我不放松一点点。

"不用了，在维园见好了。"她说，"再见。"

"再见。"我看着她上楼。

我心不在焉地到家，玫瑰嘟长了嘴在等我。

她说我："逾时不到，场地可要让给别人的。"

我不与她争辩。

一边打球一边盯着看人到了没有，连输三局。然后我看见了她。

她仍然穿白，冒着微雨与朋友们坐在棚下。

我扔下球拍走过去，玫瑰穷叫："喂！喂！"

我着魔似的去坐在她身边，她向我微笑。

玫瑰追着我骂，她看见玫瑰，忽然失声问："这是你朋友？！"

"不，"我答，"我的小妹。"

她低嚷："哎呀，世界上原来真有美女这回事。"

我诧异："什么？"

"你妹妹是我一生中见过的最好看的女性。"她轻声说。

"有这种事？"我笑，"那么你见过的漂亮女人真有限。她不过是长得略为娇俏而已，是个被宠坏的烂苹果。"

玫瑰披着一头蓬松的鬈发，撑起腰，瞪着我问道："大哥，你还玩不玩？"

我坦白说："不玩了。"

玫瑰看到我身边的苏，顿时明白，她笑起来："这位姐姐——"

"叫苏小姐。"我连忙说。

"不，叫我苏得了，朋友都那么叫。"苏和颜悦色地说。

"你好。"玫瑰眨眨眼。

她故意过来，挤在我俩中间坐。

这时候雨下得大了，我闻到草地在雨中特有的气息，身边有我喜欢的女郎，我觉得再幸福不过，只希望那一刹那不要过去。

那夜我跟小妹说："像火花一样地迸发，我知道我找到了她。"

"你还不认识她。"玫瑰说。

"我已经认识她一辈子了，只是等到今天才碰到她而已。"

"说得多玄，听都听不明白。"

"你自然是不明白的。"我说。

"但我喜欢她，我有种感觉，她会像你一样地对我好。"玫瑰说。

夏天来了，我与苏成为好朋友，我们一起为玫瑰庆祝她十六岁的生日。

苏与我约好在写字楼见。

士辉批评我的女友："真奇怪你会喜欢她，自然，苏非常端正高雅，但不见得独一无二，她待人永远淡淡的，就像她的衣饰。"

我说："她是一个有灵魂的女子。"

士辉没好气："大家都是几十岁的人，就你一个人踩在云里，像个无聊的诗人。"

"诗人并不无聊，士辉，不要批评你不懂得的事。"

"我是文盲，好了没有？"

我笑："你就是爱歪缠。"

他叹口气："振华，我们是活在两个世界里的人。"

我问："不是一直说好久没见过我小妹妹吗？要不要一起吃饭？"

"芝芝怀了孩子，我要多陪她，对不起了。"他说。

"恭喜恭喜。"我说，"你又升级了。"

他很高兴："生个儿子，对父母也有交代。"

我看着他摇摇头。这个周士辉的思想越来越往回走，也许他是对的，社会上非有他这种栋梁不可。

见到了苏，很自然地说起周士辉那种"不孝有三，无后为大"的概念。

苏温和地微笑，不表示意见，事实上她是个极其反对生命的人，与我一样，深觉生活中苦恼多，快乐少。

然后玫瑰来了。

她那身打扮，看了简直会眼睛痛——深紫与墨绿大花裙子，玫瑰红上身，一件鹅黄小外套。

我忙不迭摇头表示抗拒，玫瑰耸着小鼻子坐下，拨拨左耳的单只蛇形金属耳环。

苏向我解释："是这样的，画报里的模特儿都如此打扮。"

我低声说："她还是个学生，她并不活在画报里。"

苏说："我认为她非常漂亮。"

"她自寻烦恼，母亲不会放过她。"我说，"你瞧，不只我一个人认为她怪，其他人也盯着她看。"

玫瑰仰起头，精致的下巴抬一抬。"他们朝我看，是因为我的美貌。"

"美貌不能成为一项事业，除非你打算以后靠出卖色相过日子。"我凶巴巴地说。

苏笑。

我再加一句："一个女孩子不能老以为她自己长得美，并引以自傲。"

玫瑰说："你看大哥，一副要打架的样子。"她自顾自地大笑起来。

苏的耐力怎地好，她说："玫瑰，看我送你的礼物。"

玫瑰说："哦，还有礼物呢，我以为一并是两只红鸡蛋。"她拆开盒子。

苏送的是一条碎钻手镯。

"太名贵了。"我说道。

玫瑰却高兴得不得了，连忙求苏替她把手镯戴上，又拥吻苏。

我白她一眼。"益发像棵活动圣诞树，就欠脑袋挂灯泡。"

"你不懂得欣赏。"玫瑰抗议。

"我不懂？你别以为我七老八十，追不上潮流，穿衣服哗众取宠代表幼稚，将来你趣味转高了，自然明白。"

"算了，你又送我什么过生日？"勒索似的口吻。

"两巴掌。"

玫瑰吐舌头。

苏笑："可以呢，你哥哥送你一只戒指，与这手镯一套。"

我说："戒指是叫你戒之，戒嚣张浮躁。"

玫瑰笑："是，拿来呀。"

我伸手进口袋："咦，漏在写字楼里了。"

"真冒失，"苏笑说，"吃完饭回去拿。"

我把车停在办公室楼下，叫她们等我三分钟。

士辉还在桌前苦干，也没开亮大灯。

我说："不是说回去陪芝芝？"

他抬起头，本想与我打招呼，可是忽然呆住，吃惊地看着我身后。

我笑着说："见了鬼？"转头看见玫瑰站在门口。

玫瑰说："大哥，我决定不跟你们了，把礼物给我，我好去看电影。"她在暗地里伸出手。

"你这家伙，"我说，"我与苏两个特地请了假陪你过生日，你却来黄牛[1]我们。"

"我知道你们对我好就行了。"她搂着我脖子凑前来吻我。

"罢哟罢哟，"我嚷，"快滚快滚，黏糊糊的嘴巴，不知擦了什么东西。"

玫瑰笑，做一个无可奈何的表情，接过盒子就走，一阵风似的去了。

"唉——"我摊摊手。

半晌，周士辉以魂不守舍的声音问："振华，那是谁？"

"那是我小妹，"我诧异，"你忘了？"

"小黄玫瑰？"他惊问。

"是。"

"但……但当初我看见她的时候，她还是一团肉！"

"是，"我说，"她现在是成长的害虫了。"我嘴里发出嗡嗡声，"蝗虫，OUR ROYAL PAIN IN THE ASS[2]。此刻我们家里随时要打仗，更年期的母亲大战青春期的小妹——我要走了，苏在楼下等我。"

---

[1] 食言，失信。

[2] 形容讨厌的人或事。

我匆匆下楼。

我从未想到这次事情的后果。

周士辉整个人变了。

周士辉显得这样彷徨无依，烟不离手，在我房间里踱进踱出，像是有很多话要说，又像无法开口。

我问他："周士辉，是否跟太太吵架？"

"没有的事。"他否认。

"钱银周转不灵？"我又问。

"怎么会！"

"是什么事？你看上去真的不对劲。"

"失眠。"他吐出两个字。

"啊？为什么？工作过劳？"

"不是。"

我耸耸肩。"那么算无名肿毒。"

那夜我留在办公室看一份文件，周士辉进来坐在沙发上，用手托着头，他看上去憔悴万分。

我起身锁抽屉，预备下班。

"振华。"

"什么？"

"振华，我有话跟你说。"

"请说。"

"振华，你不准取笑我，你要听我把话说完。"

我放下文件，端张椅子，坐在他对面。"我的耳朵在这里。"

"振华——"他握紧双手，脸色苍白。

我非常同情他。"你慢慢说，你遭遇到什么难事？"

"你会不会同情我？"他说。

"我还不知道，士辉，先把事情告诉我，即使你已把公司卖给了我们的敌人，我也不会杀你。"

"振华，别说笑了。"他苦涩地说。

我沉默地等待他整理句子。

他再一次开口："振华，我恋爱了。"他将脸埋在手中。

我立刻站起来。"啊，上帝。"我掩住嘴。

"救救我，振华。"他呜咽地说。

我喃喃地说："你这个倒霉蛋，你这个可怜的人，叫我怎么帮你呢，这种事怎么会发生在你身上的？若早来一两年，倒也好了，索性迟来二十年，倒也无妨，但现在——现在你快要做父亲了，士辉，世人是不会原谅你的，而你又偏偏那么在乎世人想些什么。"

士辉自喉咙发了一串混浊的声音。

我踱来踱去。

"是不是？"我说，"我叫你等的，我告诉你世上确实有爱情这回事，你们不信，你认为只要不讨厌那个女子，她就可以与你白头偕老，你这人！"

"别骂我，振华。"

"对不起。"我低声说。

我去倒了两杯过滤水，递一杯给士辉，一杯自己一口气喝见底。

"芝芝知道了没有？"我问。

他摇摇头。

我说："或许你可以当是逢场作戏？我觉得你可以做到，那么芝芝与孩子不会受到伤害。"

"不，"他说，"我爱上了这个女孩子，我爱她不渝，我愿意为她离婚，我不能骗她，宁死也不愿骗她。"

"这是如何发生的？"我问，"短短的几个月，士辉，你肯定这不是一种假象？"

"绝不。"他仰起头，像一个被判了死刑的囚犯。

"不可能，士辉，你的生命中完全没有废话，你一向是个说一是一，说二是二的家伙，你怎么可能爱到这种万劫不复的程度？"

"事实摆在眼前，振华，我打算今天晚上回家跟芝芝提出分居的要求，如果她要杀了我，我让她杀，可是我必须去追求这个女孩子。"

我瞠目结舌。"你是说，你还没到手？你放弃现有的美满家庭，牺牲妻儿的幸福，去追求一段缥缈的爱情？"我怪叫起来："士辉，你疯了，你完全疯了！"

"我知道，我知道，但我无法控制自己。"

"这个女妖是谁？"我问，"告诉我。"我怒愤填胸。

"振华，振华，她是你的小妹玫瑰。"士辉说。

我如五雷轰顶，惨叫起来："不可能！不可能！士辉，你胡说，你胡说！"我一生从来没有叫得那么凄厉，像看见了无常鬼似的。

这件事是真的。

周士辉爱上了黄玫瑰。

周士辉已经疯掉了。

回到家里，已经半夜，我整个人如热锅上的蚂蚁，碰巧老妈尚没有睡，咳嗽着替我盛消夜出来，使我更加难堪。

老妈坐在书房里，忽然与我攀谈起来，她说："苏小姐胜在高贵，虽然带点冷傲，怎么都强过那些骨头轻的小飞女。振华，这是你的福气，能够结婚，快快办妥喜事，别叫我担心。"

我略觉不安。"妈，你怎么了？无缘无故说这种话。"

她说："振华，人能够活多久呢？数十载寒暑，晃眼而过，也许你觉得我将玫瑰管得太严，实在是为她好，她始终是我心头一块大石，性格控制命运，以她那个脾气，将来苦头吃不尽。"

"吉人天相。"我苦笑。

她看着我说："你要照顾她，振华。"

"那还用说吗？"我握住母亲的手。

"你要记住我这话。"她说，"她是你唯一的小妹。茫茫人海，你俩同时托生在一个母亲的怀中，也是个缘分，你要照顾她。"

"是。"

"我去睡了。"她拉拉外套。

我独个儿坐在书房良久。

母亲若没有对我说这番话，我对玫瑰一定先炸了起来，现在我叹完气再叹气，决定另外想一条计策。

我留张条子在玫瑰房间才上床。

第二天一早，她来推醒我。

"大哥，找我？"她已经穿好了校服。

"玫瑰，打电话到学校请假，我有话跟你说。"我一边起床一边说道。

"什么话要说那么久？"她眨眨眼睛。

"很重要。"

她看着我洗脸刷牙，大概也发觉我很沉重，于是找同学代她告假。

我拿着咖啡与她在书房坐下，锁上门。

"玫瑰，大哥一向待你好，是不是？"

"别采取怀柔政策了，大哥，什么事？"

"不要再见周士辉这个人。"

"为什么？"她反问道。

"周士辉是有老婆的人，他妻子现在怀孕，己所不欲，勿施于人。他来追你是错，你犯不着陪他错，你想想，如果人家周太太知道了这件事，会有多伤心？"

玫瑰非常不耐烦。"那是他家的事。"

"你要答应我不再见这个人。"

"大哥，我可没有主动去找过周士辉，他要跑了来在校门口等我，我可没法了。"

我说："可是他约你，你可以不接受。"

"为什么？"玫瑰反问，"他是一个有趣的人，我有交朋友的自由。"

"你连这件事都不肯答应大哥？"我怒问。

"我看不清其中的道理，大哥——有老婆就不能认识异性朋友？"

我尽量控制脾气。"玫瑰，即使你不答应，我也要阻止这件事。"

玫瑰忽然哈哈大笑："你是为我好，是不是？这句话在粤语片中时常听得到。"

我沉默，为她的轻佻难受。

过了一会儿我问她："这就是你对大哥的态度？"

"不，不，"她说，"大哥，我知道你对我好——"

"原来你是知道的？"我既气愤又伤心。

"大哥，你要我怎么样？大哥别生气。"她又来哄我，"我都依你。"

"你是一只魔鬼，玫瑰，别说大哥没警告过你，玩火者终究被火焚。"我痛心地诅咒她，"你才十六岁，以后日子长着，你走着瞧。"

"这件事真对你这么重要？"玫瑰问。

"不是对我重要，而是对周士辉夫妇很重要，你何必把一时的任性建立在别人下半生的痛苦上头。"

"但这件事不是我的错，"玫瑰说，"我不是破坏他们家庭的罪人，远在周士辉的眼光落在我身上之时，他们的婚姻已经破裂，即使周士辉以后若无其事地活下去，他们的婚姻也名存实亡。"

我用拳头敲着桌子。"玫瑰，很多人不是这样子想的，这个世界不是这样的，如果你坚持不见周士辉，他会回到妻子身边——"

"他的妻子还会要他？"玫瑰睁大圆眼睛。

"玫瑰，那个可怜的女人并无别的选择。"

"天啊，"她嘲讽地说，"这个世界比我想象中更为破烂绝望，简直千疮百孔。"

我的手都颤抖了，恨不得扑过去掴她一巴掌。她若是真的年幼无知，倒也好了，偏偏她又懂得太多，她完全把握了她的原始本领，将周士辉玩弄在股掌之上，像猫玩老鼠。

我终于将头转过一边，我听见我自己说："玫瑰，我并不认识你，你不再是我的小妹，作为一个大哥，我完全失败，我亏欠父母。"我心灰意冷。

我站起来离开书房。

"大哥——"玫瑰追上来。

"让开！"我厌恶地推开她。

那日我没有上班，下午在苏更生的公寓里诉苦。

天又下雨了，她住的老房子又深又暗，并没有开灯，高高的天花板垂着小盏的水晶灯，随风偶尔叮叮作响，宽阔的露台上种着大张大张的芭蕉叶，红木茶几上有一大束姜花，幽幽的香味占据了我的心。

在她那里诉苦是最理想不过的，最实际的苦恼也变得缥缈，活着是活着，生命还是舒畅美丽平和的。我爱上苏更生，因为她也给我同样的感觉。

她当下说："玫瑰还年轻，少女最经不得有人为她家破人亡，她一旦魅力受到证实，乐不可支，她怎么会听你的？"

"叫我以后怎么见关芝芝？"我软弱地问，"我可不担这种关系，我要搬出来住。"

"住到什么地方去？"苏说。

我做个饿虎擒羊的姿势，说："住到你这里来。"

"原谅玫瑰。"

"她是个烂苹果，周士辉如果一定要陪一个十六岁的小女孩子玩，那他罪有应得。"我挥挥手，"算我对不起母亲，我不能照顾她。"

我真的搬了出来住，但没有搬到苏更生的公寓，我不赞成同居，这是男女关系中最坏最弱的一环。

我选了一层精致的平房，一不做二不休，把开业以来所赚的钱全部放了进来。我终归是要娶苏更生的，现在选定新居，也不算太早。

我搬出来那日，玫瑰怔怔地站在门口看我整理箱子，我余气未消，把她当透明人，不去理她。母亲听见我大段道理，也没有反对我搬家，这次行动很顺利。

父亲对老妈说："男人过了三十，不结婚也得另立门户，跟家里住反而显得怪相。"

母亲还含笑解释："也许他快要结婚了。"老怀大慰。

我记得周士辉太太来找我的时候，是七月。我丝毫没有惊异，她迟早要来的，我一直有心理准备。

她大腹便便，穿着件松身衣服，打扮得很整齐。"振华，我这次来找你，是私事。"

"请说，我尽量帮你。"东窗事发了。

她很镇静。"振华，自从今年五月份起，亦即是我们结婚后第三个月，士辉整个人变了，他暴躁不安，早出夜归，什么话也不肯跟我说……"

歇了一会儿，周士辉太太说："我每次问他，他都跟我吵，上周末他一回来，便提出要与我离婚，我问他为什么，他说他不再爱我了。"

我羞愧得抬不起头来，一额头汗。

"振华，你们是十多年来的同学，又是朋友，且还是公司的拍档，或许你可以问问他，究竟是为了什么事闹得这么大。孩子就快要出生了，我受不起刺激。我们结婚虽然只有半年，但从认识到结合，足足八年有余，他一直待我很好，从来没有大声责怪过我一次……"她的眼睛红了。

我默默地低着头。

周太太很彷徨地问我："他为什么要跟我离婚呢？"她停一停。"是不是外头有了人？"

我抬起头，看着窗外。啊，天底下不快乐的人何其多。

"振华，你能不能帮我一个忙？"她问。

我站起来。"我明白你的处境，这些日子，我也不大见到他……我替你劝他，你安心在家等待生养，不要担心什么。"

她感激地握住我的手。

"周太太，我送你回去，有空打电话给我。"我说。

那日，我回到办公室去守在那里，等士辉回来。

他最近一直疏忽公事，一些业务由我顶着，我警告过他，但是他不理会。周士辉前后判若两人，玫瑰已把他整个人摧毁了。

或者这是他自己愿意的。除了第三次世界大战以外，没有人能把我的事业摧毁。

他终于回来了，在早上十一时半。

我冷冷地问他："你去了哪里？"

士辉把双腿搁在茶几上，闭上眼睛。"浅水湾。"

"下大雨，到浅水湾？"我质问他。

"与玫瑰在浅水湾吃早餐。"他答。我不作声。他已绝望，没救了。

"玫瑰介绍我读张爱玲的小说，"他说，"有一个故事是在浅水湾酒店发生的。在树影的翠绿火红下，我与玫瑰凝视着海上的岛屿，濡湿的空气使我们化入了小说之中。"

我一言打破他的好梦："你太太方才来找我。"

"我可以猜想，她最近四处找人挽救我们的婚姻。"

"你恬不知耻。"

"或许。我晓得我对不起她。可是振华，直到认识了玫瑰，我才发现真正的自己！原来我并不喜欢工作，原来，我是一个闲散的人。我也发现了这个世界，原来看小说打发时间是这么有趣，下雨天散步有这么诗意。"他挥挥手，"在我面前有一整个新的境界，我以前竟不知道有彩虹与蝴蝶。"他迫切地拉住我的手："振华，不要为我好，我不愿意再回头，前半辈子我对着功课与文件度过，后半辈子让我做一个浪子，我只能活一次，不要劝我回头。"

我呆呆地看着他一会儿，他很憔悴，但是双眼发着异样的光彩。

"你快乐吗？"

"我非常快乐。"

"你能快乐多久？"我又问。

士辉看着我说："振华，我原以为你是懂得思想的一个人，你怎么会问这种问题？快乐怎么会永恒呢？"

我仰天浩叹。

"振华，你把这家公司做得出色，我想把股份出让，你有没有野心独资？"

我说："士辉，你已是三十多岁的人了，当心再回头已是百年身。"

"我打算到巴哈马群岛去，"他兴奋地说下去，"玫瑰答应与我同去。"

"她不能与你去巴哈马。士辉，你醒一醒，她只有十六岁，尚未有自主权。"我说，"香港有保护妇孺条例。"

他不响了，但我未能把他说服。

没隔多久，士辉坚持退股，不再做下去，我只好另外寻合伙人，颇喧嚷了一阵子。

当士辉的写字台被搬走的时候，苏更生也在场。

惋惜之余，她说："我并不怪他，一个人在一生之中能够恋爱一次，未尝不是好事。况且玫瑰那种美丽，令人心悸，足以使人心甘情愿地犯罪。"

我不以为然。

"但你与士辉是完全不同的两个人。"苏忽然不悦道，"你的算盘太精刮上算，你是一等聪明的人，而士辉……他是个罗曼蒂克的傻子。"

"你说什么？"我责问苏，"你说什么？"

"你瞒不过我，"苏更生看着我，有点难过，"振华，别人会以为你温文尔雅、能干，又什么都懂得一点，实际上你太为自己着想，太理智机灵……"

我愤慨："我们相处半年，你对我的印象就若此？男人不一定都得不爱江山爱美人，我没有为你死并不表示不爱你，你的思想怎地幼稚，苏更生，我们已经离开了做梦的年龄。诚然，我不会为任何女人做无谓的牺牲，因为我自爱，只有自爱的人才有资格爱人，如果我不符合你的标准，请你自便。"

苏更生不出声。

"你想看到我为你倾家荡产？"我问，"你忍心？"

"对不起。"她拉开门走了。

我伤心。一个人理智点有何不可？我的女友却因此不原谅我，因玫瑰牵涉到我，多么不公平。

玫瑰与士辉的事，终于给爸妈知道了。

士辉的妻不肯罢休，她是个勇敢的小妇人，挺着大肚子到父亲处去告状，揭发丈夫的隐私。

我赶到家的时候，玫瑰脸上已经吃了妈妈两记耳光，五条手指印横在面颊上，她坐在一角不出声。

父母面孔铁青，连我都不打算放过。

妈妈当着周太太，冷笑着问我："听说你这个做大哥的，早知道有这件事？"

我缓缓地说："你问小妹，我求过她，也求过士辉，他们根本当我是死人，我已经尽了我的力。"

老妈问我："你为什么不早告诉我？"

我直说："我怕你受刺激。"

老爸说："人家周太太下个月要生养了，你妹妹却打算明日跟周先生到巴哈马去度假，你觉得这件事应该怎么办？"

我说："把玫瑰锁起来，人家周氏夫妇的事我们管不着，可是玫瑰一定要严办。"

玫瑰抬起头，不发一言，眼光至为怨毒。我恼怒地说："玫瑰，你今年才十六岁半，你也有朝一日会结婚生子，你若不能替周太太着想而离开周士辉，你就不要怨我们。"

玫瑰站起来，要回房去。

"站住！"父亲喝住她。

玫瑰转过头来，倔强地问道："还要怎么样？"

"向周太太道歉！"父亲说。

玫瑰大笑起来："天下的蠢女人那么多，我若要逐个向她们道歉，我岂不大忙特忙？"

父亲忍无可忍，顺手抄起一只杯子向玫瑰摔过去，茶溅了一墙，碎片一地。

我也动了真气，冷笑说："摔死也活该哩！留着你也是丢人！"

玫瑰大声反问："我做错了什么？我又没有爱上这个人，是他要来接送我上学放学，是他说要离了婚来跟我好，我又未曾指使过他做任何事，现在却把罪名都推在我身上！"她哭。"你们治死了我也不管用，天下的女孩子多着，你们有本事应该去锁住周士辉，而不是我！"

她奔回房间，大力地关上门。

我跟周太太说："我们已经尽了力，你看到了。"

"是……"她喃喃地说。

妈妈跟她说："周太太，这件事太不幸，但我们可以保证，黄玫瑰以后不会再见周先生。"

周太太颤抖地说："为什么？为什么？她甚至不爱士辉，而士辉却抛弃了一切去追求她，为什么？"

我说："士辉脑筋有点糊涂，过一会儿就会好的，我送你回家吧。"

周太太由我扶着送回去。

她当夜动了胎气，士辉并不在家，由我陪到医院进了产房，遍寻士辉不获，周太太在凌晨两点半生产下一对孪生儿，两个都是女孩子。

看到婴儿小小的红脸蛋，我很高兴，忍不住亲她们的脸，但周太太一直哭。

士辉赶来的时候，我骂："王八蛋。"

他看见孪生女儿，也哭了，一家四口哭成一团，我觉得独自无法收拾残局，只好把苏更生叫了来。

把他们一家安抚完毕，我送更生回家。

我说："好了，破镜重圆。"

更生不答我。

"还在生我气？"我轻声问。

"不，不生气。"

我握住她的手。"真不生气？"

"振华，你们对玫瑰也太严了一点，把她锁到几时呢？她要上课的呀。"

"放暑假不要紧，"我说，"也可以收敛她的野性。"

"连你都觉得这样做是对的？"更生愕然问道。

我问："你觉得不对？"

"物必自腐然后虫生，你真相信天底下有破镜重圆这件事？"

我不敢出声。

"你以为'第三者'一跑掉，周氏夫妇拿万能胶粘一粘就可以和好如初？不会的，我看周士辉是不会再回头的了。"

"那么怎么办？他置妻女不顾？"我惊问。

"我也不知道，"她说，"我要去见玫瑰，振华，你只有这个妹妹，尝试了解她。"

"你肯定这件事不是她的错？"我问。

"振华，当然不是她的错，你自己也说过，换了是你，你是绝不会为一个女人牺牲的。"她说，"这是周士辉性格上的弱点。"

我沉默。

玫瑰被锁在房中，不断吵闹，老妈以这件事为奇耻大辱，决心要教训她，说什么都不肯放她出来。

玫瑰一说要报警，电话线都被剪断，她喊救命喊得喉咙都哑了，眼睛哭得胡桃般。

我们推门进去，玫瑰破口大骂。

更生安抚她。

玫瑰叫我滚出去。

更生示意我先避开。

我皱着眉头跟母亲说："事情怎么会弄到这种地步的？"

"固执。"母亲叹口气，"我与她都一样固执。"

然后我也想到我自己的牛脾气，作不了声。

我静静地走到玫瑰房门口，看更生怎么料理这件事。

我听见更生问："……你爱他吗？"

"我从来没有爱过他。"玫瑰答。

"那么为什么跟他在一起？"更生很温和。

"我寂寞，而他对我好。"玫瑰说。

"你怎么会寂寞？不是有那么多同学吗？功课也够你忙的。"更生有点诧异，"大哥说你老不在家。"

"是的，但没有人知道我很寂寞，没有人真正地关心我。"

"我与大哥都关心你。"更生耐心地说。

"大哥与爸妈都喜欢我听话，我一不听话，他们就不再爱我，但是全照他们的心意去做事，我像木偶一样，实在受不了。"

"你是否愿意搬来与我同住？"更生忽然问。

"与你住？"玫瑰问，"他们会不肯的。"

"我试与'他们'说。"更生说。

"你为什么要对我这么好？"玫瑰问。

更生静一会儿。"我也是家中最小的女儿，母亲比我大三十六岁，走在街上，人们永远以为她是我外婆，然而她对我却并不慈祥。"

更生说："母亲尽一生的力强逼我走一条她认为正确的路……我可以说是懂得你的苦处，如何？理由充分没有？"

"够了。"玫瑰的语气是同情的。我决定为玫瑰争取这个自由。我跟母亲保证玫瑰的行为将由我负责。

"你呀，"老妈瞪我一眼，"你自身难保。"过一会儿她说："我相信更生多过相信你。"母亲把玫瑰交给了更生。玫瑰搬家那日冷笑说:"老妈本想生下我来玩,发觉我并不是洋娃娃,便转送给了别人。"更生很难过,她将玫瑰拥在怀中。玫瑰在更生那里得到温暖。更生比母亲忙十倍,并无时间与玫瑰作对,挑剔她的错处,因此玫瑰过得很轻松。她像是已经忘了周士辉,但周士辉并没有忘记玫瑰。

他找到我写字楼来,质问我:"你们把玫瑰藏到什么地方去了?"

我打量他,厌恶地问:"你去照照镜子,看看你现在的样子!"

他满脸胡子楂,双眼布满血丝,衣冠不整。

认识他十多年,从没发觉他这般狼狈过。

我说:"士辉,快四十岁的人,不要太放纵自己。"

"放玫瑰出来!"他咆哮。

"玫瑰并不爱你,你该比我们更清楚,她现在生活愉快,早就忘了你。"

"我不相信。"

我不耐烦。"当然你不相信的,你为恋爱而恋爱,现在尝到苦果了,玫瑰乳臭未干,她可不懂爱情,新玩意儿如过眼云烟一般,你怎么会不知道。"

"我要亲耳听见她对我说,我才相信。"他叫,"要亲耳听见她说不爱我。"

我说:"士辉,你花了三十年建立事业家庭,现在你看一看,你看看你一手搅成什么样子!"

"你让我去见玫瑰!"

"士辉,你的孩子与妻子怎样了?"我大声喝他。

"我们已经签了分居书,孩子归芝芝。她终于答应与我分手,她已经知道,留得住我的人,也留不住我的心。"

我呆在那里。

我对更生说，玫瑰始终是罪人。

更生说："可是你看玫瑰，昨天我才陪她去买球鞋预备开学，今年她念会考班，她还对我说，要好好地考进港大，向大哥看齐，她提都没提过周士辉，看样子她心中根本没有这个人。"

"那么你叫她亲口跟周士辉说一声，好叫他死了这条心。"

"好，我跟玫瑰说一声。"她答应。

我问更生："说实在的，玫瑰住在你那儿，是否带给你很大的麻烦？"

"没有呀，你知道我家那个老房子，有四五间空房，家中反正用着用人……我反而多了个伴。"

"更生，"我乘机说，"你对我，不比以前了。"

"我觉得我们还需要更深切的了解。"她简单地说。

她把玫瑰约出来，而我叫了周士辉。

我们四个人在一间幽静的咖啡店见面。

周士辉见了玫瑰欢喜若狂，玫瑰却很冷淡。

我说："有什么话，当面说清楚吧。"

周士辉对玫瑰说："你不要怕家庭的压力，一切有我担当——"

玫瑰冷冷地说："我不明白你讲些什么，你给我的麻烦已经够多了。"

"他们恐吓你，你不要害怕！"

"没有人恐吓我，"玫瑰说，"你害我与爸妈起冲突，造成我生活不愉快，我以后都不再相信你，我不要再见到你。"

士辉的脸色转得煞白："玫瑰——"

"我不爱你，"玫瑰嚷，"你可否停止骚扰我？"

士辉的表情像看到世界末日，我心中实在可怜他，拍着他肩膀。

士辉嘴唇颤抖着，看着我，一个字说不出来。

更生低声问："玫瑰，你会好好地读书，是不是？"

"当然，我只有十六岁半，凭什么要放弃家庭与学业跟一个莫名其妙的男人？"玫瑰站起来，"如果我考不到港大，老妈一辈子不原谅我，我已经为这件事受足了气，甚至挨了两记耳光，够了！"

我问："你现在又去哪里？"

"买书，约了同学买下学期的课本。"她头也不回地走出咖啡店。

周士辉整个人抖得像一片深秋将落的树叶，过了一阵，他忽然大叫一声，逃出去。

我与更生尾随在后，只看见他发足狂奔，一下子不见了影踪。

"可怜的人。"

"他可怜？"更生叹口气，"他的孩子们才可怜呢，刚出生就不见了父亲。"

我担心地问："他会不会伤害玫瑰？"

"玫瑰？不会，他生命中的女神将永远是玫瑰，尤其是因为他没有得到她。"更生叹息。

"多么可惜，如此一个有为青年——我盼望他再建立事业，回到妻子身边。"我说。

更生又看我一眼。

对于这件事，母亲的观点是："玫瑰迟早要遭到报应的。"

周士辉没多久便启程到英国去了，临走与我通一个电话。

我问他去干什么。

他说去读书。

我原本可以幽默几句，想想不忍，祝他顺风。

玫瑰益发出落得标致，而且一反常态，非常听话，但到底因为周士辉这件事，我无法像以前那样爱她。

有时候她主动接近我，渴望我对她关注。

我总是淡淡的。

更生说："就算这是她的错，你不能因为一个人错过一次，而完全不原谅她。"

"她已经长大了，"我说，"再也不能把她背着走上一里路去看花车游行，兄弟姐妹长大了总要各散东西。"我停一停。"你又不肯做她的大嫂，她一直住你家也不成话，最好叫她搬回去住，要不我这里也有空房间。"

"你真是公事公办。"更生的语气带点讽刺。

更生有时候不可理喻，我不知道她有什么不满，但似乎她一直想与我拖下去，尽管快三十岁了，却并未想与我论到婚嫁。好，如果老姑婆不急，我恶作剧地想，我也不担心。

只是母亲老催催催的。

更生生辰那天，老妈送了厚礼，一只古老的钻戒上有三颗一克拉的钻石，连我都"哇"一声叫，更生脸涨红了，结结巴巴要退还。

老妈不悦："你也不是那种小家子气的人，平日也很大方，怎么现在忽然鬼祟起来。告诉你，石头是黄的，不值很多，放心收着吧，不是卖身契。"

更生讪讪地套在手指上，我向她挤挤眼。

玫瑰很羡慕，探头过来看。"哟，"她说，"真不错。"

老妈瞪她一眼，她不出声了。

我笑说："这是孙猴子的紧箍，你少羡慕。"

老妈说："你几时嫁入我家的门，我还有些好东西，收了几十年了，送给个可靠的人，也好放心。"

老妈近来的身子不大好，她爱看中医，吃药吃得满屋子香，但是咳嗽并没有缓和多少。

玫瑰说："中医是巫道。"老妈骂得她臭死。

她与母亲的年龄实在相差太远，两个人的想法差得天跟地似的。

随着时间的流逝，玫瑰的稚气渐渐脱除。她瘦了，脸模子小了一圈，下巴尖尖，眼睛益发水灵灵地扑闪，长睫毛阴暗地遮着眼珠，神情有种捉摸不定的忧郁。而事实不是这样，玫瑰并不是一个有灵魂的女孩子，她毫无思想，唯一的文化是在我书房里拣一两本张爱玲的小说读。

作为她的哥哥，看惯了她的五官，并不觉得她长得特别美，但是旁人骤见玫瑰，莫不惊艳。一位男同事说："最吸引人的是她的嘴唇，小但是厚，像随时有千言万语要倾诉，但她是那么年轻，有什么要说的呢？真是迷惑。"

是吗？他们并不知道真的玫瑰。这样子捧着一个女孩子，只因为她的美貌，是非常危险的事，对玫瑰本人也不公道。

就算我们与玫瑰吃茶，坐在咖啡厅里，也遇见星探，想游说她做明星，拍广告、上电视。

那种贼头贼脑，拿着照相机的年轻人，放下一张卡片，跟玫瑰说道："小姐，我们公司有把握将你捧作明日之星。"

玫瑰说："我不喜欢做明星。"

我跟着喝道："听见没有？她不喜欢做明星。"

这样子赶走了不知道多少癞蛤蟆。

更生问玫瑰："长得像你这样，是否很烦恼？"

玫瑰耸耸肩。"习惯了，人们一见我便瞪着我看，像是我脸上开了花，我只好一笑置之。"

我觉得很恶心，一张脸好看有个鬼用。

更生说："振华，你是唯一不觉玫瑰貌美的人。"

我说："我是个成熟的男人，我看女人，不只看眼睛鼻子大腿腰身，我注重内心世界。"

"你可明白我的内心世界？"更生问。

"你的内心世界犹如万花筒，百看不厌——对了，玫瑰现在与什么人交往？"

"邻校全体男生。"更生笑。

"有没有什么固定的人？"

"不知道，大概没有。"

我说："最近她头发又直了，好现象，溜冰鞋终于脱下来了，也是好现象。"

"她会考考九科。"更生提醒我，"好学生。"

"每个学生都起码考九科，不必紧张——还有，她现在衣服的颜色也素净得多了。"更生微笑，"你的语气像个父亲。"

"可不是。"我说，"兄兼父职。"

"有没有士辉的信？"

"没有。"

"士辉的太太呢？有无跟你联络？"

"我不敢去看她，她也没有找我。"我苦笑道。

"士辉被蝴蝶的色彩迷惑，却不懂得蝴蝶是色盲。"更生说。

"这句话呢，我像明白，又像不懂。"我笑。

我再到更生家去，在幽暗的大厅中看到一幅巨型的彩色照片，是玫瑰穿一件白裙子，站在影树下。细碎的金光透过影树羽状的叶子洒在她身上，火红的花朵聚在树顶，这张照片实在是不可多得的杰作。

"谁拍的？"

"雅历斯。"玫瑰说道。

"总有个中文名字吧？"我问。

"不知道。"

"你的男朋友？"

"不是，我只跟他学壁球。"

我的心又提了起来。"他干什么的？"

"不干什么，他是港大历史系学生，体育健将。"

"你连他的中文名字都不知道？"

"不知道。"

我心想：港大生，体育健将。不会有大错，上帝保佑那可怜的人。

更生问："见过那男孩子没有？非常英俊，与玫瑰在一起，金童玉女一般。"

"哦！"

近日来我公司的业务蒸蒸日上，也没有那个时间去看玫瑰的男朋友，见了一个，见不了十个，也见不了一百个。

不过有那个时间的话，我得叫她搬回来才是，老住在苏家不是办法。

玫瑰叫那个雅历斯帮她搬家。

她一边啰唆，一边指手画脚地叫那个男孩子挥着汗干活，我摇摇头，真有这么多的男人爱做女人的奴隶。

人各有志。

但那个男孩是长得神气，一眼看去就像某个明星般，高大英俊，与玫瑰很般配。

玫瑰说她已把去年整个夏季的衣服丢掉，要求我替她买新衫，我再高兴没有，讲明不准买刺目的颜色。

雅历斯坐在一旁只懂得笑，没多久玫瑰就把他轰走。

她恨恨地说："蠢相！"

我既好气又好笑："罢哟，玫瑰，虽然是别人送上门来给你糟蹋，你也修修福。"

"这年头，找个好一点的男朋友都难。"她说。

"市面上那么多男人，你简直可以抓一把，吹掉一点来拣，全世界的女人都可以叹男朋友难找，但你，你是黄玫瑰啊！"

"大哥，别取笑我了。"她没精打采。

"看中了谁？你主动去俘虏他啊！"

"那么容易？"她反问。

"啊哈！"我跳起来，"别告诉我，你也碰到定头货[1]了。"

"你不必来不及地高兴，我还没有碰见那个人，"她白我一眼，"只是有许多男人简直铁石心肠，像你就是。"

"胡说，我才不是铁石心肠。"

"你女朋友说你有她无她都一样。"

"她呀，"我说，"像所有女人一样，她对爱情有太大的憧憬，我认为真正的爱情应该像覆煦[2]，舒服安全得不觉它的存在。"

我说："覆煦对于爱情，火辣辣的只是欲念——也许因为这个观点的差距，她不肯嫁给我。"

"去说服她啊。"

"她大有主张，受过教育的女人就是这点可怕。"

"苏更生是一个极端可爱的女人。"

"你们真是识英雄重英雄。"

"你应该多多尊重她。"

"是，是，可是你别尽教训我，玫瑰，考完试打算如何？"

"入港大。"她简单地说。

"别跟男孩子混得太熟。"我说，"发乎情，止乎礼。"

"放心，我不会做未婚的妈妈。"她说。

---

[1] 脾气倔而不知变通的人。

[2] 母鸡孵蛋。

我拍拍她肩膀。"在我这里住，规矩点，别丢了老哥的脸，知道不？"

"知道了。"

许多日子未曾与她开心见诚地谈话了。

但话未说完，她与雅历斯已打得火热，哪里都有他俩的踪迹。

雅历斯有一项绝技，他的摄影术真是一等的，拍得出神入化。家里到处摆满了玫瑰的照片，大的小的，七彩的黑白的，没有一张不精致漂亮，每次他们出去玩，他都替玫瑰拍照。

玫瑰开头倒是很高兴，贴完一张又一张，后来也不过是当扑克牌般，一沓沓放抽屉里。

苏更生很有兴趣，挑了些特别精彩的，她说："一个少女是应该把青春拍下来留念。"

我说："你都是老女人了，还有这种情怀。"

玫瑰说："我这大哥才是小老头子。"

母亲咳嗽着问玫瑰："你在谈恋爱了？"

玫瑰吓得不敢作答，她就是怕母亲。

"哎，"我说，"对方是个大学生，不错的。"

母亲说："你妹子掉根头发，我都跟你算账。"

"是，"我直应，"是！"

我坦白地问玫瑰："要不要叫雅历斯到家去吃一顿饭？向老妈交代一下。"

"不必。"玫瑰说。

"你不是在谈恋爱？"我问，"你对他不认真。"

"他这个人幼稚，我不过跟他学滑水。"

我说："待你把他那十八般武艺学齐了，就可以把他一脚踢开？"

"是。"玫瑰大笑，"学完壁球学滑水，还有击剑、骑马、开飞机，三年满师，一声再见，各奔前程。"

"十三点。"我骂。

"你想我怎么能嫁给他呢？他除了玩，什么也不懂。"

"你呢？除了玩，还懂什么？"

她强词夺理："我是女人，我不必懂。"

"什么歪理，你看苏更生一个月赚多少！"

"苏姐姐是例外，"她说，"我将来可不要像她那样能干，我不打算做事。"

"那你念大学干什么？"我问。

"大学不能不念，面子问题。"

"嘿，没出息。"

"是，我是没出息。"她承认，"我才不要在枯燥的写字楼里坐半辈子，赚那一万数千，跟人明争暗斗。"

她躺在沙发上，长发漆黑，瀑布一般垂下，我仔细欣赏我这美丽的小妹，她的手正搁在额头上，手指纤长，戴着我去年送她的指环，指甲是贝壳一般的粉红。

玫瑰额角有细发，不知几时，她已把皮肤晒得太阳棕，那种蜜糖般的颜色，看上去有说不出的舒服。

我的心软了，我这小妹真的无处不美，倘若我不是她的大哥，不知感觉如何。

她转过头来。"大哥——你在想什么？"她抬一抬那消瘦俏皮的下巴。她那样子，到了三十岁四十岁，只有更加漂亮成熟。

我说："当时——你嫌周士辉什么不好？"

"他老土。"

"哦？"

"他什么都不懂，只会画几张图。"

"是吗？"我微笑，"如此不堪？"

"他不懂吃，不懂穿，不会玩，也不看书，整个人是一片沙漠，一点内心世界也没有，活了三十多岁，连恋爱都没经历过，土得不能再土。最讨厌之处是他对他那小天地是那么满意，坐井观天，扬扬自得，谈话的题材不外是又把谁的生意抢了过来，他公司去年的盈利是多少……他不只是俗，简直是浊。后来又借着我的名闹得天翻地覆，更加土上加土，一点都不会处理。"

我低头想了一会儿。"士辉是苦出身，大学是半工读念的，自然没有气派，也不会玩。但士辉有士辉的优点，他待你是真心的。"

"他？"玫瑰冷笑，"他与他妻子真是一对活宝贝。"

"算啦！"我又生气，"拆散了人家夫妻，嘴上就占便宜了。"

玫瑰说："所以我说只有苏姐姐是个明白人，隔了这么久你还怪我。"

"隔了这么久？"我嗫，"人家孩子还没懂得走路呢。"

"苏姐姐说，我只不过是周士辉逃避现实的借口！"

"你跟苏更生狼狈为奸。"

"真的，大哥，你想想，周士辉这个人多可怕，他根本对妻子没有真感情，结婚生子对他来说，不过是一种形式，人生必经过程。忽然他发觉这种生活形式不适合他，他无法一辈子对牢个乏味的女人，他就借我的名来逃避。"

我没好气。"你们真是弗洛伊德的信徒，什么都可以解释演绎一番。我觉得士辉是爱你的。"

"他最爱他自己，"玫瑰说，"见到我之后，他发觉周太太不再配得起他而已。"

"你铁石心肠。"

玫瑰抖一抖长发。"或许是。"

"雅历斯呢，他又怎么样？"

"我很寂寞，大哥，他可以陪我。"

"你这样玩下去，名誉坏了，很难嫁得出去。"我叹息。

"那么到外国去，"她丝毫不担心，"在唐人街找个瘟生[1]，我照样是十间餐馆的老板娘。"

"你真的不担心？"

"不担心。"她眨眨眼。

我担心的是周太太会拖着两个女儿再来找我算账。

夏天转深，知了在更生的宽露台长鸣，玫瑰与雅历斯成日泡在海滩。老妈埋怨："晒得那个样子，坐在柚木地板上，简直有保护色呢，脏相。"

我笑说："奶还是奶，白牛奶变了巧克力奶。"

玫瑰的滑水技术学得一等，已可以用一只履，看她自水中冉冉升起，才了解什么叫作出水芙蓉。

我提醒她："你那九科功课，小心点！"

她说："啊，大哥，我有摄影机记忆，凡书只要翻一次就能背，别担心。"

我气结，居然自称过目不忘。

玫瑰并没有跟雅历斯学击剑，她的眼光浮游不定，落在旁人的身上，疏远了没有中文名字的林先生。

下班在家，我常接到雅历斯找玫瑰的电话。

——"对不起，玫瑰不在家。"

——"我不知道她什么时候回来，我会告诉她你找过她。"

——"我会跟她说你想见她。"

有时候玫瑰在家，也会摇头摆脑地装蒜，叫我代她遮瞒，说她人不在。我不肯，把话筒一摔，对她说："你自己告诉他你不在家！"

玫瑰吐舌装鬼脸，但对雅历斯很不耐烦，"唔"地敷衍数声，然后就借故挂断电话。再过一个星期，我索性告诉雅历斯，玫瑰

---

[1] 不精明，容易上当受骗又不知觉的人。

已不住我家。"在亲戚家，那边电话不方便告诉你，我知道你已经半个月没有见过她，好，我代你告诉她……"

没出息。

大丈夫何患无妻，巴巴地求一个女孩子管什么用，女人变了心就是变了心。

况且我不相信玫瑰曾经对他交过心，我甚至怀疑玫瑰是否有一颗心。

玫瑰有一个好处，她决不甜言蜜语地骗人，她根本懒得做，所以这些男人若没有心理准备，就不该与玫瑰做朋友。玫瑰与雅历斯算是完了。

玫瑰这孩子，服装店送到我写字楼来的账单，往往一万数千元。

几件白蒙蒙的衣裳，贵得这样，我严重向她提出警告。

"还是中学生哪！"我提醒她，"你只有十六岁。"

"十七。"她说。

"十六岁半。"

"十七。"

"我不跟你吵，你少顾左右而言他，总而言之，每季不准花超过三千元。"

"三千元！"她几乎要昏厥，"三千元还不够买一件大衣哪，大哥。"

"那太坏了，"我说，"那你就不用穿大衣了，你跟老妈去说。"

我也知道一切劝告是不起作用的，玫瑰对忠告免疫。

过不久，下班回家，就发觉雅历斯·林在门口等。

我深受震撼。

"雅历斯，没有用的，玫瑰已不住在这里了，你回去吧，别浪费时间。"

他说："我情愿在这里等。"

"我不会请你进屋的。"我说。

"我知道。"

"告诉我，玫瑰有些什么好处？"我问，"为什么不去约会其他的女孩子？雅历斯，我相信有很多女同学愿意陪你。"

他疲倦地靠在墙上，英姿荡然无存。"玫瑰是一朵玫瑰是一朵玫瑰。[1]"他答我以莎士比亚，我回他巴尔扎克。"但是这一朵玫瑰，像所有的玫瑰，只开了一个上午。"

"我爱她。"他说。

"你们这么年轻，懂得啥子叫爱情？"我问，"进来喝杯酒吧。"

"谢谢你。"

我斟一杯威士忌给他，加冰块。

"放弃玫瑰。"

"可否代我劝劝她？"他问。

"没有可能，她的感情问题我无法干涉，跟玫瑰这样的女孩子在一起是没有幸福的。"

"但她令我这么快乐——"

"那么你应该高兴庆幸，曾经一度，你快乐过。雅历斯，情场如战场，失败不要紧，输要输得漂亮，你是体育家，怎么没有体育精神呢？"

"以前我根本不把女人看在眼内——"

"你也风流倜傥过，是不是？"我微笑，"你也令不少女孩子伤心落泪。雅历斯，回家去，好好睡一觉，明天一早起来，约会其他女郎。"

他抬头来看我，目光涣散，终于站起来走了，我送他到门口。

---

[1] A rose is a rose is a rose is a rose，作者实为美国作家格特鲁德·斯坦因。

我很庆幸他没有碰见玫瑰。

玫瑰那夜很晚才回来，我在听音乐。

她探头进书房，吓得我——

"你剃光了头！"我叫。

"我从没见过这样的大哥，"她笑，"老为小妹的头发怪叫。"

我脱下耳机。

"但是你有那么漂亮的长发。"我惋惜，"现在却剪得只剩一寸了。"

"倦了，换个样子。"她说道，"头发很快就长出来，你叫嚷什么？"

"没规矩！"我喝道。

"雅历斯·林来找过你？"她问。

"你怎么知道？"我反问。

"大哥，别责怪我——"

"算了算了，"我说，"我要是怪你，怪不胜怪。"

"我会打发他。"玫瑰说，"他不会再麻烦你。"

"快点把他消灭掉！"我说。

"遵命！"她笑着敬一个礼。

你看，谈恋爱也跟所有的事一样，成则为王，败则为寇。玫瑰一点也没有把雅历斯·林放在心上，若无其事地吃喝玩乐。

她现在约会另外一个男孩子，常常去听音乐与观剧。玫瑰蛮喜欢艺术，就像她喜欢时下流行的手袋、皮鞋、发型，很粗糙的一种感情。

她对什么都不认真。

她的新男朋友是个混血儿，长得并不算好看。混血儿要深色头发与浅色皮肤才漂亮，但这位仁兄头发是一种暧昧的黄色，皮肤也泥浆兮兮，不过谈吐不俗，人很聪明。混血儿多数古怪，要不太开朗，活了今天没有明天的样子，要不就很沉郁，像这一位，玫瑰说他时常一小时也不说半句话。

我也并不喜欢她的这一任男朋友，想没多久又要换人的。但对于雅历斯·林的痴心，我的估计可是太低了。那天在办公室，玫瑰一个电话来找我，说是在派出所，叫我马上去一趟。

我的心几乎跳出胸腔，忙问："你怎么了？告诉我，你怎么了？出了什么事？"

"雅历斯打了人，抓到这里，我是证人。"

"他打的是那个混血儿？"我问。

玫瑰不出声。

我赶到警察局，铁青着脸，觉得很吃力。玫瑰不停地惹事，添增许多不必要的麻烦，我骂她也骂疲了，想不出有什么更好的办法来对付她。事情是这样的：混血儿去接玫瑰，雅历斯在校门守了好多天，两男见面，一言不合，在校门口厮打起来，被校役报了警，扭到派出所。

结果是两人都失去了玫瑰，因为玫瑰为了这件事被校方记了一个大过，生气了，两个都不要。

校长召了我去，叫我管教小妹，我还不敢把这件事告诉爸妈。

我对雅历斯·林说："一个人要懂得适可而止，你越这样，玫瑰越讨厌你，将来连个好的回忆都没有。"

他瘦了很多，头歪在一边，眼泪顺着脸颊淌下来。

我摇摇头。"真是现世，有什么事，国家还指望你站起来去革命呢，大丈夫流血不流泪。"

他呜咽地说："黄先生，你这样子说，不外是因为你运气特别好，还未曾爱过恨过。"

我一怔。

我不相信，我冷笑着，我何尝不爱苏更生，她是我寻觅了半生的好对象，但我俩理智、平和、愉快。

爱得像他们那样痛苦，那还不如不爱。

"保重。"我说。

他痛哭起来。

当夜他就自杀了。

玫瑰并没有出去，她在房中温习功课，我在书房拟一份合同。

林家的人气急败坏地要找玫瑰，我说我是她大哥，有什么话可以对我说，于是他们找上门来。

林老太歇斯底里地拉着我，几乎跪下来。"求求你，黄先生，我只有一个儿子，现在躺在了医院里，他口口声声要见黄玫瑰，求求你，你们就去看看他吧。"

我看着这可怜的母亲，心中却并不同情她，只想打发她走。

"你先去，我们跟着就来。"我把她推出大门。

玫瑰吓得脸都白了。

我说："叫更生来陪你。不是你的错，与你无关，不要怕，他能叫得出你的名字，就死不了。"

"你呢，大哥？"她问。

"我到医院去转一个圈。"我说，"这种懦夫。"

雅历斯·林死不了，他吞了三五颗安眠药，闹得天翻地覆，被送到急症室，洗了胃，躺在床上休息。他母亲在一旁哭得天昏地暗，一家人都仿佛很具演剧天赋，够戏剧化。我尽快离开了医院回家，更生在书房里陪玫瑰。

我说："幸亏老妈不知道这事，否则，咱们又得去配锁把玫瑰软禁。"

更生白我一眼："亏你还如此幽默。"

"怎么办呢？"我摊摊手，"玫瑰已经超过三个月没有见这个人，如果他坚持要殉情，我们也只好幽默一点。"

更生笑："这次你倒明白了。"

我瞪了玫瑰一眼。"我明白什么？这些狂蜂浪蝶又不是傻子，你不跟人家撒娇撒痴，人家会为你自杀？"

玫瑰冷笑："我偏偏一点好脸色都没给过他们。"

"你有本事连搭讪都不屑，我就服你！"我咆哮。

"对不起，大哥。"她低下头。

"我劝你别见那个混血儿了，那个也不是什么好人。让我的耳根清净一下，老妈的身体近来很差，我也够担心的了。"

"是。"玫瑰答。

更生说："去睡吧，明天就考试了。"

玫瑰考试期间，我们着实舒坦了一阵。

有人来找玫瑰，我都代她回掉了。

我对那混血儿颇不客气，很给了他一点气受，我记得我说："人各有志，我们的玫瑰是要考港大的。"那意思是：不比你，做一份小工就很开心，也不想想将来如何养家。说了之后，自然觉得自己没修养没风度，像粤语片中那些势利的母亲，但不知为何，奚落了他，有种痛快的感觉。

这些男孩子，蓄着汗毛就当胡须，见了女孩子乱追，利用人家的天真无知，根本不自量力，我讨厌他们，也不服气玫瑰随随便便就假以辞色。

没多久，父亲陪老妈到美国去看气管毛病，临走之前不免嘱咐我俩一番。

玫瑰喜不自禁，犹如开了笼子的猢狲，一直编排着十七岁生辰要如何庆祝，在什么地方请客，她该穿什么样的衣服，等等。

我早说过她是个没有灵魂的人，少替她担心，她心智低，根本不懂得忧伤，她的世界肤浅浮华，就如她的美貌，只有一层皮。

但是她的运气真不坏，有更生替她办妥这一切，陪着她闹，安排生日会也像安排婚礼。

玫瑰这次净请女客，但是女同学自然可以邀请她们的男友陪同。

而玫瑰因为"怕"，不打算约舞伴，她恳求我陪她跳舞。

我勉为其难地陪她闹，更生这个儿童心理学院院长曾经警告过我，我觉得乏味的事，比我小十五年的妹妹可能深表兴趣，我得迁就玫瑰。那日我请了下午假，回到家中，玫瑰已经打扮好，深粉红的嘴唇，紫色眼盖[1]……

短发浓密地贴在头上，一条白色的花边裙子，大领口拉低，露出肩膀，脖子上挂一串七彩的珠子。

我笑说："我们是在里约热内卢吗？"

玫瑰过来说："大哥，今天我十七岁生日，愿你记得我的好处，忘记我的过错。"

"生日快乐，玫瑰。"我看仔细她，"你比任何时候更像一朵玫瑰。"

"谢谢你，大哥。"

"苏姐姐呢？"

"她迟些来。"玫瑰说，"回家换衣服。"

"客人呢？"

"客人快到了。"她说，"一共五十人。"

长台子上摆着点心与饮料，我只看了一眼，走入书房。最应记得今天的是周士辉，去年今日，他认识了玫瑰，铸成大错，改变了他的一生。

或者士辉已经忘记了玫瑰，我希望是。或者士辉在异乡终于寻到了他自己，或者他现在又恢复健康，生活正常。

电话铃响。

---

[1] 眼影。

我接听。

"振华？"一把苦涩的声音。

我一震，说到曹操，曹操就到。

"士辉？你在哪里？"

"康尔瓦[1]。"

"怎么音信全无？"我问，"你好吗？"

他答非所问："今天是玫瑰的生日？"

"是。"我百感丛生。

"她仍美丽？"他问。

"是。"我承认，"你要叫她听电话吗？她现在与我住。"

"不必了。"

"要我替你问候她？"我忽然温情起来。

"也不必了。"

"你——你好不好？"

"很好，振华，我很好，我在伦敦大学……今天到康尔瓦度假。"

"有空写信来，士辉，我们都想念你。"

"玫瑰比去年更美了吧？"他又问。

"士辉——"

"她是否长大了？"

"她这种女人是永远不长大的，士辉。"

"这……我也知道的。"

"好好保重。"

"再会。"他挂上电话。

他尚且念念不忘玫瑰，我惆怅地想，他尚且不能忘却一个不

---

[1] Cornwall，英国康沃尔郡。

爱他、伤害他的女人。

外面开始响起音乐声，玫瑰的客人陆续地来到，派对很快就会热闹起来，这里容不下周士辉，这里没有人记得周士辉，但士辉远在一万里路外，心中只有玫瑰。

我用手托住头，在温暖的下午，觉得自己特别幸福，但因为非常自持，快乐又带点凄凉。

更生敲敲我的房门走进来。

我握住了她的手，把她的手按在脸颊上。

我说："虽然我们的感情并不轰烈，但你仍是我的皇后，让我们订婚吧。"

更生站在椅背后面，双臂围着我的脖子。"你为我准备了皇冠？"她问。

"都准备好了。"

"让我们先订婚吧。"她说，"我喜欢订婚仪式，浪漫而踏实，这是女人一生中最矜贵的一刻。"

"更生，这一生一世，我会尽我的力善待你。"

"我知道……"她犹豫一刻，"但振华，你会爱我吗？"

"不，"我悲哀地说，"如果你要我像士辉爱玫瑰般地爱你，我办不到，也许我太过自私自爱。"

"但士辉遇见玫瑰之前，也是个最自爱不过的人呀，"更生感叹地说，"我害怕你也会遭遇到这一刹那。"

"更生，你的忧虑太多……"

玫瑰推门进来，一见我俩的情形，马上骂自己："该死，我又忘记了敲门。"但见她脸上一点歉意都没有。

"不要紧，玫瑰，"苏更生大方地说，"你大哥向我求婚呢。"

玫瑰放下手中的两杯果子酒。"是吗？"她诧异地问道，"这才是第一次求婚吗？我以为你已经拒绝他三十次了。"

更生侧了头。"我答应他了，我们将订婚。"

"太好了，太好了，有情人终成眷属，快告诉老妈，"玫瑰说，"老妈最爱听的消息就是这一件。"她吻更生。

更生搂住她的腰。"谢谢你，玫瑰。你长大了，今年不问我们送你什么礼物了？"

"我要你们永远爱我。"玫瑰说。

我说："你是我的小妹，我将饶恕你，七十个七次。"

"可是你始终觉得我是错的，是不是？"玫瑰问。

"玫瑰，我原谅你也就是了，你怎么可能要求我们假装什么也没发生过？"

她叹一口气。

外头有人叫她："玫瑰！玫瑰，出来教我们跳最新的舞步。"

她又活泼起来。"马上来——"转着大裙子出去了。

更生看着她的背影说："玫瑰最关注的男人，还是她的大哥。"

我正在开保险箱，闻言一笑。

我取出一只丝绒盒子交给更生。

"是你自己买的？"更生问，"抑或母亲给的？"

"是母亲早就交在我手中的，你看看。"

她取出戒指，戴上看个仔细。"很漂亮，太漂亮了。"

"要不要拿去重新镶一下？"

"不用，刚刚好。"她说。

"要不要在报上登个广告？"

"不必了。"她笑。

"那我们如何通知亲友呢？"我问。

"他们自然就知道了，在香港，每个人做的事，每个人都知道。"她说。

"明年今天，我们举行婚礼，如何？"

"很好，"更生笑，"到时还不结婚，咱们也已经告吹了。"

我们听到外边传来的笑声、乐声、闹声，玫瑰的客人似乎全部到齐了。

"千军万马一般。"我摇摇头。

"来，别躲这儿。振华，我们出去瞧瞧。"

我与更生靠在书房门口看出去，客厅的家具全搬在角落，玫瑰带领着一群年轻人在使劲地跳舞。

我担心："上主保佑我那两张黄宾虹，早知先除了下来。"

"真婆妈。"更生说道。

我们终于订了婚。我安心了。

舞会在当晚八点才散，大家玩得筋疲力尽，留下礼物走了，一边说着："明年再来。"

玫瑰的双颊绯红，她冲着我问："大哥大哥，你有没有看到那个穿白西装的男孩子？"

"哪一个？"我反问道，"今天那么多人都穿白，我怎么看得清楚。"

男人穿白最矫情，一种幼稚的炫耀，成熟的男人多数已返璞归真，不必靠一套白西装吸引注意力。而女人，女人穿白色衣服却刚好相反，像更生，永远不穿别的颜色，她已经炉火纯青了。

"大哥，你在想什么？"玫瑰问。

我叹口气："玫瑰呀，你眼中的白色武士，大哥看着，都非常马虎。"

"但那个男孩子不一样。"她辩道。

"又是谁的男朋友？"我问。

"不，他跟他妹妹来的，他已经在做事了，是理工学院的讲师，廿七岁，上海人，未婚，"玫瑰报流水账般，"而且他在下午三点就告辞了，他坦白说这派对太孩子气。"

"啊。"我点点头。

"我想再见他，大哥，有什么办法？"

"你是玫瑰呀，你没有办法，谁有办法？"

"如果我开口约他，会不会太明显？"

"问你苏姐姐。"

更生笑。"我哪儿知道？我不过等着你大哥来追求我罢了，二十九岁半才订婚的老小姐，并无资格主持爱情难题信箱。"

我说："玫瑰，你不必心急，或许现在他已经到处在打听你的行踪，稍安毋躁，等待一两天，这个人便像其他所有男人一样，送上门来，给你虐待。"

"我真有那么厉害，就没有那么多瘟生肯牺牲了。"

"说话恁地粗俗。"我摇摇头。

我与更生的订婚消息飞快地传出去，大家都很替我高兴，尤其替更生庆幸。

更生一次笑笑地说："我倒是有点晚福，都说黄振华是个好男人，身为建筑师，钞票麦克麦克[1]地赚，名字却从来不与明星歌星牵涉在一起。现在在中环赚到五六千元一个月的男人，便已经想约有名气的女人吃饭，普通小妞是不睬的了。"

"这么说，女人要有名气。"

"不，"她说，"女人至紧要有运气，现在很多人都认为我有点运气——年纪不小了，又长得不怎么样，居然还俘虏到黄振华……"

我诧异："你计较街上的闲人说些什么？乡下人的意见也值得重视？"更生微笑。

"我认为你是一个漂亮优雅的女人还不够吗？"

---

[1] 老上海话，指钱很多。

"谢谢你，"她说，"我不该贪心，企图赢得全世界。"

女人！

周末我与她出去应酬。在派对上，更生指给我看。"有没有看到那边那一对？"

我目光随她的手指看过去，一对飘逸的男女正在跳舞。

两人都穿白色，无论服饰、神情、年纪，都非常配合，堪称一对璧人。

我点点头。"很漂亮的一对，肯定不会有很多人欣赏，人们都喜欢玫瑰，一种夸张、浮浅的美。"

"不，玫瑰的美是另外一回事，我现在不与你辩论，可是那个男人，正是玫瑰看中的那位讲师。"

"啊——"

我更加注目起来。

那真是一个英俊的男人，长挑个子，脸上带种冷峭的书卷气，白色的衣裤在他身上熨帖舒服。他女伴的气质竟能与他相似，一举一动都悦目。

我低声与更生说："如果我不是追到了你，我就去追她。"

更生瞅我一眼。"你有追过我吗，怎么我不知道？"

"他叫什么名字？"我问。

她在熟人那里兜了个圈子回来，告诉我，男人叫庄国栋，而女郎是他的未婚妻，是个画家。

像是有第六感觉，我认为玫瑰这次肯定要触礁。

更生笑说："很伟大的名字，你要振兴中华，他要做国家栋梁。"她停了停。"所以我喜欢玫瑰。她安分守己地做一朵玫瑰。"

"你认为她有多少机会？"

"什么机会？"

"这男人有了未婚妻——玫瑰得到他的机会。"

更生想了很久，不出声。过一会儿她说："我不明白为什么大家不能和平共处，一定在别人手中抢东西，这世界上，独身自由的男人还很多的。"

我说："你敢讲你从没眷恋过有妇之夫？"

"除非他骗我说没老婆。"

"乡下有。"我说，"城里没有。"

我看着那一对爱人在另一个角落坐下。

"玫瑰为什么要看中他呢，"我说，"这样的男人也还是很多的。"

"别担心，玫瑰顶多喜欢庄国栋三个月。"更生说。

"三个月。"我喃喃地说，"这年头的女孩子真可怕，全是攻击派。"

"有没有女孩子主动要结识你，黄振华？"

"不会。我不穿白西装，不开名贵跑车，不往高级饭店亮相，不想充任公子，谁来追我？"

有漂亮的女孩子追着跑，未必是福气，男人成为十三点兮兮的交际草，这里去那里去，身边老换人，名誉照样会坏，一样娶不到好太太。

"我们走吧。"我说。

"怎么突然之间兴致索然？"

我完全不明白玫瑰的感情问题，她喜欢故意制造困境，造成万劫不复的局面，现在暂时的宁静，不过是暴风雨前夕。

玫瑰自然会采取主动，去接近庄国栋，这点是可以肯定的。

不出半个月，小妹便约了庄国栋到家里吃晚饭。

刚好我与父亲通了长途电话，知道老妈的病况大有改善，因此心情很好，于是便坐在家中陪他们吃饭。

玫瑰对庄国栋的神情，我看在眼内，一颗心直往下沉，上帝救救玫瑰，她真的对庄国栋已产生了浓厚的感情，她从来没有这样静默与温柔过，眼光像是要融在庄的身上。

因为玫瑰紧张，所以我也特别紧张，我这个人一惊惶便不停地伸筷子出去夹菜，因此吃得肚子都胀了。

而庄国栋一直气度雍容，处之泰然，咱们两兄妹完全落了下风，他真是个强敌。

庄国栋说："在香港找事做，真不容易，念高温物理，当然更无用武之地，胡乱找个教席，误人子弟。"

庄国栋这番话说得轻描淡写，但言下之意有形容不出的傲慢。

我不喜欢这个男人。

玫瑰说："那你为什么不学大哥那样读建筑呢？"

庄国栋欠欠身。"城市内光盖房子，没有其他的学问是不行的。"

玫瑰一脸仰慕，她看着他。

我几乎气炸了肺。

事后跟苏更生说："他妈的那小子，一副天地之中，唯我独尊的样子，真受不了他！"

苏更生笑。"你呀，小妹的男朋友，你一个也看不入眼，这是什么情结？"

"恋妹狂，"我瞪大眼睛，"好了没有？"

更生抿着嘴笑。

"老实说，只有这一次，我站在玫瑰这一边，要是这小子阴沟里翻了船，栽在玫瑰手里，他要是跑到我面前来哭诉，我会哈哈大笑。"

更生转过了头，轻轻地说："恐怕这样的机会不大呢。"

虽然不喜欢庄国栋，也不得不承认他是个品位极高的男人，衣着打扮仪态都无懈可击，不讲一句废话，所有的话中都有骨头，是个极其不好应付的家伙，喜怒哀乐深藏不露，他心里想些什么，根本没人晓得。

照说这样的一个人，不应该令人觉得不自在，偏偏他使我觉得如坐针毡，有他在场，气氛莫名其妙地会绷紧，我也不能解释。

玫瑰间或约会他，但他并没有按时接送玫瑰，也不见他开车来门口等。

我问小妹："怎么，尚没有手到擒来吗？"

"没有。"她有点垂头丧气。

"为什么呀？"我大表失望。

"我不知道。"玫瑰摇摇头，"他说他有未婚妻，那个老女人。"

"胡说，那个不是老女人。"

"二十七岁还不是老女人？"玫瑰反问，"我要是活得到那个年纪，我早修身养性地不问世事了。"

"你少残酷！"我跳起来，"这么说来，我岂不是千年老妖精？"

"谁说你不是？"她仿佛在气头上。

"那么爱你的苏姐姐呢？她也是老妖怪？"

玫瑰答非所问："他与他未婚妻的感情好得很呢，他老说：大机构一切职位都不值一哂，不过是大多数人出力，造就一两个人成名，通力合作，数百人一齐做一桩事，但创作事业是例外，像他那画家未婚妻，作品由她自己负责，那才能获得真正的满足。"

我冷笑。"啊，有这种事，那么他与你来往干什么？他应该娶个大作家。"

"我爱上了他。"玫瑰说。

"鬼相信，狗屁，"我说，"你也会爱人？你谁都不爱，你最爱的是你自己。"

玫瑰抬起头，大眼睛里含着眼泪，她说："但是我爱他。"

我呆呆地注视玫瑰。

"你——爱他？"我问，"你懂得什么叫爱？"

"不，我不知道，"她说，"可是第一次，我生平第一次，觉得一个人的所作所为对我的喜怒哀乐有所影响，他们说爱情是这样的。"

"你糊涂了。"我说。

"我不糊涂。在一个荒岛上，任何男女都会爱上对方，但现在那么多男人，我偏偏选中了他，这有什么解释？"玫瑰说。

"因为他没有拜倒在你裙下，你认为刺激，决定打这一场仗。"我把脸直伸到她面前去。

"这是不对的，"她摇摇头，"我并没要与他斗气，我真正地爱他。"

她的眼睛非常深沉，黑溜溜看不见底。

"他这个人不值得你爱，"我说，"他不适合你，他会玩弄你。"

玫瑰沉默一会儿，站起来。"已经太晚了。"

"玫瑰，为什么你要那么急于恋爱？"

"你不应如此问，"玫瑰说，"周士辉不懂得爱情，因为他到了时候便结婚生子。大哥，你以为你懂得爱情，于是你在等到了适当的对象之后结婚生子。但你们两个是错了，爱情完全不能控制选择，这不是我急不急的问题，爱情像瘟疫，来了就是来了。"

她的声音有点沙哑，我听得呆呆的。

苏更生说，她早就知道，玫瑰并不是一朵玫瑰那么简单，玫瑰偷偷地长大，瞒过了我们。

我们并不能帮助她，感情问题总要她自己解决。

玫瑰再刁钻古怪，也还是性情中人，她是暖型的，庄国栋与他的女友却一模一样地冷。

那个女郎开画展的时候，我特地抽空去了。

她画超现实主义——

一个惟妙惟肖的裸婴坐在荆棘堆中流血；一束玫瑰花被虫蛀得七零八落……

一颗核弹在中环爆炸，康乐大厦血红地倒下……幅幅画都逼真、可怕、残酷。

画家本人皮肤苍白，五官精致，她的美也是带点缥缈的。

我与她打招呼，说明我认识庄国栋。

我说："画是好画，可惜题材恐怖。"

她冷冷地一笑。"毕加索说过：艺术不是用来装饰阁下的公寓的。黄先生，或者下次你选择墙纸的时候，记得挑悦目的图案。"

我也不喜欢她。

她不给人留余地，我从没见过这么相配的一对，玫瑰简直一点希望也没有。

女画家的娘家很富有，与一个船王拉扯着有亲戚关系，她才气是有的，也不能说她不是一个漂亮的女子，但那种目无下尘的盛气太过凌人——

或者……或者庄国栋会被玫瑰的天真感动。

因我对玫瑰的态度缓和，她大乐。

更生问："为什么？"

我答："因为我发觉玫瑰并不是世界上最可怕的女人。"

更生笑笑。

当那位傲慢的女画家动身到瑞士去开画展后，庄国栋与玫瑰的来往开始密切，不知为什么，我也开始觉得他脸上似乎有点血色。

跟玫瑰在一起的人，很难不活泼起来。

玫瑰仍然穿着彩色衣服，过着她蝴蝶般的彩色生涯。

父母在美国接到我与更生的订婚消息，大喜。他们该办的事全部办妥，决定下个月回来，而老妈的气管也好得七七八八。

人逢喜事三分爽，我对玫瑰说，父母回来之后，也许她应该搬回家去住。

玫瑰唯唯诺诺，我笑骂："你少虚伪！别敷衍我。"

那日上班，女秘书笑眯眯地递来一本画报，搁在我桌上，神秘地退出。

我看看画报封面，写着"时模"两个字，那封面女郎非常地眼熟，化妆浓艳、蜜棕色皮肤、野性难驯的热带风情，穿着件暴露的七彩泳衣。

看着看着，忽然我明白了，我抱着头狂叫一声，是玫瑰，这封面女郎是玫瑰！

更生赶着来的时候，我在喝白兰地压惊。

她问："你怎么了？"

我说："有这么一个妹妹，整天活在惊涛骇浪之中，我受不了这种刺激，你看看这画报的彩图，张张半裸，她还想念预科？校方知道，马上开除，老妈回来，会剥我的皮。"我喘息。

更生翻这本画报，沉默着，显出有同感。

"这是什么时候发生的事？"更生问。

"我不知道。"

"会不会她是无辜的？你看，当时她还是长头发，会不会是雅历斯·林自作主张把玫瑰的照片拿去刊登？"

"哎呀，这个懦夫为什么没有自杀身亡呢？这下子可害死玫瑰。"我叫。

"有没有刊登姓名？"更生问。

"没有，只说是一位'颜色女郎'，嘿！颜色女郎，我的脸色此刻恐怕也是七彩的。"

"或者她可以否认，我看校方不一定会发觉。"

"这明明是她，连我的女秘书都认得她。"

"可是她上学穿校服，并不是这样子——"

"我是建筑师，不是律师，更生，你去替她抵赖吧，我不接手了。"我说。

"一有什么事你就甩手，玫瑰会对你心冷。"更生说。

"更生，我有许多其他事要做，我活在世上，不是单为玫瑰两肋插刀。"

"可是她毕竟是你妹妹，你母亲到底叮嘱你照顾她，她比你小那么多，你对她总不能不存点慈爱的心。"

"好，这又是我的错？"我咆哮。

"你不用嚷嚷，我是以事论事。"她站起来走出去。

我与更生也一样，没事的时候顶好，一有事，必然各执己见，不欢而散。她性格是那么强，女人多多少少总得迁就一点，但她不是，有时候真使我浮躁，有什么理由她老跟我作对？

但想到她的好处，我又泄了气，没有人是十全十美的，我自己也不是，就让我的忍耐力来表现我对她的爱吧！我虽没有万贯家财，也没潘安般相貌，但我有忍耐力。

更生教玫瑰否认杂志上的照片是她本人。玫瑰疑惑地问："叫我说谎？"

然而当以大局为重的时候，谎言不算一回事，玫瑰终于又过了一关，校长传家长去问话，我与更生一迭声地否认其事，赖得干干净净——

"我小妹是好学生，怎么会无端端去做摄影模特儿呢。"

"人有相似，物有相同而已。"

"完全是一场误会，我们家的孩子不会着这种奇装异服。"

最主要的是，会考放榜，玫瑰的成绩是七 A 二 B，是该年全校之首。

玫瑰会考成绩好，校长有鉴于此，过往的错一概不再追究，玫瑰耸耸肩，吐吐舌头，顺理成章地度其愉快暑假。

"七个A！"我说，"考试那个晚上翻翻课本便可以拿七个A！"

更生叹口气："她过目不忘，怎么办？"

"七个A！有好多好学生日读夜读还不合格，由此可知天下其实并没有公理。"

"公理呢，"更生笑道，"肯定是没有的了，否则高俅单靠踢得一脚好球，如何位极人臣，不过玫瑰天经地义地该得这种好运气。"

我没好气："靠运气就可以过一辈子？"

"有很多人是如此过的。"她说。

"那么你也马马虎虎吧，别老跟我争执。"我打蛇随棒上。

"黄振华，你是个机会主义者。"

夏天又到了，玫瑰真正像一朵含苞的玫瑰，鲜艳欲滴，令人不敢逼视。

我软弱地抗议过数次，像："泳衣不可穿那么小件的。""你如果穿T恤最好添件内衣。""看人的时候，要正视，别似笑非笑斜着眼，你以为你是谁？白光？"

说了也等于没说。

一日在苏更生家吃晚饭，她开了一瓶好白酒招呼我，我喝得很畅快，自问生命中没有阻滞，颇不枉来这一趟，益发起劲，留得很晚，听着迪斯科音乐，几乎没睡着。

后来更生瞌睡不过，把我赶走，到家门的时候，已是半夜三四点。

好久没有在这样的时间回家，清晨新鲜的空气使我回忆起当年在牛津念书，半夜自洋妞的宿舍偷回自己的房间的情形……

那股特有、似凉非凉的意味，大好的青春年华、冲动的激情，都不复存在。但在那一刹那，我想念牛津，心下决定，势必要与更生回去看我那寒窗七载的地方，人生苦短，我要把我过去一切都向更生倾吐。

掏出锁匙开门进屋，我听见一阵非常轻的音乐传出来，低不可闻，啊！有人深夜未寐，看来我们两兄妹都是懂得享受生活的人物。

我轻轻走到书房，书房门微掩着，我看到玫瑰与庄国栋在跳舞，他俩赤足，贴着脸，玫瑰一副陶醉的样子，我被感动了。

人生苦短，一刹那的快乐，也就是快乐。

我并没有打扰他们，蹑足回房，脱了衣服，也没有洗一把脸，就倒在床上，睡着了。但一夜都是梦，梦里都是幸福的、轻不可闻的音乐声，细细碎碎，不断地传来。我觉得太快乐，因此心中充满恐惧，怕忽然之间会失去一切。

醒来的时候是上午十时半，玫瑰已经出去了。

我连忙拨一个电话给更生。

我低声说："我想念你，我爱你。"

"发痴。"她在那边笑，"你总要使我给公司开除才甘心，难怪现在有些大公司，一听高级女行政人员在恋爱就头痛。"

"你今天请假吧。"

"不行！"

"好，"我悻悻地，"明天我若是得了癌症，你就会后悔。"

"我想这种机会是很微小的，我要去开会了，下班见。"她挂上电话。这女人，心肠如铁。

一整天我的情绪都非常罗曼蒂克，充满了不实际的思想。

能够恋爱真是幸福，管它结局如何。难怪小妹不顾一切，真的要展开争夺战，那位冷酷的女画家断不是玫瑰的对手，我有信心。

玫瑰第一次为男人改变作风，她留长头发，衣服的式样改得较为文雅，也不那么高声谈笑，有一种少女的娇艳，收敛不少放肆。她与庄氏时时约见，每次都是紧张、慌忙地换衣服、配鞋子，每次出去，一身打扮都令人难忘。假使她不是我的妹妹，我都会以那样的女友为荣。

更生就从来不为我特别打扮，她原来是那个样子，见我也就是那个样子。当然，她一直是个漂亮的女郎，那一身素白使不少女人都成了庸脂俗粉，但……她始终没有为我特别装扮过。

更生不会为任何人改变她的作风，她并非自我中心，她只是坚持执着。我的心温柔地牵动一下，我爱她，岂不正是为了这样？

暑假还没有完，父亲与母亲就回来了，我们往飞机场去接人。

母亲的病已治愈，只待休养，人也长胖了，见到我与更生很高兴，把玫瑰却自头到脚地打量一番，只点点头。我认为老妈这种态度是不正确的，又不敢提出来，马上决定把玫瑰留在我身边，不勉强她回家孝顺双亲。

父母回来没多久，坏消息就传来了。

那日深夜，我为一桩合同烦恼，尚未上床，玫瑰回来的时候，"砰"的一声关上大门，我吓一跳。她抢进我书房来，脸色不正常地红，双眼发光，先倚在门口，不出声。

"怎么了？"我站起来，"你喝了酒？"

她出奇地漂亮，穿了件浅紫色低胸的跳舞裙子，呼吸急促，耳朵上紫晶耳环左右晃动。

"玫瑰，你有话说？"我像知道有事不妥，走到她跟前去。

"大哥，"她的声音非常轻非常轻，"大哥，他要结婚了。"

我问道："谁要结婚？"

"庄国栋。"她说。

我尚未察觉这件事的严重性，虽觉意外，但并不担心，我说："让他去结婚好了，男朋友什么地方找不到？"

"你不明白，大哥，我深爱他。"

我将玫瑰拥在怀中。"不会啦，别担心，没多久你便会忘记他，好的男孩子多得很，我相信你会忘记他。"

玫瑰紧紧抱着我，喉咙底发出一阵呜咽的声音，像一种受伤的小动物绝望的嚎叫，不知为什么，我害怕起来。

"玫瑰——"

我马上想到更生，明天又得向更生发出求救警报。

"你去睡，玫瑰，你去睡。"我安慰她，"明天又是另外一天，记得郝思嘉[1]说的吗？明天又是另外一天。"

"大哥，他要与别人结婚了。"

"嘿，那算什么，他反正配不上你。"我又补充一句，"你如果想哭，也不妨哭一场。"

但是她没有哭，她转过头，一声不响地回房间去了。

第二天我就接到庄国栋的结婚帖子，在圣安东教堂举行婚礼。

我困惑多过生气，把那张帖子递到更生面前去。

"看，"我说，"我弄不懂，明明是要结婚的人，为什么脱了鞋子赤足与玫瑰在我书房里跳慢舞？"

更生担心得脸色都变了。

"你要好好地看牢玫瑰。"

"我懂得。"我说。

但我没有看牢她。

庄国栋来找我，他冷冷地说道："黄振华先生，我想你跟我走一趟。"

"走到什么地方去？"我很反感，"我完全不领悟你的幽默感。"

"到我公寓去，"他说，"你妹妹昨天趁我不在家，叫用人替她开了门，把我家拆得稀烂，我想你去参观一下。"

我一惊："有这种事？"

---

[1]《乱世佳人》(亦译《飘》) 中女主人公。

"我想你亲眼见过，比较妥当。"

我不得不跟他走一趟。当看到他公寓遭破坏后的情形，我才佩服他的定力。

如果这是玫瑰做的，我不知道她是哪里来的气力，这完全是一种兽性的破坏，屋子里没有一件完整的东西。画、家具、窗帘、被褥、衣服，全被利器划破，滚在地上，墙壁上全是墨汁、油漆，连灯泡都没有一个是完整的，就差没放一把火把整间公寓烧掉。

我簌簌地颤抖，不知是气还是怕。

庄国栋冷冷地、镇定地看着我。

"我们……我们一定赔偿。"我说。

"原本我可以报警的，"他说，"你们赔偿不了我的精神损失，开门进来看到这种情形，会以为家中发生了凶杀案！"

"是，我明白。"我泄了气，像个灰孙子。

我说："希望我们可以和平解决，你把损失算一算，看看我们该怎么做。"

庄国栋转过头来，"你倒是不质问我，不怀疑我是否占过你妹妹的便宜。"

我恼怒地说："第一，我不认为男女之间的事是谁占了谁的便宜。第二，假如你有任何把柄落在我们手中，你就不会如此笃定，是不是？"

他一怔，随即说道："我连碰都没有碰过她。"

"那是你与她之间的事，你不必宣之全世界，"我说，"总之这次破坏行动完全是玫瑰的错，我们负责任。"

"我与玫瑰，已经一笔勾销。"他说。

我反问："你们有开始过吗？她或许有，你呢？"

我赶回家，玫瑰将她自己反锁在房内。

我敲门，边说："玫瑰，出来，我有话跟你说，我不会骂你，你开门。"

我真的不打算骂她。

她把门打开了，我把她拥在怀中。"别怕，一切有我，我会把所有东西赔给那个人，但是我要你忘了他。"

玫瑰的眼睛是空洞的，她直视着，但我肯定她什么也看不见。

"玫瑰，"我叫她，"你怎么了，玫瑰！"

她呆滞地低下头。

"你说话呀！"我说道。

她一声不出。

"那么你多休息，"我叹口气，"记住，大哥总是爱你的，过去的事已经过去，千万不要做傻事，明白吗？"我摇撼她的双肩。"明白吗？"

她缓缓地点点头。

"玫瑰，他是一个最普通不过的男人，将来你会遇到很多更好的男朋友，不必为他伤心反常，一个人最重要的是记得自爱，你听到没有？"

她没有听到。

"睡一觉，"我说，"去，精神好了，你心情也会好。"

她上床去躺着，转过脸，一动不动。

我害怕起来，找到更生，与她商量。

我认为非得有人长时间看顾她不可，因此建议玫瑰回家住。

更生说："对是对的，因我俩都要上班，没空帮她度过这一段非常时期，不过要征求她的意见，因她与父母一直相处得不好。"

"更生，你问她。"

玫瑰不肯说话，她完全丧失了意志力，随我们摆布，便搬了回家。我开始真正地害怕与担心玫瑰，她逐渐消瘦，面孔上只看见一双大眼睛，脸色转为一种近透明的白，看上去不像一个真人。

更生说："玫瑰，你怎么会变成这样子呢？"

短短两个星期，玫瑰已经枯萎了。

她成天坐在房间里不出门，三顿饭送进房内，她略吃一点，然后就坐在窗前，什么也不做，就坐在那里。

而母亲居然还说："玫瑰仿佛终于转性了。"这使我伤心，母亲根本不知道小女儿的心，她不是一个好母亲。

庄国栋的婚期到了。

我到圣安东教堂去参观婚礼。

那日下雨，空气濡湿，花钟下一地的花瓣，香味非常清新，不知为什么，我忽然想哭。

西式的婚礼与葬礼是这么相似，一样的素白，一样的花，一样的风琴奏乐。

我小妹在家已经神志不清，凶手却在教堂举行婚礼。我早知玫瑰是有今日的，玩火者终归要叫火焚。

新郎新娘出来了，两个人都穿着白，非常愉快，就跟一般新郎新娘无异。

新娘的白缎鞋一脚踏进教堂门口的水凼中，汽油虹彩碎了，水滴溅起来。

我别转头走，眼圈发红。

我回家去，对牢小妹说了一个下午的话——

"他其实不过是那么一回事。

"他并不知道欣赏你，我想他甚至不知道爱情是什么。"

玫瑰仍然苍白着脸，一声不响，也不哭，憔悴地靠在摇椅上，披着一件白色的外套，整天整夜呆坐家中。

我握着她的手，将她的手贴在我的脸上，我说："小妹，我深爱你，我知道你的感受，你不晓得我有多心疼。"

她不响。

为了玫瑰，连我与苏更生都瘦了。

真是惨，如果这是爱情，但愿我一生都不要恋爱。

"没有再可怕的事了，"更生说，"黑死病会死人，死了也就算了，但失恋又不致死，活生生地受煎熬，且又不会免疫，一次又一次地痛苦下去，没完没了，人的本性又贱，居然渴望爱情来临，真是！"

我不明白玫瑰怎么会爱上庄国栋。

他寄给我装修公司的账单，一行行价目列得很清楚，要我赔偿，我毫不考虑地签了支票出去。钱，我有，数万元我不在乎，如果钱可以买回玫瑰的欢笑，我也愿意倾家荡产。

直至玫瑰不再胡闹捣乱，我才发觉她以前的活泼明朗有多么可贵。

我对更生说："这样下去不是办法哪。"

更生温和地说："时穷节乃见，患难见真情，现在我才发觉你对玫瑰不错。"

一向如此，我爱她如爱女儿。

我说："让她到外国去吧，别念港大了，随便挑一家小大学，念门无关重要的科目，但求她忘记庄国栋。"

"到英国还是美国呢？"更生问。

"我来问她。"

那夜我与更生把玫瑰带出来吃饭。

更生替她换了衣服，梳好头，我一路装作轻松的样子说说笑笑，叫了一桌的菜。

玫瑰虽然已经被折磨得不成人形，也没有化妆，但仍然吸引了无数的注目礼。

她呆呆地随我们摆布。

我终于忍不住，痛心地说："玫瑰，你这样下去不是办法，我想送你到外国去，也许你会喜欢，如果不习惯，也可以马上回来。换个新环境，自然有许多新的玩意儿，包管热闹，英国或美国，你随便挑，费用包在大哥身上，你看如何？"

她抬起头，看着我。

"玫瑰，人家结婚都几个月了，情场如战场，不是你飞甩了人，就是人飞甩了你，别太介意。玫瑰，要报仇十年未晚，留得青山在，不怕没柴烧。"

苏更生瞅着我，似笑非笑，她轻声说："以前就懂得骂她，现在又说些没上没下、不三不四的话来哄她，啼笑皆非。"

我长长叹口气，桌上的菜完全引不起我们的食欲。

"玫瑰，"我哀求，"你说话啊，你这样子，大哥心如刀割啊。"

玫瑰的嘴唇颤抖着，过半晌她说："我情愿去美国。"

"美国哪个城市呢？"更生问。

"美国纽约，我喜欢纽约。"她说。

更生说："好了好了，一切只要你喜欢，明天我们就去办手续，我与你大哥请一个月假陪你去找学校。"

玫瑰呜咽起来，她哭了。

更生把她搂在怀中。"不要紧，哭吧。"

玫瑰的眼泪奔涌而下，她说："我是这样爱他。"

"是，是。"更生拍着她的肩膀，"我们知道。"

玫瑰号啕大哭起来。

后来几日她都不断地哭，眼睛肿得像核桃。

更生说："哭总比不哭好，哭了就有发泄，我多怕她会精神崩溃。"

"可恨这些日子，老妈根本连正眼都不看玫瑰一眼，啥子事也没发觉，一点表情都没有，老妈越来越像一条鳄鱼，"我把两只手放在嘴巴前，一开一合，扮成鳄鱼的长嘴，"除了嘴部动，面部其他肌肉是呆滞的，真可怕。"

更生啼笑皆非。"我发觉玫瑰那顽皮劲儿跟你其实很像，你怎么可以一大把年纪了还拿老母来开玩笑？"

"我生她气，像玫瑰到纽约去这件事，她一点意见都没有，还要讽刺玫瑰根本没有考上港大的希望。倒是爸，他告诉玫瑰要当心，因为纽约是个复杂的城市，而且咱们家在那边没亲戚。"

过没几天，我俩就陪玫瑰启程到纽约。

她仍是哭。

我偷偷问更生："简直已经哭成一条河了，会不会哭瞎眼睛？"即使不哭的时候，她脸上的那颗痣也像一滴永恒的眼泪。

"去你的！"是更生的答案。

纽约已经有凉意，我们先陪玫瑰找房子，再找学校，有空便到处逛。

玫瑰终于止住了眼泪，没精打采地跟着我们走。我租了一辆车，三个人游遍纽约。

开头送玫瑰进学校，我尚有不放心之处，但外国人自有外国人的好处，他们对玫瑰的美貌视若无睹，对她相当和平善意。

更生研究出来，原来外国人心目中的东方美女是塌鼻头，丹凤眼，宽嘴巴，扁面孔，蜡黄皮肤的。玫瑰太西洋美，几乎被他们视为同类，自然不会引起轰动。

这样看来，纽约倒是玫瑰理想的读书之地。

我替她买了一辆小车子，在银行中留下存款，便打算打道回府。

我其实放心不下。

我问："就让她一个人留在纽约？"

更生说："都是这样的，她会找到朋友。"

"万一生病呢？"我说，"她才十七岁半。"

"大学生都是这个年龄。"更生一再保证，"你放心。"

玫瑰自己表示愿意尝试新生活。

我跟她说："有钱使得鬼推磨，你别给我省，长途电话爱打就打，有三天假都可以回来，明白吗？"

在飞机场，玫瑰送我们两人回香港，她穿得很臃肿，更像个洋娃娃。

她紧紧拥抱我，大哥大哥地叫我，也说不出话。

我答应她，一有空就来看她，然后落下泪来。

在飞机上，更生温柔地取笑我："真没想到你变得那么婆婆妈妈的。"

"这玫瑰，终生是我心头的一件事，放也放不下。"我说。

香港没有玫瑰，顿时静了下来。

开头的三个月，几乎每隔一天我就得打个电话过去问玫瑰的生活情形。

她整个人变了，口气也长大了，头头是道地报告细节给我知道，给我诸多安慰。像："我成绩斐然……""我胖了十磅……"之类。

最使我大吃一惊的是她转了系，我几乎要赶到纽约去，在长途电话中急了半小时。

玫瑰说："我不想念商业管理，我转了法律，很容易念的，别忘了我那摄影机记忆，你别害怕啦，手续很简单，早已办妥。"

问起："有没有男朋友？"

她隔了一会儿才说："没有。"

"十八岁生日，要不要来陪你？"

"不用不用。"她哭了。

"钱可够用？"我说。

"够了，花到一九九〇年都够。"玫瑰说。

"天气冷，多穿一点，别开中央暖气。"

"次次都是这几句话，"她笑，"大哥，你与苏姐姐几时结婚？"

有心情管闲事，由此可知是痊愈了。

"过年回家来吗？"

"不了，过年到佛罗里达州。"

"多享受享受，大哥就放心了。"

"我爱你，大哥。"

"大哥也爱你。"

更生老说我们俩肉麻。更生的好处是从不妒忌我与玫瑰。

老妈诧异地表示玫瑰终于有进步了。

老妈身为母亲，却永远是个槛外人，我衷心佩服她。

玫瑰十八岁生日那天，我电汇了玫瑰花到纽约，又附上一笔现款。

我对更生表示担心玫瑰："她怎么可以忍受那份寂寞呢？"

"她不会寂寞的，外国年轻人玩得很疯，况且她又不是在阿肯色、威斯康星这种不毛之地，她是在纽约呀。"

那天晚上，电话铃响起来，我去接听。

"振华？"那边说，"我是周士辉。"

"你还没有死吗？"我没好气，"别告诉我你还念念不忘黄玫瑰。"

"振华，我想听听她的声音。"

"老周，你消息太不灵通，玫瑰现不在香港，她在纽约念书。"

"纽约？"周士辉喃喃地说。

"是的，"我说，"美国纽约。"

"纽约哪里？"

"你以为我会告诉你？她真的在念书。"

"念什么？"

"法律。"

"啊。"他沉默了。

"周士辉，我不希望再听到你的声音，你那噩梦再不醒来，我也不想要你这个朋友。"

"振华，你怎么解释但丁与庇亚翠西[1]的故事。"

"我要睡觉，"我说，"我不懂神话故事。你回香港吧，周士辉，回来我以最好的白兰地招呼你，与你一起醉一起流泪，听你诉苦，真的。"

"振华，"他哽咽，"你不嫌弃我？"

"咱们是小、中、大学同学，士辉，我要是嫌你，我便是个孙子。"

"为了不认我，我想你情愿到人事登记处去更改姓孙。"

"别开玩笑了，士辉，回来好不好？"我说，"算我求你，你也可以下台了，尽管现在时兴流浪，在外头晃足两年，也够啦。"

他挂断了电话，我叹口气。

这个周士辉，至死不悟。

我对他也算恩尽义至了，但要我把玫瑰的住址告诉他，我不干，无论如何不行，我希望玫瑰好好地念书，读到毕业。

玫瑰的信："……昨天经过宿舍二楼，听到一个华人学生在播一支歌，她说是白光唱的，白光是谁？仿佛听你提过。这个女歌手唱的一首歌叫《如果没有你》，听了令人着魔，久久不能忘

---

[1] 贝亚特里切，《神曲》中的重要人物之一，也是在但丁一生中具有重要意义的人。

怀，竟有这样的歌！让我的心为之收缩。

"……我的时间都用于在大都会博物馆内学习进修，有一日回香港，我便像《基度山恩仇记》[1]中的那位伯爵，无所不晓，名震全球。"

我看得流下泪来。

更生说："玫瑰像那种武林高手，一次失手，便回乡归隐，不再涉足江湖。"

"她很快要复出了，你放心。"

周士辉比她先回香港。

我到飞机场去接他，他看上去倒并不憔悴，只比以前胖很多，穿着两年前的阔脚裤，很落伍的样子。

"到酒店还是我家？"我使劲与他握手。

他摇头。

"抑或……回太太家？"我试探地问。

"我没有妻子，"他淡淡说，"我早离了婚了。"

"你住哪里？"

"跟我母亲谈过了，有她照顾我。"

"倒也好。"我说。

我送士辉回家，留一张支票给他。

他很快会东山再起，我对自己说。过一刻不禁怀疑起来。他已经丧失了以前那种斗志与向上之心，再回头也已是百年身。

他并没有求我，过没多久，他在一间中学找到教席，走马上任。周士辉变了一个人，他有点像那种落魄的艺术家，手指因抽烟抽得凶而变黄，衬衫永远是皱皱的。说也奇怪，他反而有种气质，我对他尊敬起来，我们的关系比起以前，距离拉得很远。

---

[1] 即大仲马作品《基督山伯爵》。

他并没有再回到妻子的家。

我决定动身到纽约去探望玫瑰，看她如何在异邦为国争光。

阔别近一年了。

母亲说："倒是没什么新闻，或许是我们耳朵不够长的缘故。"

"她现在很乖。"

"非得等她嫁了，才能盖棺论定，现在又这样流行离婚，唉。"

我也觉得玫瑰是离婚三次、到四十九岁半还有人排队追求的那种女人，她的命运注定是这样，倾国倾城的尤物，往往身不由己地成为红颜祸水，也是命运。

我将与更生在纽约结婚，这是更生的主意，我想了很久，也想不出是什么原因。

她说："我以前的生活至为风流，怕前度刘郎们心中不满，企图破坏婚礼，跑到纽约，老远老远，到底安乐点。"

更生有时候是很可恶的。

我先到纽约，玫瑰开着一辆小车子来接，一把抓过我的行李，抛进后备厢，拍拍手。

我看得呆了。"中国功夫？"我说，"力大无穷，你当心啊，扭伤了腰可不是好玩的。"

她开朗地笑："怎么会？"

她很漂亮，头发漆黑乌亮地垂在肩上，皮肤晒成棕色，有点像西部片中的印第安美女。

"你去佛罗里达州晒太阳了？"我问。

"没有，这是参加学校中的考古学会，在会场实习时晒的。"

"啊，听起来很刺激，玫瑰，你终于长进了，大哥老怀大慰。"

她微微一笑，轻盈地将车子转弯。

我问："不是回学校吗？"

"我搬离学校了，宿舍太贵。"

"何必省？现在住哪里？"

"带你去看。"

她住在布鲁克林区。我很反对。"你怎么住到贫民区去了？治安不好，叫我们担心。"

"不会啦，很多同学住那儿。"她安慰我说。

那座小公寓只有两百尺见方，客厅与睡房连在一起，破得不像话，家具全是旧的，一个冰箱马上可以庆祝它三十岁生日，马达吵得像火车头。我呜咽一声，惊慌得说不出话来。

"玫瑰！你怎么沦落到这种地步？"

从窗口看出去，只见一条后巷，全是垃圾筒。

"没有呀，大哥，这地方很好呀，"她说，"一个人住一所公寓，多豪华，我还有私家车子，你少担心好不好？"

"没有冷气机！"我大声说，"我保证炎夏这里气温会升至九十七度[1]。你干吗，你打算做蒸熟玫瑰？"

她"哈哈"地笑，脾气好得不像话。

我心疼。"不行，我勒令你搬家。"

"你请坐，稍安毋躁。"她把我推在一张沙发里，"肚子该饿了吧，飞机上没有什么好吃的，我弄碗炒饭给你吃。"

"饭？"我不敢置信，"什么饭？你煮饭？"

"别小看我，你小妹我现在是十项全能。"

她走进厨房，几度摆弄过后，忽然我鼻中闻到喷香的葱花味。

我禁不住探起身子来。"玫瑰，你在干什么？"

她端出两碟子食物。"来吃呀，扬州炒饭与红烧牛肉。"

我馋涎欲滴，忍不住握起筷子。"玫瑰，真了不起，你怎么会做这个？"

---

[1] 指华氏度，约为三十六摄氏度。

"我连十二人的西餐都会做。"

"哗，你韬光养晦，成绩斐然，好极好极。"

"现在我最乐意吃，把我所有的哀伤溺毙在食物中。"

我把食物吃得干干净净，摸着肚子，长叹一声。

"玫瑰，你太伟大了。"我说。

她用手撑着头，但笑不语。

我低声问："玫瑰，玫瑰，你在想什么？"

她抬起眼来。"大哥——"

我握住她的手。"你现在尚有什么不称心的事？"

她不响，隔了很久，她低声说："没有。"

"可是为什么你的眼睛不再闪亮跳跃，你嘴角不再含笑风生？"

"我有点疲倦。"

"那么你要不要回家？"我问她。

"不，不需要，我会很好。"她停一停，"你放心，大哥。"

"我有种感觉，玫瑰，你尚未从上次那件事复原呢。"我小心地说。

"啊，那件事，"她随手拾起碗筷去洗，到厨房门，转头淡淡地说，"我是永远不会复原的了。"

我很震惊。"玫瑰——"

她大眼睛很空洞，她说："这种伤痕，永远不会结疤，永远血淋淋。"眼下的蓝痣，像颗将坠未坠的眼泪。

我惊惶。"但玫瑰，时隔这么久，我们以为你已把他整个抛在脑后——"

"这次你打算住多久？"她转变话题。

"我与更生来结婚，玫瑰——"

"结婚？太好了，"她抢着说，"我陪你挑婚纱，穿衣服我最在行。"

这时门铃一响，她抹抹手说："我先去开门。"

门打开了，进来一个貌不惊人的年轻男人，我看他一眼，猜不到他是何方神圣。

玫瑰介绍："来见过我大哥，我未来大嫂隔几天来纽约。"她又对我说："大哥，这是我同学方协文。"

我呆呆地看着这个姓方的人，他长得很端正，眼睛鼻子嘴巴都编排得不错，一件不缺，但又有什么地方值得玫瑰为他做特别介绍的？

"协文常常陪我，大哥，我功课有不明的地方，他也帮助我。"

我不相信，玫瑰会要他帮助？我不相信，脸上不禁露出鄙夷之色。

但玫瑰待他很好，倒茶给他，问他是否想吃点心，拿杂志出来招呼他。我越看越不是味道，他算老几？这小子蠢相，一副没出息模样，玫瑰以前扔掉的男人，还比他像样多了，他是怎样开始登堂入室的？

我不喜欢他。

这小子走了以后，我老实不客气地问玫瑰："怎么？你跟那家伙在一起？"

"是的。"玫瑰说，"快一年了。"

"他有什么好处？"

"方协文对我好。"

"对你好的男人岂止千千万万，"我不以为然，"只要你给他们机会，他们求之不得。"

玫瑰笑："大哥这话太没道理，你把我当卡门了。"

"侬要做啥人？茶花女？芸芸众生挑中阿芒？人家阿芒很英俊，不像方协文，简直是一块老木头，拨一拨动一动。"

玫瑰很难为情："大哥，你这简直是盲目、偏见。"

我责问她："你为什么不能真正地独立？为什么要依靠这个傻小子？他又不懂得欣赏你，他只不过把你当作一个略具姿色的女人。"

"方协文真的很照顾我，大哥，我也只不过是一个很普通的女人，我并不想持起机关枪与社会搏斗，我觉得与方协文相处很愉快。"

我很失望。"那么你念法律干什么？你不打算挂牌？"

"大哥，我早就说过我胸无大志。"

"没出息。"

"是。"

我叹口气，或者这只是过渡时期。我想，再过一阵子玫瑰就可以再从事她那颠倒众生的事业了——我略为宽慰。

我说："你这公寓虽然简陋，却收拾得非常整齐，你的用人不错？"

"用人？"玫瑰大力吸进一口气，"我还用用人呢，我自己就是人家的用人，闲来去帮外国太太打理家务，看顾婴儿。"

我呻吟一声。"天啊。"

到飞机场去接到更生，我把玫瑰的现况告诉她。

更生小心聆听，一边点头。

我问她："人是会变的，是不是？"

她说："是，每个人都有两面，我们现在看到玫瑰的另一面。"

我说："我可只有一面，我不想做个两面人。"我摸摸面孔。

更生但笑不语。

我们一起到第五街的服装店去挑婚纱，买婚戒，一切都准备妥当，玫瑰要把方协文叫来吃饭。

我不肯，我说："怎么，陪大哥几天，就怕冷落了那小子？"

玫瑰只是笑。

更生说："别与玫瑰作对，来，去叫他一声。"

终于我们在一家意大利馆子内见面。

方协文憨头憨脑地来到，坐下来，我还没来得及介绍，他忽然冲着更生就叫："表舅母，你忘了我啦？我是协文呀——"

我说："你认错人了。"

他还嚷："表舅母，那时我还小，你跟表舅好吧？"

我疑心，转头看更生，她的脸色已大变。

玫瑰对方协文喝道："你吵什么？"

方协文听玫瑰喝他，顿时委屈得不出声。

我心里不是味道，正想斥骂他几句——

更生忽然很冷静地说："协文，我与你表舅已经分开了，以后不必再提。"

我霍地站起来。"更生——"我如天雷轰顶，"你——你——"

玫瑰急得变色，骂方协文："你胡嚼什么蛆？"

"我？我没有说什么呀，这明明是我的表舅母。"方协文说。

我暴喝一声："住嘴，闭上你的臭嘴！你给我滚，我以后都不要再看你的脸！"我扑上去揪住他的衫领。"你这个白痴！"我狠狠地给他两记耳光。

他怪叫，本能地反抗，一桌的比萨与红酒都推翻在地上，四周围的客人盯牢我们看。

玫瑰尖叫："大哥！大哥！"

更生站起来："我先走一步。"

我把方协文推倒在地，追上去，撕心裂肺地叫："更生！更生！"

更生已经跳上计程车走了。

我跳上另一辆空车，对司机说："追上去，不要失去前面那辆车。"

司机说："耶稣基督，越来越多人中了电视侦探片的毒，你是谁？陈查理？"

我没有理睬他，车子一直向前驶出去，追住更生，我发觉她原来是回酒店，放下心了。

我一直追着她进酒店，她仿佛冷静下来了，站在电梯口等我。

我们进了房间，静默了好一会儿。

我终于开口问："你以前结过婚？"

"是。"

"多久之前的事？"

"十年前。"

"为什么你从来没有告诉过我？"

她不响。

"你知道我会原谅你，"我提高了声音，"你知道即使你结过婚，我也会原谅你。"

她站起来对我说："我有什么事要你原谅的？我有什么对你不起，要你原谅？每个人都有过去，这过去也是我的一部分，如果你觉得不满——太不幸了，你大可以另觅淑女，可是我为什么要你原谅我？你的思想混乱得很——女朋友不是处女身，要经过你伟大的谅解才能继续做人，女朋友结过婚，也得让你开庭审判过。你以为你是谁？你未免把自己看得太重要太庞大了！"

"你听我说，更生——"

"我听了已经两年了，黄振华，我觉得非常疲倦，你另外找个听众吧，我不干了。"

我张大嘴站在那里。

她取出衣箱，开始收拾行李。

"可是，"我问，"可是你为什么不告诉我？"

"因为没有什么好说的，我十三岁那年摔跤断了腿，也一直没跟你说过……

"我是一个独立的成年人，我不是你小女儿，什么事都跟你说，获得你的了解与应允。"更生说。

"你曾经结婚，是一件大事，作为你的丈夫，我有权知道。"

"每个人心中都有若干秘密，你何必太过分？"

她提起行李。

"你到什么地方去？"我说。

"回香港，我并没有辞职，我那份优差还在等着我。"

"你毫无留恋？"我生气又伤心。

她温和地笑一笑："我们之间的观点有太大的差别。"

"你太特别了，更生。"我愤然说，"只有你才认为这是小事。"

"对不起，振华，我不需要你的谅解，因为我坚持自己并没有做错事。"

"可是——"

"别多说了，振华，我们从没吵过架，我不打算现在开始。"

我拉开旅馆房门，一言不发地离开。

到玫瑰的公寓，她正在替方协文验伤，方协文垂头丧气，看到我很害怕，要站起来走。

玫瑰没好气地说："坐下来，你这个闯祸坯，有我在，难道还怕大哥宰了你不成？"

他又战战兢兢地坐下来。

我怔怔地倒了一杯水喝。

"你这十三点，大哥真没骂错你，你真是个白痴，苏更生是我的未来大嫂你懂不懂？你一见她认什么亲戚，有话慢慢说你都不懂？"

"我……一时高兴，"方协文结结巴巴，"她与我表舅结婚时，我任的花童……"

这小子简直老实得可怜又可憎。

"好了好了，"我说，"别再说了，打到你哪里？疼不疼，要不要看医生？"

"不用。"那小子哼哼唧唧的。

玫瑰替他贴上胶布。

我说："对不起，我一时情急失常。"

"不不，大哥，是我该死，我该死！"方协文说。

"十年前？你说她嫁你表舅？"

"是，"方协文说，"我真没想到在纽约又会见到她，我不知道她跟表舅分开了，那时大家都喜欢她，说表舅福气好——啊哟！"

玫瑰在他伤口上大力捶一下。"你还说，你还说！"她娇叱。

方协文畏畏缩缩。

我说："我要听，不要紧，说给我听。"

"大哥，"玫瑰说，"你若真正爱她，她的过去一点也不重要，何必知道？你们应当重视现在与将来。如果你因此跟她闹翻，那么从此苏姐姐与你是陌路人，对于一个陌生人的过去，你又何必太感兴趣？"

啊玫瑰，我听了她的话如五雷轰顶，苏醒过来。

"更生！她在哪里？"我站起来。

"去追她吧，大哥，去追她。"玫瑰说。

我紧紧拥抱玫瑰一下，扑出门赶到酒店。酒店的掌柜说她已经离开，我又十万火急赶到国际机场，在候机室看到她一个人坐在长凳上，呆滞地看着空气，脸上并没有特别的哀伤，但她的神情告诉我，她受了至大的创伤。

我静静地走到她面前，蹲下来，轻轻叫她："更生。"

她犹如在梦中惊醒，抬头见到是我，忽然自冷静中崩溃。

更生落下泪来，我们拥抱在一起。

"我爱你，我爱你，"我说，"我终于有机会证明我爱你。"

"振华！"她哽咽地，"那件事……"

"什么那件事？我们得再找一间酒店，你把房间退掉了是不是？若找不到房间，得回玫瑰那里睡地板……"

我们终于在纽约结了婚。

过去并不重要，目前与将来才是重要的。

真没想到我会自玫瑰那里学到感情的真谛。

自那天开始，我抱定决心，要与更生过最幸福的日子。我们的婚姻生活简单而愉快，更生仍然上班，仍然穿白衣服，仍然开着她那辆小小日本车在公路上不可救药地走之字路。我们没有应酬，偶尔有什么晚宴舞会，我总牢牢地带着她。在公众场所中，她永远高贵飘逸，她永远知道在什么时候微笑，什么时候说话。

平时我们像老朋友，她待我以公道，更生善于修饰她自己。她用她自己的时间去做这一切，因我是她尊敬的丈夫，不是她的长工。

我们被公认是城里最合配的一对璧人，谁也不知道我俩的感情生活也起过波浪。

老妈说："现在黄家否极泰来，你结束了浪子生活，而玫瑰也改邪归正，几时我也去纽约尝尝她做的满汉全席。"

但对于玫瑰，我心底是凄凉的。她竟变得这样懂事忍耐，才过十八岁，她已是一个小妇人，早开的花必定早谢。别告诉我，玫瑰已经开到荼——不不，她还是美丽的，且又添多了一抹凄艳。我会记得她说起以往的一段情的时候，大眼睛中的空洞茫然……

母亲与玫瑰恢复了邦交。

她对方协文居然赞不绝口——

"真是一个无懈可击的男孩子，老实诚恳，说一是一，说二是二的正人君子，玫瑰能够遇见他真是我们家的福气。协文不但品学兼优，家中环境也好，只有两个哥哥，都事业有成，父母又还年轻，一家人都入了美籍，我可以说是无后顾之忧了。"

我忍不住问："可是玫瑰是否快乐？"

老妈愕然。"她为什么不快乐？"

"你根本不了解玫瑰。老妈，你在过去那十八年中，待玫瑰不过是像待家中一条小狗，你从来没考虑到她是否快乐，也不理会她的需要，你老是以为一个孩子有的穿有的吃就行了。"我说得很激烈。

老妈脸上变色，像一种锅底灰炭的颜色，她尖声说："你在说什么？你竟说我对玫瑰像对一条狗？我再不懂做母亲，可是你们还是长大成人了！"

老妈们永远处在上风，没奈何。

更生暗示地在一旁拉拉我的衣角，于是我又输了一仗给老妈。

玫瑰倒是不生气，她说："像老妈这样的人，爬上政坛，就是科曼尼女性版本，我们应当庆幸她只是我们的老妈，不是我们国家的领袖——否则，事情可能更糟。"

我笑得几乎肚子痛。

她仍然与方协文在一起。

这么久还不换人，简直不是玫瑰。

我嘟哝着。

更生说："照心理学说，你希望妹妹达成你心底秘密的愿望，代你搞成一个卡萨诺华[1]，颠倒众生。"

更生说："以前你对她的抱怨，实在是言若有憾，心实喜之，

---

[1] Giacomo Girolamo Casanova，通译卡萨诺瓦，意大利冒险家、作家，18 世纪享誉欧洲的大情圣。

现在她脚踏实地做人，你觉得你生命中缺少色彩，所以不耐烦起来，是不是？"

我说："太复杂了，我没听懂，怎么搞的？我叫我妹妹去当男人，好达成我做男人的秘密愿望？但我明明是个男人呀，不然怎么娶你？"

"去你的！"更生这样爽朗的女人，都被我激起小性子来，大力推我一下。

玫瑰订婚的那天，我心中是怀有悲愤的。

那小子？

他配？

我知道他是个好人，可是这世上到底是好人多，谁不是好人呢？

怎么会嫁给他的，简直一朵玫瑰插在牛粪上，白白美了这么些年，原来应在这癞蛤蟆身上，叫人怎么服气。

我很烦躁，对更生说："做人全靠命好，红运来了推都推不开。方协文那小子除了八字，还有什么好？公平地摊开来说，玫瑰以前那些男友，一个个都比他强，况且他又是美国人，玫瑰下嫁于他，简直好比昭君出塞，有去无还。那小子坏得很呢，什么都要玫瑰服侍，茶来伸手，饭来张口，玫瑰倒霉倒定了。"

更生问："要不要用录音机把你这番演讲词录下来？黄振华，你更年期了，你应该听听你自己那腔调，啰里啰唆。"

我被她气得跳脚。

然而玫瑰终于还是订了婚，至少目前她跟定了方协文，搬到方家在史丹顿岛[1]的家去住。

我仍不死心，我不相信玫瑰的故事到此为止就结束。

---

[1] Staten Island，通译斯塔滕岛，位于美国纽约湾内。

更生说："我相信她会嫁给方协文，夫妻之道是要补足对方的不足。"

我号叫："苏更生，你胆敢拼了老命跟我唱反调？你当心！"

玫瑰不久就结婚了。

更生陪了父母到纽约，我因为一宗生意而留香港。

我打算在近郊那边盖数层平房，新颖的白色建筑，一反西班牙式的俗流。但是地产公司诸多为难，不给我方便。在我数度的抗议下，他们派出新的营业代表与我商谈，还要我亲自上门去。

我非常生气，但有求于人，无法不屈服，到了那间写字楼，我气倒消了。

一位秘书小姐先接待我，把来龙去脉给我说得一清二楚，我马上觉得自己理亏。

那位小姐笑说："黄先生，你明白了我们就好做，我叫屈臣太太见你，她刚开完会。"

屈臣太太推门而入，她是一个打扮得极时髦的少妇，短发有一片染成金色，穿一套漂亮的套装，黑白两色，令人眼睛一亮，十分醒目。

我连忙迎上去。

她一见到我便一怔，马上脱口叫："振华，是你！"

她如见到一名老友似的，我却记不起在哪里见过她。

"振华，我是关芝芝啊。"

我仍然瞠目而视，尴尬万分。

"振华，"她趋向前来低声笑道，"我是周士辉以前的妻子，你忘了。"

我失声道："是你！"我由衷说："你漂亮多了，神采飞扬，我竟没有把你认出来，对不起，怎么样？生活可愉快？嗨！"我热烈地与她握手。

屈臣太太示意女秘书出去，然后与我坐下。

她像不知道从什么地方开始说，我打量着她，她戴着适量的首饰，高贵、大方、华丽，脸上的化妆恰到好处，充分显示了成熟女性的魅力。她的姿态充满信心，难怪我没有把她认出来，我相信即使是周士辉，也不能够指出这位女士便是那个彷徨痛苦失措的小妇人。

我太替她高兴，真情流露。"你出来工作了，习惯吗？看样子是位成功人士呢，应该属女强人类。"

她忽然握住我的手，感动地说："振华，你对我们真好！"

"我对你们好？"我莫名其妙。

"我见过士辉，他说你始终待他如一，不但精神上支持他，经济上也不吝啬。"

我惭愧。"哪里的话，这根本是我家人的错——"

"不，并不是，是士辉与我合不来，他其实是个很浪漫的人……我现在不生他的气了，因孩子们的关系，我们也常见面。"

"孩子们好吗？"我问。

"很好，念幼儿园，你不知道，现在幼儿园也有名校的，真可怕。"

"什么时候带她们出来，你知道吗？我也结婚了。"我说。

"恭喜恭喜。"

"但是我们不打算要孩子。"我又说。

"不要也罢，做人痛苦多，欢愉少，虽然我现在很好，到底是经过那一番来的……"

"你又结婚了？"

"是，屈臣待我很好，他鼓励我，给我找事情，他在银行界很有点名气，是……银行东南亚董事。"

"我真替你高兴。"

"对了，振华，你到我们公司是因为那块地？"屈臣太太道。

"啊哟，我差点忘了！是关于那块地。"

"你听我说——"

我们为这件事谈了一个下午。她说得头头是道，不由得我不服。

关芝芝完全变了另外一个人，她已经把周士辉搁在脑后，就因为她心中不再有这个人，所以她毫不介意地提起他的名字，自然平和地。

她显然很满意目前的生活，谈到最后，她说她会为我争取利益，然后屈臣先生来接她吃午饭了。

她诚恳地邀请我同往，我很乐意。

屈臣是个英国人，白发白胡须，粉红面皮，蓝眼睛，一眼看去很有型，像海明威模样，看仔细一点，可以看得出年纪已经不小。他立定主意享几年晚福，而关芝芝可以满足他。

一顿饭时间，屈臣的手臂都放在他小妻子的肩膀上，说不尽地呵护。

他们是这样愉快幸福，我心中完全释然，担子放下，玫瑰闯下的祸竟有如此完美的结局，出人意料。

那天我到家，还没来得及放下公事包，就从头到尾把这件事告诉更生。

更生听了笑说："你口气喋喋不休，像长舌妇。"

我不理她。"我想如果不是婚姻失败，关芝芝永远不会有今天这么出色，她风度上佳，谈吐优雅，所以说塞翁失马，焉知非福。"

更生沉思了一会儿，她说："女人是很痴心的，女人若非碰到不得已的事，不会向事业发展。"

"你呢，你以后不做女强人了？"

"在小家庭中做女强人岂非更容易？生两个孩子，把他们呼来喝去，俨然慈禧太后般，控制与摆布丈夫……太棒了，在社会做人，始终是小配角耳！"更生道。

"所以你思想搞通了，不思上进？"我也笑问。

"自然，现在我有靠山，日子过得笃定，老板讲啥，我当他放狗屁——好了没有？"她瞅着我。

我呵呵地笑。

我在郊区的平房并没有盖成功，关芝芝为我尽心尽力，但生意没谈拢，不是她的错。

老妈自纽约回来，不断赞扬玫瑰现在有多上路。现在她是方太太了，我茫然想。贾宝玉说女儿一嫁便要从珍珠变成鱼眼睛的，呵，鱼目混珠，玫瑰现在是什么模样？

我把她的消息转告周士辉，周傻傻地听着，然后他说："假如你到纽约——现在很忙，替我问候她。"

这时无线电在播放狄伦[1]名曲《北国女郎》：

> 如果你到美丽的北国去
> 那里河流结冰，夏天结束
> 请代我看看，她是否穿着件厚外套
> 抵御那咆吼的风
> 请代我看看，她是否放散头发
> 又卷曲又垂直在胸前
> 请代我看看她是否放散头发
> 那是我最记得她的模样

忽然之间我有说不出的凄凉，周士辉将永永远远记得玫瑰那

---

[1] Bob Dylan，通译鲍勃·迪伦，美国摇滚、民谣艺术家。

个调皮样，他无法忘记她，正如玫瑰会记得令她伤心的人，永远永远。

　　我在纽约见到玫瑰，正值隆冬。雪花飞舞，北风咆吼，方家的中央暖气开到七十五度[1]，室内有点闷热，我开了一点窗，冷空气像一柄薄刀似的袭上我面孔。

　　玫瑰正在怀孕初期，她仍然上学，周士辉的北国女郎现在微微有点双下巴，态度略为滞钝，却有种凝重的美，像尊石膏像。最碍眼的是她不断抽烟。

　　我说："像个老枪，玫瑰，你现在完全像一个美国女人。"

　　"美国人有什么不好？完全没有文化负担，过着他们粗糙的科技进步的自由自在的生活。"

　　"且不管美国人如何，孕妇不应抽烟。"

　　她略为犹疑，按熄了烟。

　　我问道："你打定主意要与方协文过一辈子？"

　　她点点头。

　　我轻轻说："早知如此，当初不必吃那么多苦。"

　　她对答如流："人不吃苦是学不乖的。"

　　"你不打算东山再起？"

　　她摇摇头。

　　"那也不必挑方协文。"

　　她又燃起一支烟。"他给我安全感。"

　　"你的安全百分比也不必那么高。"

　　"我知道我能够完完全全控制方协文。"

　　"爱情呢，你不再谈爱情了？"

　　她黯淡地笑，脸上那颗痣像随时要掉下来。

　　[1] 七十五度应指华氏度，约为二十四摄氏度。

"一次失败，永记于心？"我问。

"一生一次也已经太多。"她结束了这次谈话，不愿意再谈下去。

"几时是预产期？"我问。

"明年夏天，约莫是我自己生日的时候。"

"希望生男还是生女？"我说。

"生女孩子。"玫瑰说。

我看着玫瑰，她面无表情，我可以看到她那颗受伤的心尚未恢复，一直在滴血——

回到香港，更生把屋子的露台整理过了，买了一种洋海棠，白花红蕊，一排地放在露台上。

更生说，这种花有个很好听的俗名，叫作"滴血的心"。啊，人们为爱情付出的代价……

玫瑰产下一个女婴，与她同月同日生。

因夫家的人把她照顾得很好，所以我们并没有再赶到纽约去。

时间过得飞快，四周围的人已经忘记玫瑰，玫瑰的地位已被方协文太太取代。毕业后，玫瑰另外选了一门功课，继续做其终身学生。方氏则在一间银行中工作，从底层做起，赚着半死不活的月薪。

我因憎恨玫瑰那么甘于失败，故此对她不闻不问，生活得很自在。

等到玫瑰通知我们要归家的时候，我拨拨手指，她已经有六七年没回过香港了。

更生说我毫不紧张，这么多日子没见过玫瑰，居然不挂心。

我半瞇着眼说："太平盛世，紧张什么，你走着瞧，迟早要戒严备战的，届时大哥再出马未迟。"

更生说她从未见过希望妹妹闹事的大哥。

我把手抱在胸前说："现在你见到了。"

玫瑰带着丈夫女儿回娘家，妈妈一早就兴奋地准备接飞机。我跟在她身后，一早到候机室等候。但等到玫瑰出来，我还坐在那里，因为我没有把她认出来。

我没有把玫瑰认出来。

她把女儿抱在手中，背上背着一只大大的旅行袋，头发用一条橡筋束住，身上穿一套猎装，脸上的化妆有点油。毫无疑问，在别人的眼中，她仍然是一个漂亮的少妇，但玫瑰！玫瑰以前拥有的美丽，是令人窒息的，这……

我呆呆地看牢她。

她飞身过来。"大哥，大哥来看你的外甥女。"

我早已伤心欲绝，完全说不出话来，她是玫瑰？

"大哥，你怎么了？"她把一个粉妆玉琢的娃娃送到我面前。

我从来没有见过那么好看的婴儿，雪白粉嫩，左眼下也有一颗蓝痣，薄薄的小嘴是透明的。她伸出两只胖胖的小手臂，向我笑，示意要我抱。

我像着魔似的，双手不听控制，将她抱了过来，拥在怀中。

借尸还魂，玫瑰的重生。

这孩子一点都不像那愣小子，我看仔细她，心中害怕，这不就是玫瑰本人吗？我清楚记得那日放学，跟父亲到医院去探母亲，护士抱出来的娃娃，就是这个样子的。二十五年之后，我怀中又抱着个一模一样的宝宝，我困惑了，这就是生命最大的奥妙？

玫瑰诧异："大哥怎么了？"

更生大力拍着我的肩膀。"他有点糊涂，是这样的！他不明白怎么一下子就老了，快有人叫他舅舅了，男人也很怕老的，你知道。"

我白更生一眼。

我始终没有把婴儿让给其他的人抱，我把她紧紧拥着，如珠如宝，母亲想抱也不行，害得老妈大骂我贱腔。

那婴儿嘴中不住咿咿地与我说话，我每隔三分钟应她一声"啊"，她便笑，完全听得懂的样子。虽然才数个月大，头发已经又长又乌，打着一只蝴蝶结，我忍不住用自己的脸去贴她的脸。

更生微笑着摇头。

当夜，我们一家人大团聚，吃饭。

玫瑰把孩子交给用人，与丈夫出席。

她穿很普通的一套衣服，戴着假金耳环，头发放下来了，非常油腻，不是很胖，但是脂肪足够，把她脸上所有具灵气的轮廓填满。

良久我都不知道应该与她说什么话才好。

然后我听见我自己虚伪地说："怎么样？婚姻生活还好吗？"

玫瑰低声说："很多人认为婚姻是一种逃避，结了婚就可以休息，事实上婚后战争才刚开始，夫妻之间也是一种非常虚伪的关系——"

我截断她。"然而你不会有这种烦恼，你与方协文之间的仗怎么打得起来。"

她微笑。

我补充说："我与更生也不打仗，我们地位与智力都相等，我们互不拖欠，只靠感情维持，感情消失那一日，我们会和平分手。"

一整夜方协文都为玫瑰递茶、布菜、拉椅子、穿外套、点香烟，服侍她。

方协文没到中年，就长个啤酒肚，一副钝相，老皱着眉头，一额的汗，隔一些时候用手托一托眼镜框，嘴里不断抱怨香港的天气热、人挤、竞争太强。这个老土已经把美国认作他的家乡了。

我上下左右地用客观的眼光打量他，怎么看怎么不顺眼。

那日回家，更生换上睡衣的时候说："玫瑰怎么会满足于那种毫无灵魂的生活？"

"就是说呀。"

"她真快乐吗？"

"更生，快乐是一件很复杂的事，玫瑰变得今天这样糊涂，是因为她翻过筋斗，是她自己选择这条路走，因此我不能一下子否定她快乐。"

"但这简直令人伤心嘛，她试穿我的貂皮大衣，说也要做一件，你知道我的衣服都宽身，可是她还穿不上去，我看她足足胖了三十磅还不止。"

我点点头。

"你想想她以前穿短裤穿溜冰鞋的样子！"

"她自己不觉可惜，你替她担心，有什么用？快熄灯睡觉。"

更生熄了灯。

过了良久，正当我以为她已经睡着的时候，她又说："简直可以把她的名字从'艳女录'上删除。"

我翻了个身。"周士辉现在若见了她，会后悔得吐血。"

"周士辉只见到他要见的玫瑰。"她说，"人们就是这样。"

我说："玫瑰的故事，至今算完结了。"

"你知道她问我什么？她问我赤柱是否有七元一条的牛仔裤卖，她想买三十条回美国慢慢穿，又问什么皮鞋五十元一双，叫我怎么回答？"我不响。

又隔了良久，我推一推更生。"不要紧，希望在人间，玫瑰的女儿很快就长大，我们家又可以热闹了。"我说。

"神经病。"

　　那夜我怀有无限的希望，睡熟了。梦中我看见美丽的玫瑰成熟而美丽，穿黑色网孔裙子颠倒众生，后来醒来，不知是悲是喜。我们原本以为玫瑰可以美到四十九岁的。

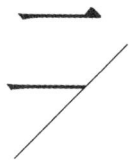

二

玫瑰是不一样的。

再见玫瑰。

我见到黄玫瑰的时候，她已经三十岁了。

黄家有丧事，她自外国回家，事后并没有走，留了下来，想装修房子，故此托她哥哥找人帮忙。黄振华建筑师是行内著名的风流人物，后辈都敬佩他，他有命令，我无不听从。

见到黄玫瑰的时候，我震惊于她的美貌。那是一个雨天，赶到黄宅的旧房子，因塞车迟了二十分钟，我又忘记带伞，冒雨奔上楼，淋湿半条裤子，急急按铃，门一打开，我呆住了。

我相信我的嘴巴一定张得大大的合不拢，因为我一向不迷信美女，认为女人得以气质取胜，可是见到门内站的这个女人，我却惊艳，不能自持。

我应该怎样形容她呢？

她当时很疲倦，一打开门便倚在门框，小脸微微向上扬，带种询问的神色。那皮肤白得晶莹，眼角下有一颗痣，眼睛却阴沉沉地黑，头发绾在脑后用橡筋束住。她穿一件黑色绸长衫，襟前别一朵白花。

她的美丽是流动的，叫人忍不住看了又看，她像是很习惯这种目光，只静静等我开口。过半晌，我说："我叫溥家敏，黄先生叫我来的。"

"啊，请进。"声线如音乐。

我随她进屋子，她那件旗袍非常宽松，一路飘拂，旗袍的下摆贴着小腿，足踝精致如大理石雕刻，脚下一双紫色绣花拖鞋，绣着白丝线花。

她坐下，将手摆一摆，非常优雅地招呼我随便。

女用人递上一盅茶，走开。

她点支烟，吸一口，低下头，像是思量如何开口。奇怪，我们要谈的只不过是装修屋子而已，但她的姿态却婉转低回，像是有千言万语开不了口的表情，整个人像一幅图画般好看。雨渐渐下得急了。

屋内却是静寂一片。

她用手托着脸，凝眸一会儿，然后开口："大哥说，这屋子应当拆掉与建筑商合盖一座大厦。"

她说完这一句话并没有继续下去的意思，没头没脑地停下来，我俯身向前细听下文，湿裤子粘在腿上，非常暧昧的一种感觉。

雨哗哗地下，露台外的细竹帘子啪啪地扑着墙壁。

我遭然迷惑，在这阴暗的老式厅堂内，我对着一个陌生美丽的女人……老式的水晶灯低垂，因风相碰，轻轻"叮叮"作声。呵，我居然巴不得时间可以静止，不再移动一寸，女人从来没有给过我这种感觉，我深深震荡。

她抬起眼来，缓缓说："我想把这屋子做些修改，但不知从何开始，溥先生，你要帮帮我的忙。"

她站起来带我参观屋子的间隔，我随在她身后。

老房子总共有近二十间房间，她都带我走遍。我神思恍惚地跟在她身后，听得到她说："你替我想一想，这里该怎么改建与装修，但这间书房请不要动。这间书房对我来说，有特别的意义。"

　　我唯唯诺诺，她忽然转过头来，眼睛深如雨潭之水，她说："我以前竟没有发觉，我在这间屋子内，度过了一生最快乐的时间。"声音底下有无限的忧伤。

　　这样的美女竟有这么多的哀愁，我不敢置信。

　　离开黄宅的时候，我已没有借口再留下来。

　　见到黄振华，我无法控制情感，流畅地将我对黄玫瑰的感觉倾诉出来。

　　黄振华背对着我，仰起头看他写字间墙壁上挂着的一幅唐寅的扇面。

　　过半晌，他转过头来，以大惑不解的声调问："请你告诉我，玫瑰到底有什么好处，使得你们前仆后继地上前线去牺牲？她今年已经三十岁，且是一个孩子的母亲，你们想想清楚。"

　　我愕然，这是怎么一回事？我不明白。

　　黄振华随即摆摆手。"算了算了，她再美丽也与你这种后生小子无关。"

　　我不以为然："什么后生小子？我今年三十一岁，比她还大一岁。"

　　"又怎么样呢？你已对她鬼迷心窍了是不是？"

　　我觉得尴尬。"这——"

　　他大力敲一下桌子。"玫瑰真是我心头一条刺！"

　　我瞪大眼睛看牢他，黄振华是建筑师中的美男子，风度翩翩，才识丰富，一向是女性们崇拜的对象。不知为什么，他一直孤芳自赏，到三十多岁才结婚，现在头发有点斑白，更加有一种中年男人的魅力——事业有成就了，又正当盛年，非常有风度，同性见了，都从心中佩服。我从来没见过他失仪，但今天他却语无伦次，大发牢骚。

　　显然他也觉得自己失态，咳嗽一声。

我说:"我没想到她那么年轻。"

"她是我的小妹。"黄振华说。

这时候黄太太推门进来,见到我便笑说:"怎么?家敏,你去过老房子了?"

"是。"

"你觉得如何?"她笑问。

"很好的一栋房子,大有作为。"我说。

她点点头坐下来。黄太太是一个优雅的女子,城里那么多女人,就数她有格,她与黄振华真是天作之合,无懈可击,一对璧人。

我说:"我见到了屋子的女主人"。

"玫瑰,你见到玫瑰了?"她问,"是的,她现在是房子的女主人,母亲把老房子传给了玫瑰。"

黄振华说:"最理想的做法应是拆掉它盖大厦,以母亲的名字命名。"

黄太太温和地笑:"玫瑰做事全凭感性,不可理喻。"

我希望从黄太太那里得到有关黄玫瑰的消息,因此说:"我们出去吃杯茶。"我挽起她的手臂。

黄振华笑道:"你这小子,当着我面与我老婆啰唆。"

我说:"我承认自己是你的晚辈,不错,我在你附属的写字楼工作,但我不是一名小子,我已经三十一岁,记住,黄先生。"

黄振华笑说:"是,我会记住,溥先生。"

黄太太问:"你跟我喝茶做什么?"

"我有话要跟你说。"

黄振华说:"家敏,记住我方才说的话。"

我说:"我已经三十一岁了。"拉着黄太太出去。

黄太太一边问一边笑:"你这孩子是怎么了?今天巴不得把

出生纸[1]粘在额角头上，每分钟都告诉人你已经三十一岁。"

我把她拉到附近的茶座坐下。

"有什么话，说吧。"她很爽快。

"关于黄玫瑰——"

"玫瑰？"她凝视我，神色略变，"玫瑰怎样？"

我笑问："为什么一提到玫瑰，你们的表情就像说到洪水猛兽似的？她是一个可怕的女人吗？"

"不，她是个可爱的女人。"黄太太吁出一口气，"太可爱了。"

"我也如此认为，我一生中没有见过那么美丽的女人，一件普通的黑色衣服，穿在她身上，风情万种……"

"咪咪呢？"她忽然问。

"咪咪？咪咪跟这有什么关系？"我不以为意。

"你应当记得咪咪是你的女朋友，家敏。"

我说："我们只是很谈得来的朋友。"

黄太太说："家敏，说话公道一点。"

我心虚了："可是……可是……"

"家敏。"黄太太的手了解地放在我肩膀上，"家敏。"

"玫瑰已经结了婚吧？"我终于再抬起头来问。

"早结了婚。有一个女儿。"

"几岁？"我问。

"快八岁。"

"长得好吗？"

"跟玫瑰一模一样，"黄太太微笑，"这里有一颗痣。"她指指眼角下。

"是的，"我如着魔一般回忆，"一颗蓝色的痣，像是永恒的

---

[1] 出生证明。

眼泪。"

黄太太承认："她确是一个美丽的女人，曾经一度她想放弃这项事业，但她现在回来了。母亲去世后，她再没有顾忌，她告诉我，她决定离婚。"

我说："啊，她丈夫是个怎么样的人？"

"非常普通的一个人。"黄太太说。

"怎么会！"我诧异。

黄太太长叹一口气。"人们爱的是一些人，与之结婚生子的又是另外一些人。"

我回味着这句话，然后问："那么你呢，你与黄先生呢？"

她微笑。"我算得上是一个幸运的人，但家敏，我们也有我们的故事，说不尽的故事。"那微笑有点苍凉的意味，"我与他都迟婚，都是经过一番波折得来的，最后虽然得到归宿，因为太知道身在福中，幸福得非常凄凉。像我，老有种不敢置信的感觉，十年了，天天早上起来，我都凝视着黄振华的脸，不信自己的运气……"

我侧耳聆听，非常感动。

"这世界并不是我们想象那样，"她说，"振华来了，但是来晚了十年，其中夹着十年的辛酸，说也说不尽。你与咪咪不一样，你们早已定下终身。"

"不，黄太太，"我不由得坦白地说，"当我第一眼看到玫瑰的时候，我与咪咪之间已经完了。"

黄太太震惊："家敏！"她几乎落下泪来，那种大祸将临的神色，我在黄振华的脸上也曾经见过。

我问："为什么你们不让我接近玫瑰？"

"谁也没有不让你接近她，"黄太太说，"但这种一见钟情的事是怎么发生的？我懂得她长得美，但这城里的美女多得很……"

"她是不同的，她最美的地方是她的彷徨，她并不信任她自己的美，所以更加美得不能形容。"

"也许是，但是家敏，你三思而后行。"黄太太说。

"我知道。"我说。

"家敏，有什么事跟你大哥商量一下。"

"他？"我笑，"他懂得什么叫感情？"

黄太太微笑。"不一定是要在女孩子堆中打滚的人才懂得感情。"

"这我明白。"

"家敏，你是聪明人。"黄太太说，"不要为了一时的冲动而伤害咪咪。"

"我晓得。"

她忽然难过起来。"不不，你并没有把我们的话听进去，你已经不再在乎咪咪想些什么，我见过这样的例子。"她转头走了。

回到家中，大哥在书房中练习梵哑铃[1]，我忽然顽皮起来，"咚咚"地大力踢他的门，嚷着："SHUT UP！"开心得要命。琴声停了，门被打开，大哥皱着双眉。"你回来了？"他低声问道。大哥的声音永远低不可闻，我一生中从未听过他提高一次声线。

"大哥，让我告诉你一件事。"我说。

"你有什么事？"他放下琴，点一支香烟。

"今天我看到一个美女。"

大哥轻笑。"美女——凡是平头正脸的女人，对你来说，都是美女。"

"不不，这是真的，"我申辩，"真的是美女，我马上被她迷住了。她一抬起头，目光射到我身上，我便像中了邪似的，真可

---

[1] Violin，小提琴。

怕，我完全不能自已。"

大哥既好气又好笑。"你一向不能自已。"

"大哥，这次是真的。"

他颔首。"我相信你。"

"喂，大哥，你别皮笑肉不笑的好不好？"

"你说完没有？说完了我就继续练琴。"

"大哥——"

"我懂得她是个美女。"他笑着按熄了烟。

"你这个怪人。"我骂。

"家敏，你也三十一岁了，长大吧。"他关上书房门。

"大哥，喂喂，大哥，溥家明！"我擂着门，"陪我吃饭。"

他没有出声，又练起梵哑铃。

梵哑铃乐声像人的声音，永远在倾诉一些说不清的爱情，哀怨得令人心酸。

用人摆出饭菜，我喝汤的时候，大哥出来了。

我问："今夜又不出去？"

他摇摇头。

"你干吗？"我不以为然，"练古墓派功夫？"

"你又干吗？练唐璜功？"

我哈哈大笑，可爱的大哥。

"最近办什么案？"我问。

"一般刑事案。"他不愿多说。

"大哥，我说今天哪，有个派对，要是你去的话——"

"我不去。"

"你想证明什么？"我问，"溥家明，我可以老老实实地告诉你，要是你坚持不出去走动走动，那个女郎是不会找上门来的。"

他淡淡地笑。"这种事根本可遇不可求。"

"我也相信，但你连人都不见——"

"吃你的饭。"

"是，大哥。"我笑。他又燃起一支烟。

"你已经有白头发了。"我惋惜。

他顺手摸摸头发，不响。

"大哥，"我说，"外头有很多漂亮灵巧的女孩子，愿意为你解除寂寞。"

"我的寂寞又不是上大人孔乙己，这样容易解决？"

我喃喃说："恐怕现在连懂得上大人孔乙己的小姐也不多了。"

"你呢，"他微笑，"你还跟咪咪一起？"

"大哥，我今天见到的那个女郎——"

"咪咪已经不错了，"大哥说，"家敏，三十岁应该成家立室，咪咪的那份活泼我很欣赏，你别多花样。"

"可是今天这个女郎——"我低下头，"大哥，她不是普通女孩子可以比拟的。"

"她有三只眼睛？"

"不，大哥，你不明白，她——"我说不下去。

想到黄玫瑰，我再也不能够活泼起来，她的倩影渐渐化成一块铅，压在我心上，我非再见她不可，为了我自己，否则我寝食难安。

大哥离开了饭桌。

我握着拳头，准备明天再去见我心目中的女神。

女用人进来，对我说："二少爷，戚小姐有找。"

"啊。"我忘了约好咪咪。

一取起话筒，她就骂："你的魂到哪儿去了你。"

"是。"我苦笑。

那是一个叫玫瑰的角落，我的灵魂在那里。

"现在怎么样？"她问我，"你还来不来？"

"我不知道。"我真的不知道。

"怎么会不知道？"她问，"你声音听上去不对劲，我来看你，你不是不舒服吧？"

"我是有点不对劲，"我乘机说，"你别来了。"

"我马上来。"她已经挂了电话。

我很唏嘘，我这颗无良的心，怎么会变得这么快，如今心中已无咪咪的位置。怎么可能，就在前天，咪咪尚是我生活的中心，一切环绕她为主，如今我已另外找到了太阳，脱离了咪咪的轨道。

我用手撑着头，想到国语言情片中常出现的一句对白：我们活在两个世界里。

当夜咪咪来了，穿着她一贯钟爱的粉红色，咪咪是一种单纯粉红色。

她坐在那里叽叽呱呱说了很多话，那些以前我认为很有趣的琐事，现在只在我耳畔浮动，我神思着今晨见过的黑衣玫瑰。

水灵的眼睛，略为厚重的嘴唇，与那颗永恒的泪痣，欲语还休的神情，我的精神飞出去老远老远，再也控制不住。

我说："咪咪，你该累了，回去吧，我送你回去。"

我得与她冷淡一段时期，再把真相告诉她。

咪咪十分不愿意地被我送回家，而我——

我在床上辗转反侧。

第二天早上，我直接赶到黄宅去。

大太阳天，女用人来开门。玫瑰在客厅中用法文打电话，抬起头来用眼睛向我打了一个招呼，我感到震荡。只要接近她便感到满足，我缓缓散步到露台去。

她明快地说："……是，八月二十四号，杜鲁福[1]的影片，非常值得一观，《祖与占》太好了，《柔肤》不能放弃，索性连《一个像我这样美丽的女孩》[2]也看了吧，是 UNE BELLE FILLE COMME MOI，据说本港是第一次放映……

"……晚上演《四百击》……只好买一条法国面包带进去吃，是呀，没时间吃饭。"她轻笑着挂了电话。

我神魂为之倾倒，靠在露台上的一只大金鱼缸边，低眼看到金鱼向我游近，啜吻水面。

玫瑰已经走到我身边，她说："这些鱼养得熟了，就像孩子们一样，净爱讨东西吃。"

我侧身看她，她的长发束在脑后，鬓角长长地衬在雪白的皮肤上，仍然没有化妆，那种白色半透明，不像人的肌肤，像瓷器。

我喉咙干涩，全身被汗湿透，衬衫贴在背部，隔很久我才说："看杜鲁福的电影，不叫我？"

她诧异："你也喜欢杜鲁福，家敏？"

我欢愉了，我从来不知道自己的名字有这么动听。

家敏，她如此亲切地呼唤我。

"我不介意，我最喜欢《亚黛尔 H 的故事》[3]。"

她微笑，在那笑容里，我隐约看到了黄振华。

"过来坐，这么早，吃过早餐没有？"

她招呼我。桌子上摆着一份简单的西式早餐，餐具却是白地

---

[1] François Truffaut，弗朗索瓦·特吕弗，法国导演、演员、编剧、制片人。

[2] 亦译《像我这样美丽的女子》。

[3] 即 The Story of Adele H，《阿黛尔·雨果的故事》。

起金边的罗臣科 [1]，刀又全属银制，她取起茶杯说："我节食已经有三年了，有一段时间，在养了孩子之后，胖得简直不像话，吓死自己，到最后不得不咬紧牙关，下个狠心——到现在我已三年没有喝过加糖的茶，多可怕。"她轻笑。"女人对自己如果不狠心，男人对她们就会狠心。"

我畅意地看她的姿势，听她说话。

"你今天来是告诉我，你已决定替我改造这间屋子？"

"啊，是，黄先生已将屋子图纸给我，但我恐怕你要暂时搬出去住呢。"我说。

"自然，这里恐怕会拆得像防空洞。"玫瑰笑。

"你全权交给我装修？"

"全权，除了那间书房。"

我想问什么，但终于忍住，怕得罪她。

我说："我把图样设计好了，交你过目。"

"你对旧书画熟不熟？"她问。

"我有个大哥对这类东西很在行，怎么？想买点字画？"我非常乐意帮助她，"黄先生写字间那张唐寅是他的收藏品。"

"恐怕很贵哩。"她说。

"我们可以去看看。"

"我知道，"她笑，"集古斋。"她绕着手，靠在门框边。

这是她喜爱的姿势，额角与肩膀靠在门框，绕着手，一副娇慵相，这种姿势令我心神恍惚。

"你想去瞧瞧？"

"自然，"她说，"我去换件衣裳。"

她不愧是穿衣服的高手，虽是孝服，一式黑色，因她的身

---

[1] Rosenthal，通译卢臣泰，德国瓷器品牌。

材，也显得舒服熨帖，十分美妙，长发编成一条粗辫子，脖子上一串圆润的淡水珠。

我的心一直跳，双手插在袋中，跟在她身边。

"你开什么车？"

"不下雨的时候开一辆摩根跑车。"我说，"今天不下雨。"

她说："这样的天气用开篷车，也未免太热了。"

我涨红了脸。

她微笑。"下雨呢？开什么？"

"开日本小车子。"我问，"你呢？"

"我一年四季都开一部雪铁龙。"她说，"坐我的车子吧。"即使是一个命令，也千回百转，说得似恳求。

我无可抗拒，身不由己地踏上她的车子。

我们在集古斋逗留了很长一段时间，我尽我所知，一件件解释给她听。

她问："为什么在那么多名家当中，溥心畬的画那么便宜？"

"这可是要问专家了，我也不清楚，他的作品不错，可以买。"

"用来装饰公寓？大哥会说我不敬。"她笑说。

我们又去逛了一条街，她买了两盏很漂亮的旧水晶灯，说："配家里那两盏，就比较壮观，你拿主意，看用不用得着。"

我明白她的意思，她想把屋子重新装修，但又要保存原来的样式。换句话说，她要一间来自旧房的新房子，配件比以前更古朴更精致。

我十分得意，懂得一个美女的心确不是件容易的事呢。

我开车送她回家，约好一个星期内给她看看草图，一方面又找借口在下班后见她，只说约她去朋友家看画。约女孩子我从来不紧张，但这次却舌燥唇干，手足无措。她一点头，我便会雀跃，她如果摇头，我便如被判死刑的囚犯。

她答应了我。

我脚踏在九霄云中，不能自已。

回到家中，我和衣躺在沙发上，呆呆地想方才的情况，每一分钟都值得回忆。

我怵然而惊，啊天，我明白了，我在恋爱，我已经爱上了黄玫瑰！

这件事是怎么发生的？我鼻子发酸，我不是一个没有经验的男人，我认识过无数的女子，从她们身上，我得到信心，我懂得自己是个具条件的王老五，无数丈母娘心目中的乘龙快婿，我在她们之中选了咪咪，一个无论家世学历外形都配得上我的女孩子。

但从头到尾，我并没有爱过她，我们在一起愉快和洽，但我们没有恋爱，爱情是另外一件事。

现在我知道了，爱情是完全不一样的一件事。

我转个身，石像似的躺在沙发上，一条手臂压得渐渐发麻，但是不想转动。

我尝到这种滋味了，可怜的我。

我将脸埋在双手中，可怜，昨天之前的我还无忧无虑，无牵无挂，现在我的呼吸却似乎像一条线般悬挂在玫瑰的手中。多么不公平，我却为这种痛苦欢愉。

大哥下班回来了，如常深色的西装，他将公事包轻轻放下，见到我躺在那里，诧异问："怎么没出去？"

我不响。

他打量我。"你怎么了？"

我仍然不响。

女用人过来。"二少爷，电话。"

我呜咽道："我不听。"

"家敏，"大哥笑说，"你怎么了？"

"二少爷，是一位黄小姐。"女用人又说。

我整个人跳起，扑到图画室去，膝头撞倒一张茶几，我抢进去抓到话筒，听到玫瑰在那边"喂"的一声，我已经心酸得伏在桌上，紧闭眼睛。

"是，是我，有什么事吗？"我柔声问。

"明天那个约会——"玫瑰说。

我的心吊了起来，她要推掉我了，她要推掉我了。

"我想顺便带两幅字去给那位罗老先生品题一下，你说是否方便？"

我一颗心又回到胸膛。"当然方便。"

"那么好，明天见，家敏。"

"明天下午四点我来接你。"

"谢谢你，再见。"她挂上电话。

我的脸贴在冰冷的桃木桌面上，啊，我这颗心，我忍不住流下眼泪。

大哥的声音传来。"你怎么了，家敏，说完电话就挂上才是。"

我没有张开眼睛。

"黄小姐是谁？"他坐在我身边。

"黄玫瑰。"

"好有趣的名字，人是否如其名？"

"嗯。"

"一种俗艳？"

"如果不是人们太爱玫瑰，它应该只艳不俗。"我说。

"我从没见过你这般神魂颠倒，历年来你女朋友换得似走马灯，也算是见过世面的人。"

"这次该死，"我又流泪，"这次我爱上了她。"

大哥点点头。"时辰到了。"

我不响。

"是黄振华的妹妹吗？"

"是。"

"黄振华有年纪这么轻的妹妹？"大哥问，"他从来没提过。"

"她一向在外国，结婚已十年了。"

"啊。"大哥说，"这倒不是问题，有孩子也不打紧。"

"当然不要紧，但以后的日子我该怎么过呢？"我说，"见她一次之后更想再见她，能够握到她的手，又想进一步拥抱她，以后我将永永远远活在矛盾的日子里，患得患失，紧张莫名，我完了。"

"那么离开她，"大哥说，"你跟咪咪在一起快乐得多。"

"不是这样的，"我说，"与咪咪在一起，没有太多的痛苦，但是也没有极端的快乐。"

"那么勇敢点去接受这份事实。"

我不响。

"吃饭吧。"

"吃不下。"

"整日情思昏昏。"大哥说。

"你少取笑我。"我说。

第二天，我呆坐写字楼中，想到的无不是玫瑰的一言一语。自黄振华处取了老房子的蓝图来细看，我要为她把这房间装修得美轮美奂。

下班时间我赶到黄宅去接玫瑰，因她取笑过我那辆摩根跑车，我开了哥哥的麦塞底斯[1]。她并没有叫我等，我到的时候她已经准备妥当，穿一件白色衬衫，贴身的黑色细麻裤，细跟的黑色

---

[1] 即梅赛德斯－奔驰。

露趾鞋，手中拿着两轴画。

到了那位老先生家中，她看画，我看她。

她是一个绝顶聪明的女子，一点即明。

在罗老先生与她的对白中，我知道她在美国的十年，读了三张文凭：法律、纯美术及欧洲文学。她是个职业学生。我诧异于她丰富的学识，然而她一点知识分子的矫情都没有，纯真如一个孩子。此间有许多女子，念一科酒店管理便自以为受过高深的教育。

老先生请我们喝中国茶，缓缓地冲出碧螺春，她笑道："香港这么好，不舍得走了。"

老先生凝视她的脸微笑。

我说："老先生善观掌相，玫瑰，你有没有兴趣？"

她天真地摊出手。

老先生不能推辞，略看一看，便不肯说话。

玫瑰问："是否有什么难言之隐？"

"掌很好。"老先生说。

玫瑰问道："还有呢？"

"犯桃花。"

"桃花？"玫瑰看我一眼道，"是桃花运？我以为男人才有桃花运。"

老先生哈哈笑，推开椅子站起来。我知道他不肯多说，不禁担心起来。

玫瑰走到另一角落去看一扇螺钿嵌银丝屏风，我趁机问罗先生玫瑰的掌纹。

老先生深深看我一眼。"有一种女子，任何男人都会认她为红颜知己，事实上她心中却并无旁骛，一派赤子之心。这位黄玫瑰小姐，便是这样，你莫自作多情。"

我说："我明白，但已经来不及了。"我惆怅。"我的追求有没有希望？"

"我又不懂得计算流年。"老先生笑。

"我们告辞了吧。"我说。

老先生站起来送客。"你那两幅画我留下细看，一有眉目便通知你。"

我与玫瑰向他告别。

她问我："什么叫犯桃花，家敏？"

我很尴尬。"我也不知道，恐怕是说你男朋友多。"

她才说："我并没有男朋友，我离婚也不是因为第三者。"

"那是为了什么？"我禁不住问。

"与他一起生活不愉快。"她说。

"什么时候开始的。"我说。

玫瑰微笑得非常凄凉。"认识那天开始。"

"为什么嫁他？"我吃惊。

"因为……人们爱的是一些人，与之结婚生子的，又是另外一些人。"

这句话好不熟悉，黄太太也说过的。

"在那个时候，我并没有选择，我能够做的，不过是那样。"

"他也同意离婚吗？"

"我已下了决心，他不同意亦无用。"玫瑰淡淡地说。

"为何拖了十年？"

"因为母亲，为了使她开心。"

"多么大的代价。"

"我丈夫……他其实待我很好，我们两个兴致不同。"玫瑰就说到这里。

与黄振华说到他的妹夫，他毫不掩饰他的感情，骂妹夫是

"土蛋"。

他说:"永远衣衫不整,穿那种样子暧昧的衬衫。人家领子流行大呢,他穿小领子,人家时兴小领子,他的领子忽然又大了起来,真恐怖。"黄振华自己的打扮是一等一的了,因此说到这里,他忍不住紧紧皱住眉头,"裤子有点喇叭,皮鞋有点高跟,总而言之,说不出地别扭,跟了玫瑰十年,连这点门道都没学会,真是一项奇迹,我衷心佩服他居然还照活不误。"

我听得张大了嘴。

黄太太笑说:"振华对他是有偏见的。"

"更生,你说句老实话,方协文怎么配黄玫瑰,在一间美国银行任职,十年来就是坐那个位子——幸亏要离婚了,否则简直为'鲜花牛粪'现身说法。"

"振华!"黄太太微愠,"你说法好不粗俗。"

我看着黄振华的郎凡[1]丝衬衫、圣罗兰西装、巴利皮鞋,全身浅灰色衬得无懈可击,不禁笑了起来。

然后我正颜说:"我预备追求玫瑰。"

黄振华说:"单身男人有权追求任何女人,我只能劝你保重。"

我低头说:"我追她是追定了。"

"玫瑰,唉。"黄太太叹口气。

"她并不是我的梦中女郎,"我踱步,"我做梦也没想到有那么可爱的女人。"

黄振华摇摇头。"如出一辙。"

"什么如出一辙?"我问。

"没有什么。"黄太太说,"有件事我想说一说,方协文决定赶来挽救这段婚姻。"

---

[1] Lanvin,浪凡,意大利男装品牌。

"什么时候？"我惊问。

"下个月初，他已取得假期。"

"有的救吗？"我惊问。

黄振华摇摇头。"玫瑰决定的事，驷马难追，她是一个凭直觉做人的人。"

黄太太看着我说："这也并不表示你有希望。"

"我知道我的命运是悲惨的，我这颗心，迟早要被玫瑰粉碎。"

"好了好了。"黄太太既好气又好笑，"你们这班猢狲，平日一个个孙悟空似的，活蹦乱跳，一看见黄玫瑰，却不约而同全体崩溃，现世。"

我叹口气，收拾文件。

天气渐渐有点凉意，我驾车上班，扭开无线电听，红灯的时候头枕在驾驶盘上，无线电上在播放洛史超域[1]的歌——

> 我不想说及
> 你如何碎了我的心
> 如果我再逗留一刻
> 你是否聆听我的心
> 噢呜，心
> 我的心
> 我的老心……"

想到玫瑰，我的心收缩。这样下去，我是迟早要得心脏病的，我苦笑。后面车子响号，我如梦初醒，再开动车子。车子不听使唤，朝玫瑰家中驶去。

---

[1] Rod Stewart，罗德·斯图尔特，亦译洛·史都华，英国摇滚歌手。

她来开门，见到我说："呀，家敏，你时间怎么这样多？"

我不知如何作答。

她刚洗了头，长发都包在毛巾内，发边有水珠，穿一件宽松的白色长衣，脸上那一点点化妆品都洗掉了，却显得非常稚气，比真实年龄又小好几岁。

"怎么样？"她笑吟吟问，"什么事？"

我声音有点哽咽，我说："想见见你而已。"我靠露台边坐下，任阳光晒在背上，将下巴托着。

她温柔地解下头上的毛巾，任瀑布似的黑发散落在肩膀上，用梳子缓缓梳直。

她的黑发在阳光下发出五色的光。

我听见自己细声地说："玫瑰，我想我已经爱上你了。"

她一怔，但不作声，一边将头发编成一条辫子，隔了很久，她说："家敏，你的感情也未免太冲动了。"

"我的感情？"我冷笑一声，"我的感情才不冲动，不然我早就结婚了，多少女孩子绕着我兜圈子，我也不见得是个守身如玉的男人，但这些年来我都未有对任何人动过真情，认为没有女孩子配得上我，直到你出现……我不会承认我感情冲动。"

她微笑："你说的话我都爱听，女人都喜欢听这种赞美，但恐怕你没有看清楚我的为人吧，我不是一个可爱的人。"

"为什么如此说？"

她轻轻呼出一口气。"我是一个结过婚的女人，孩子将近八岁，最近在闹婚变。我性格自由散漫，不学无术，除了打扮花钱，什么都不会，我甚至不能养活自己，就会靠家人生活，我自觉是个一无是处的人。"

我非常了解她的心情，她一向不知道自己的存在价值。

"胡说，玫瑰。"

"以前你们还可以说我是个美丽的女人，现在——"她伸伸懒腰，毫不遗憾地说，"现在我都老了。"

我说："但愿你会老，玫瑰。那就天下太平了。"

可是远着呢，她并没有老，我可以想象她年轻时的模样。一只洋娃娃般动人，却毫无思想灵魂，但现在，她的一只眼睛就是一首引人入胜的诗歌。也许十年前认识她，我会约会她，但我不会像今天这样爱上她。她错了。

她说："家敏，我非常欣赏你的个性，但现在就谈到爱情，未免言之过早，我们做个好朋友如何？"

"好朋友……"我喃喃地说，"我才不要做你的好朋友，一旦打入好友的族类，万劫不复。"

"你是个任性的男孩子，要什么就要得到什么，这种例子我也见过。"

我赌气。"你一生就是忙着被爱，请问一声你可爱过人？"

"也太小觑我了。"玫瑰静静说，"当然我爱过人，而且没有得到他。"

我大大吃惊："你没有得到他？"这是不可能的。

"你以为我是什么，无往不利的神奇女侠？他不是不爱我，但是他过于自爱自私，他情愿被爱，而不愿爱人，因此与别人结婚了。我效法于他，但不久就发觉爱人尚有一分痛苦的快感，被爱除有窒息感以外，就净得沉闷，我决定离婚。"

我呆呆问："那个男人……他是怎么样的一个人？"

"我说过了，一个极端自私的人。"她说。

"他干什么？"我酸溜溜问。

"家敏，我约了朋友，现在要出去一下，送我一程如何？中午约了大哥吃饭，你要不要来？"她站起来。

"玫瑰——"

她握住我的手。"我明白，"她温柔地说，"我全明白。"

她不说还好，说了我益发心酸，她在过去那十年中，不知应付过多少向她示爱的男人，这种温柔体贴的安慰之词是她一贯的手法，我做梦也未曾想到骄傲的我也会沦为那芸芸众生的一分子，我为自己伤心。

在车中她问道："我那大哥最近在做些什么？"

"跟公务局打官司争地。绞尽脑汁将国际银行改建，但电脑室搬之不去，夜夜为它失眠。还有设计新机场……"

"可怜的大嫂，嫁给一具机器。"她笑。

"黄太太跟他很处得来。"我说。

"更生姐有英雄崇拜情结，"她说，"女人都有这样的幼稚病，于是男人们都跑去做建筑师、律师、医生，诗人们酸溜溜地诋毁女人拜金。"

她说："其实不是这样，男人身任要职时的工作满足可弥补其他性格上的缺陷，女人不能抗拒。"

我很倾心她这番新鲜的论调，多么聪明的女郎。

她说下去："其实我大哥有什么好处呢？他的优点全部都写在一张名片上。遇到更生姐，实是他毕生的幸运，我或是城中唯一不崇拜他的女人，故此我将他看得一清二楚，大哥除了那一门专业本领与数个头衔，什么都没有。"

我不服气。"他还是黄振华，著名的黄振华建筑师。"

"那不是已经印在名片上了吗？"她笑。

她下车时拍拍我的手背。"好好做事。"当我是一个孩子。

我握住她的手一会儿，她随我握着，像一种好心的施舍。

见到她不开心，见不到她，亦不开心。我这生这世就是这样过了。

我看着她背影，然后才开车回写字楼。

黄振华铁青着脸教训我，他说他从不管职员私生活，只要他们把工作做好，家中三妻四妾再往外跑去追求女人也无所谓，但如果我不把桌子上的工作清理掉，他会开除我。

我眼睛看出去是一片空白，以前日理万机的溥家敏此刻一筹莫展，黄振华的得意门生不但辜负了师傅，也辜负了他自己。

然后他叫我坐下来，苦口婆心地说一个故事给我听，那故事的男主角，是一个叫周士辉的男人，女主角是黄玫瑰。

"那人还活着，你要不要见他，欣赏他那落魄样？"

我动了气。"黄振华，你根本不知道情为何物，你不知道你自己活得多么贫乏，你除了名片上的头衔，一无所有！"

他怔住，缓缓地把头转过去，慢慢说："那么去吧，去把你自己溺毙在感情里。"

我说："至少我有胆量去爱，你呢？诚然，你没有痛苦，但是你有没有快乐？黄振华，别告诉我成功地搬迁国际银行的电脑室会给你带来快乐。"

黄振华的脸色变了。

我低声说："对不起……我出去工作，我会设法控制自己。"

"那么一会儿与玫瑰吃饭，你最好别去。"

我的心牵动地痛。"让我去，"我苦苦哀求，"这是最后一次。"

黄振华则转了头，懒得理我。

我坐在自己的桌子面前，麻木地工作着，周士辉与我不一样，他有家室，而我没有，想到这里，我安乐不少。我叫女秘书过来记录了好几封信，打开文件夹子，如火如荼地应付业务。

中午时分，我不敢出声，黄振华走到我身边，冷冷道："还坐着？该吃饭了。"

我鼻子一酸，眼泪充满眼眶。

黄振华轻轻说："你兄弟俩没父没母，好不容易熬到今天，你要珍重，我们活在一个真实的世界里，感情并不是一切，你以为我不懂享受？你以为我不欣赏爱情？但在这个世界里，我们有固定的责任，你想想清楚。"

我顿时哭了。

这么大一个男人当众流泪，平时仰慕我的女秘书们看着我，目瞪口呆。黄振华摇头叹息。

那天午饭，我坐在那里无精打采，不发一语，玫瑰如常地美丽，黄太太暗暗照顾我，陪我说话。

玫瑰戴着一只孔雀毛耳环，配黑色的上衣与裙子，一个女人美丽到这种地步，就会吸引到陌生人的目光——我与一般陌生人又有什么不同呢？我伤神地想，只不过玫瑰记得我的名字而已。

我尽量收敛自己的感情，黄振华赞许地将手搁在我肩膀上。

午饭后回写字楼，我狠狠地工作了一个下午，下班时分人们都陆续走清，我自虐般地留在那里。

咪咪来找我，她语气充满感情，眼睛里全是关怀，爱怜地亲吻我唇边的短须。

她说："真是个乖孩子，工作这么卖力，胡须竟长得那么快。"

我哽咽问："你来找我做什么？"

她明快地说："看电影，我们去看张彻的新武侠片。"

我则转头。"我不去。"

"怎么，赶工夫？"

"是。"

"黄振华苦苦逼你工作？"她柔声问。

"是。"

"那可恶的黄振华，但我原谅他，我先走一步，你走的时候打电话给我，我陪你吃茶。"

我胡乱地点点头。

她取过手袋走了。

我工作直到深夜，走的时候并没有关照咪咪。我迟早要令她生气的，迟不如早。

到家大哥还在练琴，琴声如怨如慕，如泣如诉，我和衣往床上一倒，倦极而睡。

我克制自己足足五天，做完了黄宅的设计图，交到振华桌子上，不往黄宅去找玫瑰。

我已没刮胡须多天，不眠不休，烟比大哥还抽得凶，整个人在短短五天内瘦了一圈，眼内都是红丝，咬紧牙关跟玫瑰的影子打仗。

咪咪来看过我，我冷淡她，将头靠墙上，闭着眼睛，对她不理不睬。咪咪以为我工作辛劳，遭遇难题，虽然不高兴，却并不埋怨，她实在是个懂事的好女孩子，水仙花似的清秀的脸，皎洁的心灵，但我的心已飞向远处。

黄振华轻轻与我说："事情总会过去的，一下子就过去了，咪咪是大家公认的可人儿，你也应该满足。"

我拿《红楼梦》的句子回他："纵使举案齐眉，到底意难平。"

事情并不容易解决，前世我欠下玫瑰良多，只好这样解释，就在黄宅动工装修的那一日，她竟出现在我面前。

我抬头看到她非常震惊，瞠目结舌，一时间分不出是幻觉还是真实。

她却已抓住了我的手，摇两摇，轻声说："家敏，你怎么整个人不见了？我想念你呢。"

我本已脆弱的心灵如何经得起这样一击，顿时粉碎成一片片，我顺手轻轻握住她的手，决定死在她的绿罗裙下。说也奇怪，立志豁出去不顾，心境反而安静，我认了命了。

"你怎么瘦了？"她问我。

我随口答："衣带渐宽终不悔，为伊消得人憔悴。"

她温柔地笑。"你这孩子。"

我将她的手贴在脸上。"下了班我们出去吃饭吧。"她建议。

我说："八点钟我来接你。"

玫瑰离开以后，黄太太来了。

我低低地向她诉说一切。

她眼睛并没有看着我，只细细声说："你去吧，快乐一下也是好的，你是单身男人，她自己即将离婚，没有什么不合情理之处，我看你熬得快要死了。"

"谢谢你。"我低声说。

她叹口气。"我乐得做这个顺水人情，谁也不能力挽狂澜于既倒。"

"我觉得快乐，"我坦白地说，"是那种回光返照式的快乐，我知道玫瑰不会爱我，她来找我，也不过是不介意有我这个伴而已。"

"祝你幸运。"黄太太黯然。

"黄太太，你快乐吗？"

"我？"她抬起头，"我与振华都善于控制感情，我对恋爱的看法与常人略有出入，一般人认为恋爱是好的，我却觉得这是种瘟疫，倘若能够终身过着无爱无嗔的生活，那才是幸福，故此恋爱实属不幸。"

我轻轻答："那是因为一般人并不恋爱，到了时候他们结婚生子，毫无选择可言，遇到条件略高的对手，苦苦追求一轮，他们便自以为在恋爱。"

黄太太黯然说："那么一般人还是很快活的。"

当天晚上，我的快活并不在一般人之下，我去理了发，刮清胡须，换上我最好的浅色西装，精神抖擞，去见黄玫瑰。

玫瑰穿白色的低胸裙子，戴细细的钻石链子，脸上刻意化妆过，美艳不可形容，头发修短至肩膀长度，用一朵花别在耳朵后面，蜜色的皮肤柔软光洁，足上一双白色凉鞋，脚趾搽着浅玫瑰红。

我沉醉在她美色中，她修长地走过来，我轻轻拥她在怀中，觉得自己是全世界最快乐的人了。

我整晚握着她纤细的手，与她共舞，我们并没有说很多话，毕竟大家都是成年人了，我们知道自己在做什么——她在享受一个快乐的晚上，我在恋爱。

当晚有月色，我们在路上散步，走了很久。

我怕她累，但她并没有出声，于是我们一直走，走向永恒，越走我的精神越好。

然后我们在一家小店内喝酒，我的唇还没有碰到酒精，我就已经先醉了。

送玫瑰回去，她倚在门框，双手叠在胸前，无限娇美，眼下那颗痣仍然似一滴眼泪。

她轻轻说道："老房子装修好了，再请你进去坐，这里是哥哥的家。"

"再见。"我依依不舍。

"明天见。"

"明天我来接你。"我说。

第二天玫瑰并没有在家，黄振华陪她去接女儿，我扑了一个空。

我只好回写字楼忙正经事，每隔一个钟头去查问一次，黄太太答应玫瑰一回来便马上通知我，叫我放心。我恳求黄太太替我说几句好话，让玫瑰准我见一见那个小女孩子。

中午时分，黄太太告诉我，他们在家用午膳，我说马上赶到。黄振华接过电话，说只准我请一小时的假，出乎意料，他声音很平静，并没有责备我。我顿时羞愧起来，我答应他的事没有做到，他已经放弃我了。我刚预备出门，咪咪来找我，约我与她吃午膳。我无选择，告诉她我没有空，我有重要的事要做。

咪咪凝视我，一声不发，拿起手袋就走。

我不忍，拉住她。

咪咪并没有发怒，她低声说："我再是个笨人，也知道发生了什么事，我想最好的方法是让我退出。"

我竟不知如何回答。

"我看你也够辛苦的，也经过苦苦挣扎，但此刻你已经决定放弃我，我不怪你，人们当然只做对他们本人有益的事。"

我低下头，却不肯放她走。

"我很爱你，家敏，但我决定随遇而安。如果你肯看看我，你会发觉，在这两个星期内，我确是为你消瘦，每个人都是另一个人的傻子。"

我抬起头看她，发觉她真是瘦得厉害，这大半个月来，她容忍我直至毫无转圜的余地。

"再见，家敏。"

"咪咪——"

"别担心，我总在这里等你的，我不会阻碍你。"她挣脱我的手，头也不回地走了。

往黄家途中我心情郁塞，直到看见小玫瑰。

是黄振华来替我开的门，他身边跟着一个小女孩子，七八岁大。

黄振华喜形于色，他弯腰对那小女孩说："小玫瑰，叫溥叔叔。"

小女孩子并没有叫我，她抬起头看我一会儿，然后抿住嘴笑一笑，躲到她舅舅身后去。

我呆住了，这简直是玫瑰的缩影嘛，连眼角下的蓝痣都十足十地翻版一次。

玫瑰跟着跑出来，她穿着一套黑色香云纱的唐装衫裤，脚上一双绣花拖鞋，见到我熟络地说："家敏，见过我女儿没有？"

我看到玫瑰，心头就绞紧。

玫瑰她那身石塘咀红牌阿姑式的打扮看得我心神摇曳，她左腕上戴着两只纯金麻花镯子。我从未见过装扮得如此出神入化的女人，她的美姿可以无穷无尽地发挥至无限。

我坐在一角尽情地欣赏她。

她走到我身边来。"家敏，你不高兴？怎么脸色这样坏？"

我低着头。"是的，我跟一个朋友闹翻了。"

"是女朋友？"

我点点头。

"是——为了我？"

我又点点头。"她没有跟我吵，她很了解，转头就走。"

玫瑰讶异："多么潇洒。"

"是，"我的眼睛红了，"她是一个好女孩子，品格很特别，而且骄傲，不发一言拂袖而去是最大的骄傲。"

玫瑰看我一眼。"我可做不到这一点，我这个人最暴戾，我遇到这种事，非得搅得两败俱伤不可。"

"你不同，你做什么都会获得原谅。"

"真的吗？"她笑一笑，神情忽然去到很遥远，"家敏，你容忍于我，对我好，不一定代表每个人都如此，你们都会以为我在感情方面是无往而不利的吗？事实上并非如此。"

我刚想答，小玫瑰跑了过来，伏在她母亲的膝盖上抬头看我。

我对她伸出手，她犹豫一刻，握住我一根食指。

我苦涩问玫瑰："早十年八年，你在什么地方呢？"

她知道我指什么，因而微笑答："忙着捣蛋、恋爱、读书闹事。"

黄振华在一角大声说："喂，过来吃莲子百合汤。"

"大哥不那么生你气了，"玫瑰笑说，"他这个人，有鸳鸯情结，但凡有男子与我比较谈得拢，他就认为人家在追求我，于是装就一副舅老爷的嘴脸来欺侮人家——真是条脑筋出了毛病。"

她说得这么诙谐，我忍不住笑了出来。

玫瑰又说："女朋友那里，解释一下就没问题了，别为我的缘故有什么误会，划不来。家敏，你看，我女儿都这么大了。"

我握住小玫瑰的小手，贴在脸边，还未来得及说话，黄振华又嚷了起来——

"喂，冰冻的百合汤搁热了就不好吃，你们在那里绵绵叠叠地说些什么呢？"他非常不耐烦。

我悄声对玫瑰说："我对你……是真的。"

玫瑰怜惜地看住我，刚想说什么——

黄太太把百合汤端到我们面前来，黄振华赌气领着小女孩到书房去看连环图画。

黄太太问我："家敏，你好吗？"

玫瑰看我一眼。"他大为不妙，女朋友跑掉了。"说完也跟着进书房去。

黄太太惋惜地说："咪咪是城里罕见的好女孩子，我可不担心她会嫁不出去，我担心的是你，想你也知道，玫瑰不会爱上你。"

我喝着甜的汤，苦在心中，百合特有甜带涩的香甜像我对玫瑰的爱。我淡淡地问："她的择偶条件究竟是怎么样的？"

"哪儿有什么准则？不外是一个遇字，"黄太太说，"玫瑰有真性情，不比我们。"

"黄太太，"我抬起头，"依你看，我是否爱上了玫瑰？"

黄太太叹口气。"那自然是，你这个症的征象再明显没有。"她笑，"头眩、身热、心跳、寝食不安、患得患失、心神恍惚——是不是？"

我苦笑。"原来世界上真有爱情这件事。"

黄太太点头。"是，一种瘟疫，足以致命，别忘记罗密欧与梁山伯。"

我躺在黄家的沙发上，我不想做他们，他俩不外是一口浊气上涌，死了算数，格调实在不高。

"我知道你想做谁，做庇亚翠西的但丁是不是？"她笑。

我衷心说："黄太太，你真是个玲珑剔透的女人，黄先生福气怎地好。"

"哦，他看中我不外是因为我比一般女郎略为精彩，"黄太太笑，"黄振华是不能忍受 2+2=4 或者 3+5=8 这一类女人的，而我呢，我是（9A+8A−2A）+5B，他于是满意了。"

"他自己是什么？"我笑问。

"他认为他自己是微积分。"

我心情再不好也禁不住哈哈大笑。他们一家人说话之活泼，真叫外人忍俊不禁。

黄振华出来骂："你这小子，不学无术，就见你逗我老婆玩笑，你小心我揍你。"

我还是笑，一不小心推翻椅子，整个人元宝大翻身摔一个筋斗，痛得眼泪都流出来。

笑中带泪，没比这更凄酸了，除了天边月，没人知。

我始终提不起勇气约咪咪出来，想想又委屈了她，往来这么多年，无声无息一句对不起就把人家丢在脑后，连普通朋友都不做了。

写信，撕掉一整本信纸都写不成，呕心沥血解释不了我心中的千言万语，呆呆地坐在书桌前。这封信是一定要写的，这是我唯一的交代。

我再取一沓信纸出来，伏在桌子上，过半晌才写了半页纸。一直写到天亮，总算把信寄了出去。

相信我，做这件事一点快乐都没有，非常痛苦，虽然由我主动抛弃她，我可称为胜利者。

我一夜不睡，大哥起床的时候我在吃早餐。

大哥看我一眼。"你最近睡得很差吧？"

"简直没睡过。"我说。

"为了黄玫瑰？"他微笑问。

"是，为了她。"

"这是一种痛苦的享受。"他坐下来。

我递茶给他。

我说："我可不比你，控制得那么好，修炼有素。"

他声音很平静。"这种事不临到自己是不知道的，也许有一天，遇见了那个人，我会摔得比你更重更痛。"

"不可能。"我不敢置信，"大哥，你的血都要比我们冷三度。"

他轻笑数声。

"大哥，像你这样的人……"我惋惜，"你根本不应活在今天，你这样是行不通的。"

他抬起头，眼睛看得老远去，用手支着后脑，他说："有什么通不通，你早点结婚，生九个孩子，便就解决了难题。"

"你呢？"

"我？"他不说下去。

大哥这人，不知有什么不对劲，整个人充满消极的味道，使我担心。我说："为什么一定那般执着呢，女人只要爱你，肯与你生孩子就好。"

我说："大哥，你不能要求他们与你懂的一样多，神仙眷属是很难得一见的，你数得出璧人吗？"

"有，眼前的黄振华先生和夫人。"大哥燃起一支烟。

"黄振华这厮，"我笑道，"他的运道真好。"

"他们也是迟婚的。"大哥说，"老黄这个人，找了十多年，才遇到他的理想。"

"有时候感情是可以培养的。"我说。

"我不需要那样的感情。"他说。

"你爱梵哑铃一辈子，它又不会跟你结婚生子……真是，七万美金一只琴。"我说。

大哥微笑，他一贯纵容与忍耐我对他的指责，他说："那跟你买一辆摩根跑车有什么不同？"

我强辩："女孩子欣赏摩根跑车为多。"

"我实在不在乎女人欣赏我。"大哥说。

"嗬，那么口硬，以违反自然为原则。"我说，"将来你终于娶了妻子，我就把这话重复给你听。"

"那敢情好。"他站起来。

"你又去练琴？好，你一直躲在家中，她会来找你的。"我又挖苦他。

"说不定她摸错了门，"大哥挺幽默，"今天我就可以见到她了。"

他进去换衣服。

我取起公事包上班。

黄振华见到我，自然而然地发起牢骚来。他说玫瑰的丈夫方协文无论如何不应允离婚，现在赶了来与玫瑰谈判，这人早晚要到的。

我知道黄振华对这个妹夫的厌恶，故此采取中立。

我现正追求玫瑰，以我的骄傲，不屑去踩低方某这个人来抬举自己，毫无必要。我知道自己的分量。

当天我想约见玫瑰，但她告诉我实在抽不出空来，我只好作罢。

驾车回家途中，我跟自己说：现在咪咪可收到了那封信？

她的反应又如何呢？我永远不会知道，从此之后，我与咪咪是陌路人了。

大哥比我早回家，他的烹饪手艺一向高明，他做了一大锅喷香的罗宋汤，连女用人都称赞。我一边吃一边叹息，像什么话呢，精通拉丁文的大律师，练琴之余，在厨房一展身手……活该娶不到老婆，太抢镜头了，普通一点的女人，哪儿敢往他身边站。

这几年他并没有特别显老，却比往日更加清秀忧郁。

他问我汤的味道。

我嬉皮笑脸地说道："汤不错，你几时学缝纫呢，我有几条牛仔裤要改一改。还有，快凉了，帮我打一件毛背心。"

"你心情倒好，"大哥说，"今天咪咪找到我那里，直哭了一小时。"

我放下汤，一阵阴霾遮上心头。"说些什么？"

"没说什么，只是流泪，我最怕女孩子落泪，心都碎了。"他摇摇头，"这种事岂真的无可避免？"

"她真的没有埋怨我？"她收到那封信了。

"也没有祝福你，对不起，她没有故作大方，哭完站起来就走了，真是一个高贵的女孩子。"大哥惋惜地说，"如今连这样的女孩子也难得。"

我不敢作声。

"不过我相信你是想清楚了的，我不便管你的事。"大哥说。

"大哥，"我感动地说，"这些年来，是你教我养我，你的命令我一定听从，假使你叫我立刻娶了咪咪，我也一定听。"

"胡说！"他沉声道，"我为什么要令你不快乐？"

我连忙赔笑说："是，是，我不过说说而已。"

他已经回书房去了。

我叹一口气，觉得太难讨好这个大哥，他那孤僻的性子——

就在这个时候，门铃声大作，像是一个淘气的孩子急急地站在门外讨糖果。女用人去开了门，玫瑰站在门外。

我霍地站起来。"玫瑰！"

她气急败坏。"家敏，我刚自老房子回来，他们把我的书房拆掉了，我急得不得了，马上赶了来。我们不是说好的吗，什么都可以动，独独那间书房——"

"不不，你放心，他们只是移一移那面墙，那书房是不动的，你千万放心。"我不知如何安慰她才好。

"啊。"她像一个孩子似的拍拍胸口，"吓坏我。"

她的头发束成条马尾，一条窄脚牛仔裤，一件宽大白衬衫，脸上没有任何化妆，一额的汗，我心痛了，伸出食指替她划去汗。

我低声说："你说过什么，我都牢记在心，我怎么会忘记，你不放心其他的人，也该放心于我。"

她温柔地笑，倚在门框。我注意到她脚上穿着双旧日本拖鞋，衬衫内没有胸罩，美丽的胸脯若隐若现，我忽然别转了头不敢再看，面红耳赤。

我忽然想起十五六岁的时候，在圣诞舞会中与女同学学跳舞，第一次拥抱异性，感觉相仿。呵，玫瑰玫瑰，我为你倾倒。

她侧侧头，问我："谁在弹琴？"有点诧异。"我从没听过如此感情丰富、冲动、紧张的乐章。"

我答："那是我大哥。"

"他是音乐家？"

"不，他是大律师，但是九岁开始练梵哑铃，他是个怪人。"我耸耸肩。

"那乐章是什么？"

"你没听过？那是梁祝小提琴协奏曲中之《楼台会》一节，祝英台向梁山伯倾诉她已经许配马家了，乐章绷紧哀艳——虽然大哥说听音乐不能这样子理性——"

乐章已经停了，我注意到玫瑰向我身后凝视，我转过头去，看见大哥站在书房门口。他什么时候打开了门？

我咳嗽一声，介绍说："这是我大哥家明，大哥，这是玫瑰，黄玫瑰——大哥，大哥？"

大哥如梦初醒，轻轻说："黄小姐，你好。"

我忍不住笑出声，真俗套——黄"小姐"。

但是玫瑰说："溥先生，你那琴声……太美丽了。"

我笑道："大哥，你遇到个知音人了。"

大哥没有回答，他凝视玫瑰片刻，说声"宽恕我"，转头就回书房。我只好代他解释："我这大哥生性孤寡，别去睬他，来，我送你回家吧。"

"可是他长得不像你。"玫瑰说。

"你也不像黄振华。"我微笑。

"通常人们形容秀丽的女子为'不食人间烟火'，今天见了你大哥，才知道男人也可以有这种容貌。"

"他走火入魔。"我说。

"他结了婚没有？"

"从没结过婚。"

"可有女朋友？"

"没有女人配得起他。"

"从没有同女人相处过？"

我摇摇头。"没人会相信，从来没有，我怀疑他仍是处男。"忍不住又微笑。

"这是不可能的事。"玫瑰睁大眼睛，"我们只不过是血肉之躯。"

"我与他不一样，我这个大哥守身如玉，而我，我只是凡人，我喜欢一切美丽的东西，特别是美丽的女人。"我坦白地说，"美丽的女人永远令我心跳。"

"他难道不觉得寂寞？"玫瑰问。

"谁？大哥？他？有一个时期，为了让我读大学，他工作很辛劳，根本无法结识女朋友，后来事情搁下来，他致力于音乐……我猜他是寂寞的。但他这个人非常高贵，永不解释，亦不埋怨，他是我一生中最崇拜的人。为了我，他颇吃了一点苦，但我的生活却被他照顾得十全十美，为了我他没有结婚，现在我自立了，他却又失去机会，我猜他绝不愿娶个十七八岁的无知少女为妻。"

"但很多女孩子会喜欢他。"

"她们哪里懂得欣赏他，"我说，"此刻香港的女孩子人生最终目的不过是坐一辆司机接送的平治房车[1]。"

"这样的愿望倒也容易达到。"玫瑰微笑。

"于是大哥也没有与女人相处，他是异常清心寡欲的一个人，你知道吗，每个星期天早上他练字——"

"练什么体？"

"瘦金体。"

----

[1] 奔驰房车。

玫瑰沉默。

我们趁着月色在浅水湾喝咖啡。

我滔滔不绝对玫瑰诉说关于大哥的事。

"……女人们又不高兴去钻研他的内心世界，她们只知道他有一份好职业——如此而已。他的好处不只印在卡片上的头衔，况且大律师根本不准在卡片上印头衔，卡片上只登姓名地址电话。"

玫瑰叠起手，将下巴枕在手上。

"渐渐他就不去找对象了，几次三番对我说，可遇不可求，可遇不可求。他为我牺牲了那么多，我又不能帮他，他越来越沉默。"

玫瑰抬起眼。"那也不然，他并不沉默。"

"为什么？"我诧异。

"他的心事全在他琴声里。"玫瑰问，"你没听出来？"

"什么？我从来没有想到这一点，怎么会有这样的事？"

"你留意听一下就知道了。"

我侧头想了一想，玫瑰是一个冰雪聪明的女子，心又细，呵呵，她听懂了大哥的琴声。

过一会儿她说："方协文明天到香港。"

"不要怕他。"

"谢谢你，家敏。"

"我会支持你。"我说。

方协文这个人，正如黄振华所形容的一样，是个绝望的人物。

他肥胖，不修边幅、笨、迟钝，连普通的社交对白都说不通，夹在黄家一群玲珑剔透的人当中，根本没有他立足之处。他大概也很明白这一点，因此更加放弃，不住地用一条皱腻的手帕抹汗，身上穿美国人那种光滑的人造纤维料子的西装。

方协文的西装领子还宽得很，胡乱缚条领带，足有四寸阔，一双皮鞋的头部已经踢旧，袜子的橡筋带松开来。

香港一般的银行小职员都还打扮得比他入时、整洁，但他像所有在外国小镇住久了的华人一般，言语间还处处要透露他的优越感，一切都是美国好，美国人连煎一条鱼都好吃点，美国的月亮是起角的。

但我并不耐烦与他争执，何必呢，他是一只住在井底的青蛙，只要他高兴，关我们什么事。

我心中只是暗暗吃惊玫瑰竟会与这样的一个男人度过十年。

方协文跟玫瑰母女根本扯不上关系，从头到尾。他是局外人。

正如黄振华所说："小玫瑰竟会有这么一个爹。"

方坚持不肯与玫瑰离婚，他还想控制玫瑰，希望她跟他回去。

玫瑰的神色很冷淡平静，有种事不关己的感觉。

方："我不离婚，你仍是我的妻子。"

玫瑰："没有可能。"

方："孩子是我的。"

玫瑰："整件事是没有可能的，我即使死在你跟前，也要离婚。"

我可怜方协文。

他还想说什么，黄振华已经阻止他。"方协文，一个人见好要收手，玫瑰已经付出给你她一生光阴中最好的十年，请问你还有什么不心足？她跟你在一起根本是一个错误，你应当庆幸你有过与她共同生活的机会，适可而止。"

黄振华说这番话的时候脸色铁青，黄太太在一边暗暗摇头。

玫瑰站起来。"家敏，麻烦你与我出去兜兜风。"

我陪她把车驶往石澳。

在沙滩上坐了很久，她才抬起头来，以一种极端迷茫的声音说："怎么我会跟这个人结了婚？怎么又会跟他共度这许多日子？"

我并不知道答案。

早餐桌子上，我跟大哥说起这件事。

我说："月老是很恶作剧的，专把两个不相干的人扯在一起。玫瑰这些年来，日子不晓得怎么过。"

大哥喝着矿泉水问："你现在算是她的男朋友了？"

我苦笑。"我有这样的福气吗？"

大哥不出声。

"你认为她怎么样？"我问。

"美丽。"

我点点头。"令人心悸的美，三十岁了还这么美。"

"三十岁是女人最美丽的时间。"大哥说。

我接着说："如一朵盛放的玫瑰，因为知道她马上要凋谢了，格外凄艳，我简直受不了这一击，她的皮肤略为松弛，轮廓却完美如初，疲倦的神态，仍然带点天真的语气——但愿我有资格看着她老。"

大哥不出声。

我完全受玫瑰迷惑，大哥知道。

我说："大哥，也许你会不耐烦照顾一个这样的女子，但——"

大哥打断了我的话，他站起来出门上班去。

我怔在那里，或许他不赞成我与玫瑰来往，因他自己过着冰清玉洁的生活，对别人的感情纠纷并不表示同情。

方协文被赶到旅社去住，黄振华气愤这个老实人给他无限的烦恼。

黄太太觉得黄振华太势利。而我，我要向玫瑰求婚。

黄振华说："我倒情愿她嫁给你，可是她不会肯，她不会给她自己过好日子。"

我微笑，我愿意等。

下班。

大哥不在家。问女用人，用人说他外出。

外出？他有十年没外出了。

跟谁？女用人不知道。

我一个人坐家中喝威士忌苏打。会不会是咪咪有话跟他说？多年来他当咪咪是妹妹一般。想到咪咪，我心中害怕，沉默良久。

她现在怎么了？跟什么人相处？

看完电视新闻，挨到吃晚饭，觉得无边地寂寞。

离开咪咪是非常不智的，我们志趣相投，青梅竹马，一切都有了解默契。我相信她会是一个好妻子，我们俩轻易可以白头偕老，过着平静愉快的生活。

平静。

愉快。

做人不应再有苛求，但是我竟会放弃咪咪去追求虚无缥缈的爱情，虽然没有身败名裂，却也焦头烂额，但现在我已经不能再迁就于玫瑰以下的女子。

我忽然明白，遇见玫瑰乃是我毕生最大的不幸。

大哥回家的时候，苍白的脸上带一抹红润，像是喝过酒。

我意外地问："跟朋友出去？是同事吗？"

他柔软的头发有一缕搭在额角，他轻轻抚平，带点犹豫。

"不想说拉倒，"我笑，"咱们兄弟最好对调，从此以后我在家喝酒，你去活动活动。"

"我要睡了。"

我深深叹口气。

大哥是我所知道唯一称得上动人的男人，他有一种欲语还休的神情，形容不出的含蓄与忧郁。细心的女人看了，母性全部被激发出来，无可抗拒，但这个商业社会的人粗心大意，他的优点乏人发掘。

黄家的老房子装修进行火速，我出去看过，已经办妥了家具，做得七七八八，维持着原来的神髓，再加翻新，看上去不知多舒服。书房却没有动，一面墙改过，近屋顶处，一排酸枝木通，增加不少气氛。

我很满意。

工人告诉我一星期后可以搬进去住。

这一连串日子内的变化大过以往那十年，都是为了玫瑰的缘故。

一连好几天，我想约玫瑰看新房子，都找不到她。

我问黄太太她是否出门去了，黄太太又不说。

"她人在香港，但这一个星期，我们几乎没有看见过她。"

"是否因为方协文给她麻烦，她避着他？"

黄太太沉吟："不会，她从不怕方协文。"

"他不会怎么样吧？"

"自然不会，你放心，她仍然回来睡，不过早出晚归而已。家敏，你少疑神疑鬼。"

"请她与我联络一下。"我说，"黄振华叫我到夏威夷开会，我要去十天。"

"好好地做事。"她劝我。

直到上飞机的时候，玫瑰也没给我一个电话交代，我很失望，但我不能祈望一个美女行事与常人一般，故此寂寞地上了飞机。

到了夏威夷我故意在香港时间清晨打电话找玫瑰。

黄太太来接的电话，我将她从梦中惊醒，因此道歉。

黄太太说："玫瑰已搬回老房子去了。"语气间有点犹豫。

我顿时多心起来："你们有些什么瞒着我？"

黄太太笑。"你这孩子。"

"是不是咪咪嫁了人？"我问。

"没理由，你叫她一时间嫁谁去。"

"我回来再跟你们算账。"我说。

"多多享受夏威夷的风光。"

"闷死人。"我说，"游泳与晒太阳最好分开两天做，否则一下子做完了没事做。"

"别这样好不好？你早已被香港以及香港的女孩子宠坏。"

"回来再见。"我又带一线希望，"老房子那边电话是否仍是旧号码？"

"你算了吧，早上四点三十分扰人清梦。"黄太太说。

回到香港那天，黄太太来接我飞机，她一贯清爽，一身白麻布西装。

我愉快地张开手。"黄太太，"我说，"真高兴见到你，如果玫瑰是玫瑰，那你是水仙了。"

"你少肉麻。"

"玫瑰呢，她可在家？"

"我出来的时候她不在家——怎么样，公事进行得如何？"

"别一副老板娘口吻。"我问，"今天晚上约玫瑰出来可好？"

"家敏，今天晚上，你来我们家吃饭，我有话跟你说。"

"什么话？顶多叫我另谋高就而已，你们夫妻俩，一向没安好心眼。"

黄太太很沉默。她驾驶技术不好，老走之字路，但因速度不快，并不惊险。女人开车，就是这个样儿。

黄太太忽然问："你爱玫瑰有多少？"

我反问："你认为有多少？"

"我只知道你已经为她放弃了咪咪。"

"不只那样。"我抬起头，"我爱她多于我自己。"自觉声音非常悲凉。

"她是否说过爱你？"黄太太小心地问。

"没有。"

"你是否会以她的快乐为重？"

我转过头瞪着黄太太，忽然暴躁起来。"你想说什么尽管说，别在草丛里打来打去，玫瑰到底怎么样了？"

她把车停在我家门前。"你先回去吧，洗个澡，到我这里来，我告诉你。"

"好，我一小时后到。"我说。

我提着行李上楼，取出锁匙开了门。

是下午三四点钟吧，屋内静寂一片，只有音乐声。我摇摇头，大哥这人，偶尔有时间在家，也必然要听音乐。

我放下箱子，朝书房走去，书房门并没有关拢，哀怨的梵哑铃轻轻微地传出来，我看到大哥坐在安乐椅中——慢着，我的血凝住了。

伏在他膝上的是谁？

我如五雷轰顶！

玫瑰，那是玫瑰！

玫瑰微微扬着脸凝视着溥家明，溥家明的手按在她的肩膀，完全沉醉在他们的世界里。

我眼前渐渐一片黑。我明白了，为什么一直找不到玫瑰，为什么黄太太吞吞吐吐。我明白了，大哥与玫瑰在恋爱，就瞒着我一个人。

我转头就走，行动出乎我自己意料地镇静，我到车房找到自己的车子，"呼"的一声开出去，直驶往黄家，我将车速加到极高，冲黄灯、偷弯路。

我已经死了，现在控制我行动的不过是我的神经中枢，不是我的心，我的心已经死了。

车子驶上黄家花园的草地停下来，我奔到大门前按铃。

黄太太亲自来替我开门，她看到我的样子呆住了。

"家敏——"

我用手撑住门框，觉得晕眩，力气仿佛已在路上用尽，人像是要虚脱似的。

我闭上眼睛，轻轻说："我都明白了。"

"家敏——"

我再也忍不住，大声号叫起来："为什么，为什么，为什么是溥家明？为什么偏偏是溥家明？"我用拳头大力捶打墙。

黄太太用力拉住我的手。"家敏！家敏！"

我号啕大哭起来，蹲在地下，用手捧着头。"为什么是溥家明？"我反反复复地叫，"为什么是溥家明？我巴不得马上死掉，我宁愿死掉。"

黄太太抱着我。"家敏，你要往好处想，这两个人都是你一生最亲爱的人，你应该为他们高兴——"

"不——玫瑰是我的，是我先看到玫瑰，我恨他，我恨他！"

黄太太大喝一声："溥家明是你大哥，他对你恩重如山，你胆敢说出这种话来！"

我已经死了。

我不敢再抬起头来，这世界对我来说，已经毫无意义。

我挣扎着站起来。

"你要往哪儿去？家敏，你要往哪里去？"

"我不知道，"我疲倦地说，"我想喝点酒，好好睡一觉。"

"你在我们这里休息，我来照顾你。"

"呵，是，"我点点头，"我已经不能回自己的家了。"

"你坐下来——"

"我不应打扰你们。"

"家敏，你别说这种话。"

"我要走了。"

"我不准你开车，你不能走，"她坚决地说，"我求你给我一点面子。"

我诧异地问："你怕我去死？"

黄太太的眼睛露出恐惧。

"我早已死了。"我说。

黄太太忽然落下泪来，她哭道："你们这些人一个个怎么都这样？叫我怎么办好呢。家敏，你可别吓唬我，我是看着你长大的，你不能对不起我。"

我叹口气。"我要睡一觉。"

黄太太真是天下间最容忍最有母性的女子，她服侍我在客房睡下，给我喝开水。我懂得她在水中掺了安眠药。

我很快睡熟了。

醒来的时候是深夜两点。

客房的空气调节得十分清新，静寂一片。

我默默地起床，到浴间洗脸洗头洗身，刮了胡髭，走出客房。

黄太太并没有睡，她迎上来。

我说："黄太太，累了你了。"

她凝视我。"我与振华商量过，你现在就住在这里，天天与他一起上下班，我已差人把你的衣物搬了一部分过来。"

"谢谢。"我说。

"振华先睡了，他明天要开几个会。"

我说："我肚子饿了，想吃点东西。"

"跟我到厨房来。"

她让我吃三明治、喝啤酒。

冰凉的啤酒使我清醒,我告诉自己:溥家敏,从今以后,你是一个死人,死人没有喜怒哀乐,故此你要好好地过日子。

"家敏,你好过一点没有?"黄太太出现在我身后。

我紧紧握住黄太太的手,将她的手贴在脸上。"你们待我真好。"

黄振华的声音在我们身后传来。"溥家敏,你少对我老婆甜言蜜语的,我宰了你。"他先笑了起来。

他们俩对我温言相待,我再也忍不下来,我说:"我……我心如刀割。"

黄太太说:"家敏,家敏……"

黄振华:"爱她不一定要占有她,家敏,你应当明白。"

我的眼泪汩汩而下。

黄振华叹口气。"我要去睡了,更生,你好好开导他。"

我说:"不不,黄太太,你去休息,我一个人坐在这里。"

黄太太说:"别担心,我是天下第一闲人,又不上班,也不理家务,这些事如果我不包揽上身,我还做些什么呢。"

我说:"我想一个人静一静。"

"我在书房里。"她站起来走开。

我把头伏在饭桌上。

黄太太真是一个知书识礼、温文有礼、体贴入微的女子。

假如,咪咪也会有这样的成就,我还希祈些什么呢。苦海无边,回头是岸。

一百年后,我有没有遇见过玫瑰,又有什么分别。

最主要的是现在活得高兴。

伏在桌上久了,我的脖子渐渐僵硬,但我没有移动身子。

我不能与大哥争女人，我一生欠他太多，不能成全他就罢了，我不能与他争，而且要使他相信，我对玫瑰并无诚意。

天亮了，我终于绝望地抬起头来。黄太太是对的，我目前最好是住在这里。

稍后……稍后我或许可以回加拿大去，我有那边的护照，离开香港远远的，眼不见为净。

我洗个脸，坐在厨房不动。

黄振华起床了。"家敏，你怎么了？你的屁股粘在了这里？"他在厨房门口张望一下。

我跟黄太太说："我想见一个人，你要帮我忙。"

黄太太凝视我。"我知道，我已经叫了她来。"

"什么时候？"我一惊。

"现在就到了。"

啊，黄太太真令我感动。

她的话还没说完，门铃已经响起来。

女用人边扣纽子边去开门，咪咪站在门外。

我上一步趋向前。

咪咪有点憔悴，她眼睛略为红肿，一张脸却显得更清秀，因为她更瘦削了。

我悲从中来，她是这样爱我，有机会也不对我摆架子，毫无保留地爱我。我把她拥在怀内，脸埋在她秀发里，嗅到我往日熟悉的香水，我哽咽地说："咪咪，我求你原谅我，并且嫁我为妻。"

咪咪哭了，她说："好好，家敏，我答应你。"

我禁不住她的宽宏大量，羞愧得要命，我说："咪咪，你不会以我为耻，我会做一个好丈夫。"

黄太太说："不用解释了。"她的双臂围住我们两个人。

我说:"我得找房子住,还有装修、家具,我们要去度蜜月——"

"最重要的是买婚戒。"黄振华说。

咪咪什么也不说,只是抱着我的腰,头靠在我胸前。

我说:"黄太太,烦你通知我大哥一声,我订婚了。"

"放你一星期假,"黄振华说,"更生,你还站着干什么,快快开车送我上班。"

他们夫妻俩恩爱地走开。

我对着咪咪,不知道说些什么好。

天气已经转凉,颇有秋意。我忽然怀念我寒窗十载的地方。

我握着咪咪的手说:"让我们到魁北克度蜜月,那里雪下得很大,我们穿得厚厚的,到公园走,在湖上溜冰,我们会生活得很快乐。夏天再来的时候,我们可以租一间大房子,前后有花园那种,我们要生很多孩子,因孩子有生存的权利,你管家,我赚钱。咪咪,我们不回来了,你说好不好?"

"好。"

"我们在这里结了婚就走。"我说。

"好。"

"我们不再开摩根跑车,我们买一辆实际的旅行车,好不好?"

"好。"

"我们会很幸福。"可是我心中没有幸福感,我已是一个死人,幸福与我无关,只剩无边无涯的荒凉。

我与咪咪絮絮说了整个上午的话,留学时期最细微的小事都拿出来告诉她。

其实我们认识很久了,这一些她都应该听过,应该记得,但我愿她再知道一次。

　　有咪咪的家人与黄太太帮忙，一切进行得飞快，日子定好，酒席订下来，衣服都办齐，我的表现并不比一般新郎差。

　　咪咪对于我忽然决定娶她为妻的经过，一言不提，一句不问，娶妻娶德，夫复何求。

　　大哥问我："你这个婚结得很匆忙。"

　　我正在家收拾冬天的衣物要往魁北克去，听他这么说，连忙装出一个笑容。"哪里，我跟咪咪在一起，日子不浅，你是知道的。"

　　"可是——玫瑰呢？"大哥含有深意地问。

　　我心如被尖刀刺了一下。"玫瑰怎么样？她结过婚，又有孩子，我最怕这种麻烦，况且她那个丈夫又纠缠不清，她本人又只会叫人服侍着——累都累死，黄振华又不喜欢人家碰她，我就觉得吃不消。"

　　大哥微笑，笑容里很有内容。

　　我把毛衣一件件折叠好，收进皮箱里。

　　"你可知道，最近我在约会玫瑰？"大哥低声问。

　　我连忙做一个诧异的表情。"是吗，她？"

　　"是的。"

　　"她的确是一个美丽的女人。"我说。

　　"我记得你曾经为她颠倒不已，家敏。"

　　我拼命地笑。"大哥，颠倒是一回事，结婚又是另外一件事，我可不是艺术家、浪漫的傻子，放着会服侍我的女人不要，虚无缥缈地去追求一个叫我服侍的女人，这不是老寿星找砒霜吃？"

　　大哥凝视我。

　　我耸耸肩。"你知道我，爱玩的脾气是不改变的，老不肯为爱情牺牲，如今咪咪的家人不放过我——"

　　我说："喂，大哥，我养九个孩子，你可是要负责替他们取名字的。"

"九个?"大哥的注意力被转移,皱皱眉头,"真的那么多?"

"不多了,"我拍拍大哥的肩膀,"以前的人都生这么多,人口爆炸也不在乎我这几名,聪明人可以多生孩子,笨人就不必。"

大哥笑着摇头。

"这样就成家立室了。"我说道,"香港多少独身女郎要暗暗落泪。"

"你少吹牛。"大哥笑。

"真的,你也快快拉拢天窗吧。"我闲闲地说。

大哥犹豫片刻说:"我也正与玫瑰商量这件事。"

我暗暗想:那我是做对了,不由得我不退出。

大哥说:"可是那个方协文实在是难缠,他现在索性住在香港,也不回纽约,天天跟在玫瑰身后,非常麻烦。"

"暂时避开他,你们上巴黎,不见得他也跟到巴黎去。"我说。

"但他是孩子的父亲,玫瑰并不肯把孩子还给他。"

"婚是离了是不是?"我问,"他终于答应离婚?"

"就因他终于愿意离婚,玫瑰反而不忍对他太苛。"

"他这个人就是麻烦而已,是个很窝囊的家伙,不见得有危险。"

大哥转变话题:"我们不说这些事,你也好久没见玫瑰了,她一向待你如兄弟,你就把新弟妇带出来见一见她。"

待我如兄弟?我沉默,大哥,你是真糊涂还是假糊涂。

"家敏?"

"是,就明天中午好了。"我说。

我提起皮箱打道回黄府,黄太太代我检查,她问:"怎么全是毛衣没裤子?"

我那可怜的头靠在窗口不出声。

无线电中又在播老好洛史超域的曲子:

　　　　我不想说及
　　　　你如何碎了我的心
　　　　我的心
　　　　我的老心……

　　我轻轻地问："谁开了无线电？"

　　"我。"黄太太放下毛衣。

　　第二天中午，黄家全家、我们两兄弟，以及咪咪一起吃午饭。

　　咪咪大方镇静得令我佩服，淡淡的，一派泰山崩于前而不变色的模样，直至她看到玫瑰，她与我一般地呆住了。

　　玫瑰已不再戴孝，妆化得容光焕发，金紫色的眼盖，玫瑰红的唇，头发编成时下最流行的小辫子，辫梢坠着一颗颗金色的珠子。配一条蔷薇色缎裤，白色麻纱灯笼袖衬衫，手腕上一大串玻璃镯子，叮叮作响。

　　《一千零一夜》的女主角自画片中举步出来。

　　而大哥一贯的白衬衣黑西装，以不变应万变的玫瑰。

　　我的牺牲是有价值的，他俩是一对璧人，应该早认识十年。我的心痛苦地牵动。

　　黄振华皱眉。"小妹，你出来吃个三明治，也得打扮得嘉年华会似的，真受不了。"

　　玫瑰说："我只会打扮，这是我唯一的本事，学会了不用挺可惜。"笑得如盛放的玫瑰。

　　黄振华看大哥一眼。"你本事不只这样，尚有融化冰人的能耐。"

　　大哥微微赔笑。

　　"玫瑰，溥家明是你一生中所认识的男人中最好的一个，好自为之。"黄振华说。

"是，大哥。"玫瑰说着侧侧头，情深地看着我大哥。

我慌忙低下头。

"还有你，家敏，"黄振华说，"你要善待咪咪。"

黄太太来解围。"振华，你别倚老卖老了，啰里啰唆，没完没了，才喝了杯茶就装出发酒疯的样儿来。"

黄振华歉意地拍拍妻子的手。

玫瑰说："恭喜你，家敏。"

"不必客气。"我强装镇静。

她又跟咪咪说："我跟家敏，真像姐弟似的，他成家立室，我自然是高兴的。"她自手袋中取出一串闪闪生光的钻石项链，要替咪咪戴上。"这是我给你的见面礼。"

黄太太笑说道："光天白日，戴什么这个，脖子上挂着电灯泡似的。"

玫瑰却带种稚气的固执，非要咪咪戴上它不可。

咪咪居然并不反对，于是就戴上了。

我只能说："很好看。"吻咪咪的脸一下。

那天下午，我们去取机票途中，咪咪很沉默，用手指逐一拨动钻石，然后她说："她是那么美丽，连女人都受不了她的诱惑，铁人都熔化开来。"停了停又说道："她那种美，是令人心甘情愿为她犯罪的。"

我心烦躁，因而说："这与我俩有什么关系？"

"她与溥家明是天生一对，两个人都不似活在这世界里的人：《谪仙记》。"

我们终于取到机票，一星期后动身往加拿大。

我们累得半死，婚宴请了一千位客人，近五百位女客都比不上玫瑰的艳光。

　　她那件紫玫瑰色的露背短纱裙令全场人士瞩目，她依偎在大哥身边，整晚两个人都手拉着手。

　　黄振华对我笑说："我一直以为溥家明是铁石心肠。"非常言若有憾，心实喜之。"原来以前是时辰未到。"

　　礼成后送客，搅到半夜三更，回到酒店，还没脱衣就睡着了。

　　半夜醒来，发觉咪咪已替我脱了皮鞋，她自己总算换过睡衣，在床上憩睡。

　　我觉得无限地空虚清凄。

　　呵，人们爱的是一些人，与之结婚生子的，又是另外一些人。

　　我心灰意冷，走到床边躺下。咪咪转一个身，我抱住她，忍不住哭泣起来。

　　我的老心。

　　第二天下午，我们就往加拿大去。

　　咪咪说她一到那边，就要睡个够，她说她吃不消了。

　　事实上她在飞机上就已经熟睡，头枕在我的肩膀上。

　　我于是像所有的丈夫一样，为妻子盖上一条薄毯子，开始看新闻杂志。

　　做一个好丈夫并不需要天才，我会使咪咪生活愉快，而她是一个聪明的女子，她懂得世上最幸福的人便是知足的人。

　　在魁北克郊区，咪咪与我去找房子，咪咪说着她流利的法语，与房屋经纪讨价还价。

　　屋价比香港便宜得多，我看不出有什么可讲价的，但我乐意有一个精明的妻子。

　　我们看中一幢有五间房间的平房。房子的两旁都是橡树，红色松鼠跳进跳出，简直就似世外桃源。

我说："买下来吧。"一年来一次都值得。

"九个孩子。"咪咪笑，"最好肚子上装根拉链。"

"辛苦你了。"

"你养得起？"她笑问。

"结婚是需要钱的，"我说，"没有这样的能力，就不必娶妻。"

"可是孩子们历劫一生的生老病死呢？"她问。

"我尽我的能力供养关怀他们，若他们还不满足，或受感情折磨，或为成败得失痛苦，那是他们的烦恼。"

咪咪抱紧我的腰笑起来。

一个月的蜜月我们过得畅快舒服，咪咪对我无微不至，天天早上连咖啡都递到我面前，我还有什么埋怨呢，心情渐渐开朗，生命有点复活。

每天早上我都问她同一个问题："你怀孕了没有？"

她每天都笑骂我："神经病。"

我俩乐不思蜀，不想再回香港去。

我又不想发财，胡乱在哪里找一份工作，都能活下来，咪咪也不是那种好出风头争名利的女人，她会迁就我，我们就此隐居吧，回香港做甚。

此念一发不可收，我便写一封信回家，告诉大哥我的去向。

信放进邮筒时我想，他毕竟是我的大哥，世上唯一与我有血缘的人，我千怪万怪，也不能怪到他的身上。

一个明媚的早上，我与咪咪在公园中散步。

她问我："你快乐吗？"

我答道："我很高兴。"

"你快乐吗？"咪咪固执起来，犹如一头牛。

"不，"我说，"我不快乐，快乐是很深奥的事。"

"你爱我吗？"

　　我拍拍额角。"全世界的女人都喜欢问这种问题，你喜欢听到什么样的答案呢？说声我爱你又不费吹灰之力，你何必坚持要听见？"

　　咪咪笑而不语。

　　"黄振华从来没有疯狂地爱过苏更生，可是你能说他们不是一对好夫妻吗？谁说我们不是好夫妻。"

　　咪咪不出声。

　　"女人们都希望男人为她而死，是不是？"我笑，"如果我死了，你又有什么快乐呢？"

　　咪咪抬起头看蓝天白云的天空，她微笑。我最怕她这样微笑，像是洞穿了无限世事，翻过无数筋斗，天凉好个秋的样子——一切都无所谓了，她已经认命了。我叹口气。

　　我情愿她骂我、撒娇、闹小性子——女人太成熟懂事，与男人就像两兄弟，缺少那一份温馨，作为一个朋友，咪咪与黄太太自然是理想中人，但终身伴侣……我看了看咪咪。

　　《红楼梦》中有句话叫作"纵使举案齐眉，到底意难平"。我现在明白这句话了。

　　于是我也像咪咪般凄凉地笑起来。

　　两夫妻这么了解地相对而笑，你说是悲还是喜。

　　我握紧了她的手。

　　"你留在这种不毛之地——怕是一种逃避吧。"咪咪说。

　　"是。"我说，"求求你，别再问下去。"

　　"好，家敏，我答应你，我永远不再问问题。"

　　咪咪说："你明知说一两句谎言可以令我高兴，但你坚持要与我坦诚相见，因为我受得住。"

　　"不，"我答，"因你是一个受过教育的女人，我在你背后做什么都瞒不过你。"

"我为聪明误一生？"她又笑。

"本来是。"我说，"我们都为聪明误了一生。"

能与妻子如此畅谈，未尝不是快事。

回到家，桌面搁一封电报，电报上说："急事，乞返，黄振华。"

我问："什么事？"

咪咪想了一想。"黄振华本人是绝对不会出事的，他原是个精打细算、四平八稳的人。"

"那么是玫瑰的事，"我说，"玫瑰跟我还有什么关系？"

"亦不会是玫瑰的事。"咪咪说，"黄振华做事极有分寸，他不见得会拿玫瑰的事来麻烦你。"

"推理专家，那么是谁的事？"

"是你大哥的事。"咪咪说。

我的血一凝。可不是！

"大哥？"我反问，"大哥有什么事？"

"接一个电话回去！快。"咪咪说。

我连这一着都忘了做，多亏咪咪在我身边。

电话接通，来听的是黄太太。

我问："我大哥怎么了？"

"你大哥想见你。"

"出了什么事？"

"你赶回来吧，事情在电话中怎么讲得通呢？"

"大哥有没有事？"

"他——"

"谁有事？"我停一停，"玫瑰可有事？"

"玫瑰没事，家敏，我心乱，你们俩尽快赶回来好不好？你大哥需要你在身旁。"

我与咪咪面面相觑，不知葫芦里卖的什么药，咪咪接过电话。"黄太太，我们马上回来。"她挂上话筒。

咪咪取过手袋与大衣。

"你做什么？"

"买飞机票回香港。"

"我不回去。谁也没出事，吞吞吐吐，我回去干吗？"

"有人不对劲。"咪咪说，"我有种感觉他们大大地不妥。"

"谁不妥？"

"回去就知道了。"

"我不回去，死了人也不关我事。"我诅咒。

咪咪静默。

我说："好好，这不是闹意气的时候，我跟你一起走，可是我刚刚预备开始的新生命——"

咪咪抬起头问："你的旧生命如何了？"语气异常辛酸。

我搂一搂她的肩膀。"我们一起走。"

订好飞机票我们再与黄太太联络，她在那头饮泣。

我觉得事情非常不妥，心突突地跳。

黄太太是那种泰山崩于前而不变色的人物，即使黄振华有外遇给她碰上，她也只会点点头说"你好"，倘若她的情绪有那么大的变化，事情非同小可。

在飞机上我觉得反胃，吃不下东西，心中像坠着一块铅。

咪咪也有同感，我们两个人四只手冷冰冰的。二十四小时的航程不易度过。

我说："我只有这个大哥……"断断续续。

咪咪不出声。

"大哥要是有什么事——"我说不下去。

我用手托着头，一路未睡，双眼金星乱冒，越接近香港，越有一种不祥的感觉。

终于到了飞机场，我们并没有行李，箭步冲出去，看到黄振华两夫妻面无人色地站在候机室。

我的心几乎自胸腔内跳出来。

我厉声问："我大哥呢？"

黄太太说："你要镇静——"

"他在哪里？"我抓住黄太太问，"你说他没事，你说他没事的——"

黄振华暴躁地大喝一声："你稍安毋躁好不好？从来没看见你镇静过，三十多岁的人了，又不是没读过书，一点点事又哭又叫！"

"振华——"黄太太劝阻他。

咪咪挡住我。"我们准备好了，黄太太，无论什么坏消息，你快说吧。"

"家敏，你大哥有病，他只能活三个月。"黄振华说。

咪咪退后三步，撞在我身上。"不！"

我只觉全身的血都冲到脑袋上去，站都站不稳，耳畔"嗡嗡"作响。

隔了很久很久，我向前走一步，脚步浮动。我听见自己问："大哥，有病？只能活三个月？"

黄太太垂下泪来。"是真的。"

"什么病？我怎么一点不知道？"我双腿发软。

"他没告诉你，他一直没告诉你。"黄太太说，"现在人人都知道了，可是玫瑰硬是要与他结婚。"

"大哥在哪儿？"我颤声问。

"在家。"黄振华说道。

"玫瑰呢？"我说。

"在我们家。"黄振华说。

咪咪说："我们回去再说，走。"

坐在车子中，我唇焦舌燥，想到大哥种种心灰意冷的所作所为，我忽然全部明白了。

他早知自己有病。

但是他没对我说，他只叫我赶快结婚生十个八个儿子，他就有交代了。

我将头伏在臂弯里，欲哭无泪。

黄太太呜咽说："到底癌是什么东西，无端端夺去我们至爱的人的性命？"

黄振华喃喃地说："现在我们要救的是两个人，玫瑰与家明。"

我也顾不得咪咪多心，心碎地问："玫瑰怎么了？"

"她无论如何要嫁给家明，她已把小玫瑰还给方协文，方协文已与她离婚，带着女儿回美国去了。"

我呆呆地问道："她竟为大哥舍弃了小玫瑰？"

"是，然而家明不肯娶她，"黄太太说，"家明只想见你，可是你与咪咪一离开香港，我们简直失去你俩的踪迹，直至你们来了一封信，才得到地址。"黄太太累得站不直。"你回来就好了，家敏，我发烧已经一星期了。现在医生一天到我们家来两三次。"

到达黄家，我顾不得咪咪想什么，先找玫瑰去。

推开房门，她像一尊石像似的坐在窗前，泥雕木塑似的，动也不动。面色苍白，脸颊深陷下去，不似人形。

"玫瑰！"我叫她。

她抬起头来，见是我，站了起来。"家敏！"她向我奔来，撞倒一张茶几，跌在地上。

"玫瑰！"我过去扶起她。

她紧紧拥抱我，也哭不出来。"家敏。"

我按住她的头，我的眼睛看向天空，带一种控诉，喉咙里发出一种野兽受伤似的声音。

咪咪别转了头，黄振华两夫妻呆若木鸡似的看着我们两人。

我说："玫瑰，你好好地在这里，我去找大哥，务必叫他见你，你放心，我只有他，他只有我，他一定得听我的话。"

玫瑰眼中全是绝望，握着我的手不放。

"你先休息一下，"我说，"我马上回家去找他。"

玫瑰仰起头，轻轻与我说："我爱他，即使是三个月也不打紧，我爱他。"

我心如刀割。"是，我知道，我知道。"

黄太太说："玫瑰，你去躺一会儿，别叫家敏担心。"

玫瑰的魂魄像是已离开她的躯壳，她"噢"了一声，由得黄太太抱着她。

黄振华向我使一个眼色，我跟着他出去。

他说："我们去找溥家明。"

我喉咙里像嵌了一大块铅，一手拉着咪咪不放。

咪咪眼泪不住地淌下来。

我反反复复地说："我只有这个大哥——"

到家我用锁匙开了门，女用人马上迎出来。"二少爷，大少爷不见客。"

"我是他兄弟！"

"大少爷请二少爷进去，客人一概不见。"老用人要强硬起来，就跟家主婆一样。

我说："这也是外人？这是二少奶！"

咪咪连忙说："我在这里等好了。"

我既悲凉又气愤，随用人进书房。

大哥坐在书桌前在调整梵哑铃的弦线，他看上去神色平静。

"大哥！"我去到他面前。

他并没有抬起头来。"你也知道消息了？"

"大哥，你何必瞒着我？"我几乎要吐血。

"以你那种性格，"他莞尔说，"告诉你行吗？"

"大哥——"

"后来玫瑰终于还是查出来了，她是一个细心的女子。"大哥说，"瞒不过她。"

"你还能活多久？"

"三个月。"他很镇静，"或许更快，谁知道。"

"可是玫瑰——"

"所以你要跟玫瑰说：有什么必要举行婚礼？如果她愿意伴我到我去的那一日，我不介意，可是结婚，那就不必了。"

"她爱你。"

"我知道。"大哥燃起一支烟，"我也爱她。我们在这种时间遇见了，她给我带来生命中最后的光辉，我很感激她。"大哥微笑。"我知道自己活不长了，因而放肆了一下，把她自你手中抢过来。家敏，你以为如果我能活到七十岁，我会做这种事吗？"

"你早知道了。"我说。

"是，我早知道，我也知道你爱她。家敏，但我想你会原谅我。"他若无其事地说。

"医生说了些什么？"我伤痛地问。

他拉开抽屉。"资料都在这里，你自己取去看，我不想多说了。"

"玫瑰想见你。"

"我不会跟她结婚的。"

"她很爱你，她愿意与你结婚。"

"她的脑筋转不过来，她太浪漫，她弄不清楚三个月之后，我真的会死，她真的会成为一个寡妇。"大哥说。

我说："我想她不至于有这么幼稚，你不应轻视她的感情。"

大哥仰起头。"她迟早会忘了我，家敏，时间治愈一切伤痕。"

"大哥——"

"回去告诉玫瑰，我们的时间太短，不要再逼我结婚。"大哥说。

"大哥——"

"别多说了，家敏，你应当为我高兴，人生三十不为夭，我今年都四十二了。"

我闭上眼睛，眼泪如泉般涌出来。

"家敏，"大哥说，"你那爱哭的毛病老是不改，自小到大，一有什么不如意就淌眼抹泪的，把咪咪叫进来，我有话跟她说。"

咪咪应声就进来，双眼哭得红肿。

大哥诧异："我还没死，你们就这个样子！"

"大哥！"咪咪过去搂住他，索性号啕大哭起来，一边叫着，"你不能去，大哥你不能去。"

大哥抱住她，却仍然不动容。

我用手托着头，黄振华低声跟我说："家敏，过来，我跟你说几句话。"

他把我拉至露台。

他说："家明需要的是过一段安宁的日子，我们总要成全他。回去设法说服玫瑰，叫玫瑰再陪伴他三个月。"黄振华摆摆手。"他一切还不是为了玫瑰。"

我说："两人在这种时间遇上了——"我取出手帕抹泪。

"是，"大哥笑吟吟地站在我们身后，"在我有生之年居然遇见了她，我是多么幸运。"

我受不住。"你还笑，大哥，你还笑！"

"人总是要死的，"他很温和，"五百年后，有什么分别？重要的是活着的时候，总要好好地活下去。"

我与他紧紧地拥抱。

他比许多人幸福，生命只要好，不要长，他说得对，他能够在有生之年，找到了他所爱的人，而他所爱的人也爱他，实已胜却人间无数了。

我们一家人从此要压抑自己，不提死亡这个名词。

我与玫瑰谈了一个通宵。

她几乎要发疯了。

"我找了他半辈子，找到了他，他的生命却只剩下三个月。"她的眼睛空洞。

"有些人一辈子也找不到。"我感染了大哥的勇敢哲学。

"我爱他。"

"我们都知道。"我说。

"我很爱他很爱他。"她说。

我的心碎了，但我仍然说："我知道。"

"我也爱你，家敏，但那是不同的，我爱你如爱我自己，我爱家明，却甚于爱我自己。"

"我知道。"

"如果他坚持为我好，不肯与我结婚，我也没法子，我仍然爱他，我愿意陪伴他这一段日子。"

我说："我大哥实在是全世界最幸运的人。"

玫瑰勇敢地说："你们也许不明白我对家明的感情，实际上我认识他不止这些日子。第一次见他，我就有种感觉：我知道这个人已经长远了，他是我的心上人。家敏明白吗？心上的人，他存在已经很久了。"

心上人。我凄凉地想：玫瑰玫瑰，你何尝不是我心上人。

"明天我将搬进去与他同住，"玫瑰说，"你们也不会反对吧。"

我摇摇头。

"也许你不知道，"玫瑰说，"我会煮很好的菜式，我也会打毛衣，我会服侍家明，使他舒适安逸。我们其实很幸福，我们只有三个月，我们不会有时间吵架，也不会有机会翻脸，我们享有情侣的一切欢愉，却没有他们的烦恼。"玫瑰忽然乐观起来。"家敏，鼓励我。"

我将她抱在怀中。"我祝福你。"

玫瑰搬进大哥的房子。

那日，大哥倚在书房门边欢迎她，她看见大哥双眼中充满爱怜与仰慕，嘴角有一个美丽的微笑，她仍然瘦削苍白，一副饱受折磨的模样，但依旧漂亮得像达·芬奇笔下的蒙娜丽莎，因此脸上添了一股圣洁的光辉。大哥握住她的双手摇了摇，笑说："你终于屈服了？"

他俩的世界再也没有旁人，我与咪咪悄悄地退出。

咪咪感喟地说："我们只是凡人。"

我看着咪咪说："我们是要白头偕老的，我要你为我生许多孩子，女儿不计分，起码三个儿子，我没有那么伟大，我知道生命多灾多难，可是我喜欢看到孩子们奔来奔去。咪咪，你马上怀孕吧。"

咪咪点点头。"好，就让我们做件最俗气的事，身为知识分子而拼命生养孩子。"

"辛苦你了。"我拍拍她的肩膀。

"哪里哪里，家敏，也许我永远没有机会证明我对你的爱，但我也确实爱你多于自己。"

我说："咪咪，这件事早已获得证实了。"

我们从来没有对时间更为敏感。

天天太阳升上来，我会感叹，又是一天，这是家明剩余的日子中的第一天。

太阳下山，我又会想，家明的生命又少了一天。

无时无刻我不是心中绞痛。

因无法集中精神工作，我与黄振华都处于半休息状态。

玫瑰表现了她无限的毅力，她愉快得像个没事人一般，而大哥的心情之宁静和平，也跟往日一模一样。我们邀他俩出来，多数不成功，他们的理由简单而真实："没有时间。"

我往往在下午带着咪咪去探访大哥与玫瑰，看他俩打情骂俏，过着仿佛正常的生活。

大哥照练他的梵哑铃，玫瑰故意提高她的声音，又装得悄悄地说："那琴声，实与杀鸡杀鸭无异，当时为了追求他，不得不装成知音人的样子，现在日子久了，真与受刑一般。"

大哥自然听得一清二楚，他高声说："活该！"

我说："你可以学我，大力踢他书房的门，叫他停止。"

玫瑰无奈地说道："我怕，他说过如果我如此侮辱他，他会，他会——"

"他会如何？"咪咪诧异问，"打人？"

"他会哭。"玫瑰眨眨眼。

我狂笑，眼睛里全是泪水。

为什么这样一对璧人，不能活到五代同堂？大哥比谁都有资格活下去，玫瑰比谁都有资格为他生孩子。

黄昏，玫瑰亲自下厨做精致的小菜，重质不重量，通常只两三碟，色香味俱全，简直吃得人把舌头都险些吞到肚子里。

大哥有意无意地撩拨玫瑰生气——

"最近盐恐怕是贵得很了，真得省着点用，这菜所以淡了。"

玫瑰会扑上去打他。

他会叫道："哎哎哎，两个人加在一起七十余岁，别尽胡闹，这会成为小辈们的笑柄，哎哎哎——"

只羡鸳鸯不羡仙。

黄太太一日静静与我说："见了他们，才懂得什么叫爱情，如此地盲目不羁，惊心动魄，我们只不过是到了时候结婚生子的下下人物而已。什么事一有比较，高下立分。"

咪咪说："然而他们把时间浓缩了，他们的时日无多。"

"我们呢，"黄太太苦笑，"我们之间谁能保证自己能活到一百岁？谁不与时间竞争？明天可能永远不来。"她的声音无限苦涩。"此刻我认为自己根本没活过。"

"你与黄振华——"我瞠目结舌。

"我与振华——"她仰起头，"振华是个永恒性心平气和的人，除了事业，一切都是他的附属品。"

"他生命中并没有爱情这回事，而我性格上最大缺陷，却是妄想追求爱情，"黄太太问，"我老了吗？已经没有资格谈这些了吗？并不见得，我心中一直十分痛苦。"

我怔怔地听着，十分意外。

"振华给我生活上十全十美的照顾，"黄太太微笑，"一般女人会觉得他是个好丈夫。"

她又微笑道："我本身是一个有能力有本事的女人，我比别人幸运，我自己双手也能够解决生活问题，因而有时间追求精神生活，倘若黄振华不能满足我这一点，我有什么留恋？我无谓再迁就黄振华。"

我呆呆地问："你的意思是——"

"我想离开黄振华。"她温和地说。

"什么？"我跳起来，"你与黄是城里公认的理想夫妻呀。"

"城里的人？"她淡然地笑，"城里的人知道什么？我岂是为他们而活？"

咪咪沉吟了一会儿。"黄先生知道这件事没有？"

"没有，现在是非常时期，我无意造成更大的混乱。"

我们明白她所指，她始终是个好妻子。

我震惊，对婚姻的信念大大地动摇。

"这十年来只有我一个人知道我们并非珠联璧合的一对，我迁就他无微不至，"黄太太说，"他的口头禅是'我们不如……'数百个'不如'下来，我已经完全失去了自我，成为他的影子，于是他满意了，丝毫没有发觉这是我一个人努力在刻意求工。"

我小心地聆听。

"起初我也不明白，我认为夫妻之道必须互相迁就。现在见了家明与玫瑰，才晓得不是那回事，我并不快乐。也许我的要求是太高太不合理了，但为什么不呢，我像所有的人一样，只能活一次。"

咪咪睁大了眼睛看着我，她心中不是没有同感的吧，而她此刻为我受的种种委屈，将来会不会如黄太太般发作起来？

黄太太深深叹口气。"我并不要求世人原谅我。"

咪咪冲动地说："我原谅你！"

"当初嫁黄振华……是因为要争口气——你们以为我完了吗？早着呢。一口气，"她哈哈地笑起来，"多可笑。"

"你是爱他的吧？"我忍不住。

"自然我爱他，但自始至终，他未曾爱过我，未婚前他舒适地住在父母的家中，令我等了他三年半。他可没想到这一千多日我浪费在公寓中，天天度日如年——啊，你们还年轻，你们不明白这些说不完的故事，我虽然老了，我也还有我的故事。"

咪咪紧紧握住她的手。"我是你的后身，黄太太。"

黄太太摇摇头。"家敏懂得感情，你们可以白头偕老。但只有振华，他不懂得玫瑰，不懂得家敏，亦不懂得我，他浑身无懈可击，但他不懂得爱情——"

"这点我同意。"我说。

黄太太说："多么不幸。"

黄太太的悲剧是她要在已成事实的环境中追寻理想。

真没想到他们这一对也会出毛病，两个人在一起生活，岂是一项艺术，简直是建万里长城，艰苦的工程。

将死的人硬是要在一起，活着的人要分开。

黄振华对我诉苦，味如黄连。

女人，他说他不明白女人。十年了，他与苏更生是公认的最佳夫妻，现在她与他冷战，搬到书房去睡，凌晨三四点还在听柴可夫斯基的钢琴协奏曲，第二天起身后却又若无其事。

黄振华说："她爱我，这女人到现在还非常爱我，但她却舍得如此对付我，我确实不明白这女人的心。"

我说："或许她认为你不爱她。"

"我不爱她？"黄振华用手指向他自己的鼻子，"我不爱她还会娶她？她十年来就控诉我不爱她，女人们都祈望男人为她们变小丑，一个个为她们去死，她们没想到的是，丈夫死了她们是要做寡妇的。"

我不敢出声。

"不是我说，玫瑰纵有千般不是，她也有个好处，她从来不与男人争论这些事。玫瑰的头脑最简单，爱就是爱，她又不计算付出多少，得回多少，她从不把爱放在天平上量，你说是不是？"

我心中温柔地绞痛，玫瑰怎么一样呢，世上有几个玫瑰啊，我们都是凡人，凡人中苏更生女士也算是数一数二的性情中人了，黄振华不能如此说。

黄振华说："女人！没读过书的女人像红番，读过书的女人又要干革命。"

可爱得无懈可击的女人如玫瑰，然而命运又这样坏。

她决定与大哥到巴哈马群岛去度假，我们一起劝阻。大哥已经要每周定期到医院去吃药打针，离开熟悉的环境是非常不智的行为。

大哥豁达地笑，认为不打紧。"不去巴哈马也不见得就能多活十年，现在还不能做随心所欲的事，等几时？真的想经过一条有白光的隧道，等待来生乎？"

玫瑰也笑嘻嘻地支持着大哥，站在他身后，手搭在他肩膀上，另一只手轻轻地抚摩他的后颈，当大哥是一个小孩子。

他们两人那种视死如归的自若，决非假装，因此更加使我们害怕震惊。我们看着他俩上飞机。

大哥临走时跟我说："家敏，家中书房里的几只琴，很值一点钱，不要当烂木扔掉，可以将它去换数辆法拉利地通那蜘蛛型跑车。"他笑。

我听在耳中，心如刀割，紧紧拥抱他。

玫瑰穿着七彩的花衬衫，三个骨开叉裤[1]，梳一条马尾辫，大圈耳环，热带风情，一点没有伤感。

大哥笑语："比起玫瑰，我简直是黑白新闻片拷贝站在特艺七彩歌舞片身边。"

玫瑰笑得前仰后合，咪咪也赔着笑。

他们终于走了，像一般度蜜月的年轻男女，只是他们没有将来，他们不会白头偕老。

回家途中，咪咪忽然说："我明白了，我明白为何你那么疯狂地爱上玫瑰。"

―――――――――

[1] three quarter，七分裤。

我一怔，不出声。

"她真是天底下最美丽的女人。"咪咪由衷地说。

我说："我也认为如此。"

"我们之中哪一个人，能够忠于人忠于自己，又同时勇敢地活下去？无论对谁，她都心无愧，甚至是方协文，她给他最好的十年，她给他安琪儿[1]似的女儿，"咪咪说，"她从不计算得失，我做不到她所做的十分之一，要我学她，比骆驼穿针眼还要困难。"

我在心中叹气。

我说："我们幸运，可以在感情领域中兜圈子，有些人单为三餐，从早做到晚，大雨滂沱时挤在密不通风的公车上，他们更加不能找到机会将伟大的人格发扬光大……"

我说："咪咪，人与人是不能比较的，上帝并不公平，生命是一种幻觉，我唯一的年轻有为的兄弟要离我而去了，我束手无策。而公司左侧街角的那个老乞丐，他将继续蹲在灰尘中三十年，求路人施舍一个角子，你能解释这种现象吗？"

咪咪别转头，不出声。

隔了很久，她说："家敏，我有孕了，我们第一个孩子将在明年六月出生。"

"啊——"我在愁肠百结中看到一线曙光，"六月，咪咪，如果是女孩子，我们可叫她六月。"

"男孩子呢？"她问我。

"叫小明，小小一点像家明就够了。"我说道。

咪咪微笑。"非常好，我们的孩子也不必太聪明，稍微一点点聪明就够了。"

---

[1] angel，天使。

"在小处着眼有什么不好呢？"我说，"做小人物才快乐呢。"

黄振华夫人显然不这么想，玫瑰与家明离开后三天，她便向黄振华提出分居的要求。

黄振华没料到有这一着，他震惊至精神极度紧张，无法应付工作，不住地问："为什么？为什么？"

黄太太维持缄默。

黄振华咆哮："你想我也患上血癌，与你搂在一起死，以便证明我对你的爱？"

黄太太收拾一只小衣箱要离开。

黄振华崩溃下来。"更生，求你不要离开我，这是我一生中第二次求人，第一次求的是你，第二次求的也是你。"

黄太太苍白地说："你不明白，振华，你始终不会明白。"

我与咪咪为了做中间人，跑去坐在那里听人家夫妻相吵相骂，无限难过。

"我知道，你要我对你无微不至，你在开头的时候就希望我接你上下班，我没有那么做，你就记恨，我没有在约会的地方等你一小时，你就——"

黄太太抬起头，看着黄振华，黄振华忽然不说了，他叹口气。"我在大事上总是照顾你的。"

"大事？"黄太太说，"几时第三次世界大战呢？我肯定到那一天，你一定会带着我逃难。可是振华，这十年来，上班我一个人去，下班我一个人回来，中饭你没有空，晚上你有应酬，生了病我自己找医生。振华，在不打仗没有大事发生的时候，我要见你的面也难。"

我低下头。

黄太太说："我仍然是一个寂寞的女人，你的阳光太高太远，照不到我身上。黄振华，我配不起你，你另觅佳丽去吧。"

黄振华说："更生，世上没有十全十美的人。"

黄太太说："冰冻三尺，非一日之寒，振华。"

黄振华说："更生，我劝你三思，如果我们都要分开——"

黄太太不再言语。

黄振华叹口气，站起来离去。

走到门口，他转过身子来，跟我们无限悲凉地说："我活得太长了，如果去年死去，我也就是世上最好的丈夫。"

黄太太仍然不说话。

直至他走，她不再说话。

她显然是下定了决心。

我只觉失望，他俩甚至不是早婚的两夫妇，这样的一对还要分开，不知是哪些人才能白头偕老。

咪咪像是洞悉了我的思想，她说："哦，很多人，要面子的、因循的、懦弱的、倚靠饭票的、互相利用的，家敏，多得很呢，白头偕老的人多得很呢，有什么大不了的事，关系破裂了，有一种特制的夫妻牌万能胶水，粘一粘又和好如初。你少担心呢，满街都是恩爱夫妻，孩子们不停地被生下来加强他们的关系。你少担心，家敏，我们就是最好的榜样。"

咪咪哭了。

那是因为我变心之后她并无勇气离开我。

而我，我不能在玫瑰拒绝我之后做到除却巫山不是云的境界。

千疮百孔的世界，值得哭的事情原是非常多的。

大哥与玫瑰在三星期后回港。

玫瑰走出来，大哥用担架抬出来。

玫瑰脸色很坏，但是坚强镇定，眼睛有一丝空洞，她握紧我的手。

在车子里她对我低声说："他说他爱我，他说他很快乐。"

我点点头。

大哥没有再开口说话，他一直处在休克的状态。

在医院病房中，我们两夫妻与黄振华三人轮流看守，但是玫瑰一直在那里。

她头发梳成两条辫子，穿件宽大的白衬衫，一条褪色牛仔裤，常常捧着咖啡喝。

玫瑰神色非常平静，很少说话。

我们知道溥家明不会再开口与我们说话，他的生命已走向终点。

本来我已经歇斯底里，但是玫瑰的恒静对我们起了良好的作用，我们也能够合理地商讨家明的身后事。

星期日深夜，我们奉医生之命，赶到医院去见大哥最后一面。

玫瑰已经有好几天不眠不休了，她坐在床沿，低下头，握着大哥的手，将他的手贴在脸边，一往情深地看着他。

她没有哭。

这时候大哥早已不是平日的大哥，他的器官已开始腐败，每一下呼吸都传出难闻的臭味，他长时期的昏迷使得四肢死亡，肌肉出现一种灰白色。

一度英俊的人，现在就跟一切久病的骷髅无异。

但他在玫瑰的眼中，仍然是风度翩翩、俊秀儒雅的溥家明，她丝毫不以为意，轻轻地吻着他的手。

咪咪的眼睛早已濡湿。

医生替他注射，告诉我们，他会有一刻的清醒。

这就是俗语所谓的回光返照了。

玫瑰抬起头，见到我们，她说：“他也真累，应该去了，拖着无益。”语气并不伤心，也不激动。

咪咪伏在大哥身上饮泣。

　　大哥缓缓睁开眼睛，蠕动嘴唇，想说话。我们趋向前，他却没有发出声音，一个健康的人断不会知道说一句话也要这么大的力量吧。

　　他的眼光在我们身上缓缓转动，终于落在玫瑰的脸上，他深陷的眸子居然尚能发出柔和的光辉，玫瑰的嘴附在他耳畔，清澈地说：“我爱你。”

　　他听见了，微微点头。

　　“我爱你到永远永远。”玫瑰再说一遍。

　　咪咪泣不成声。

　　然后大哥的喉咙咯咯咯作响，我抓紧的他的手渐渐冷却，他吁出最后一口气，我知道他的灵魂已经离开。我暴戾地大声狂叫起来，声音串不成句子，护士斥责我，咪咪用双臂抱着我，号啕大哭。

　　我巴不得跟了大哥去，生老病死，都非出自我们本愿，人生到底为苦为乐。

　　玫瑰抬起头来，放好大哥双手，护士替他的脸盖上白布，从此这个生命就在世界上一笔勾销，太阳再也照不到他身上。

　　玫瑰过来拍拍我的肩膀。“家敏，别难过，别难过。”

　　这时黄振华与苏更生一前一后也赶到了。

　　黄振华双目红肿，他的分居妻子永远穿着白衣服，然而憔悴得不得了。

　　玫瑰似乎负起了安慰众人的责任，她对于死亡毫无恐惧，她接受这项事实犹如接受她身为一个美丽的女人般。

　　“我们走吧。”她建议，“我很疲倦，我想好好睡觉。”

　　咪咪说：“我们陪你——”

　　“不需要，”玫瑰温和地说，“我不会有事的，你们送我回老房子就可以了。”

黄振华说："玫瑰，我送你，家敏的情绪不甚稳定，不宜开车。"

玫瑰说："这里最适宜开车的人是我。"

"别这么说。"

我开车送了玫瑰回家，老房子阴暗华丽，仿佛那日我第一次见她，天在下雨，忘了带伞，她来替我开门，我一心一意地惊艳，到此刻仿佛已隔一个世纪了。

她说："你们请回吧，我想休息。"

咪咪问："你打算做些什么？"

"先好好睡一觉。"玫瑰说。

"睡醒了呢？"咪咪问道。

"吃一顿很饱的饭。"

"然后呢？"

"整理一下屋子——"玫瑰诧异地问道，"你们不相信我会如常生活？"

"可是——"咪咪嗫嚅地说，"家明已经不在了。"

"我知道他已经不在，"玫瑰说，"但是他希望我活下去，他会希望我快乐正常地活下去。"

"你做得到吗？"我问。

"我会学习，"她说，"为了家明。"

她推开书房的门。

她对这间旧书房有莫大的偏爱。

"你们请回吧，我要喝杯茶，抽支烟。"她说，"有女用人在，你们可以放心，可以随时打电话来查。"

我们只好告辞。

"家敏。"她叫住我。

我转过头去。

"家敏，不要太伤心。"她说。

我麻木地与咪咪退出。回到家中，我们几乎溃不成军，咪咪说我一连几夜叫唤大哥的名字。

溥家明从此不在了。

黄振华少了苏更生，什么事都办不成。苏更生总算念着旧情，常回来帮我们。

大哥把他的全部财产留给了我。

他把他的爱分为两份，一份给我，一份给玫瑰。他的生命是丰盛的，他给予，他也取索，他的生命也不算短，四十二岁，足够有余，生命只需好，不需长。

玫瑰又自由了。

她比往日沉默许多，徘徊在老房子的书房内，不大出去交际应酬。

玫瑰仍然令人心悸地美丽，并没有为家明穿孝服。她不在乎这种表面化的世俗礼法，照旧穿着彩色缤纷的时髦服装。

她又开始吸烟，本来已经戒掉，现在因陪家明，又染上重吸，通常与她过去的大嫂一起出入。

我曾自荐陪伴她，她却婉辞。

她说："我现在这个年纪，总得学习避免嫌疑。家敏，你是已婚男人，太太快要生养，你的时间应全归妻子。"

她的道理十足，我只好知难而退。

家明的葬礼之后，我们家静下来。

再也没有他的琴声了，我的身子像是忽然少了一半，不能平衡。

咪咪怀孕的身体渐渐不便，她很坚强，仍然工作，有时极度疲倦，我劝她辞职，她又不肯，照样撑着上班，家事交给用人。

我劝过几次，便省得麻烦，对她我有歉意，我的情感淡淡，不像对玫瑰那般火里来火里去。

我与咪咪是一辈子的事，不把精力蓄藏起来留待后用是不行的。

我在短短三个月间变成一个标准的住家男人，下了班就万念俱灰，回家脱了皮鞋便高声问："拖鞋呢？"

女用人倒一杯暧昧的绿茶，香是香，但不知何品何种，我也将就着喝了。书房内有数幅莫名其妙的画，我也挂了，也无所谓。

摊开报纸，我足足可以看上一小时，头也不抬起来。渐渐地我迷上了副刊的小说，一个叫卫斯理的人，写他的科幻小说，告诉我们，生命实在是一个幻觉，我一天天地追下去。

用人说开饭，我就坐下吃，吃很多，对菜式也不挑剔，比较喜欢白切鸡这些简单易入口的肉类，很快就在肚上长了一圈肉，裤头都有点紧，也不刻意去理它。我知道我已经放弃了。

四月份我们的孩子出生，在产房门口等，我也不大紧张。

孩子顺产，强壮，是个女孩子，我有点高兴，拍拍咪咪的肩膀，半开玩笑地说："同志仍须努力。"

我的一生，就这样完了吧。

我的一生与咪咪的一生。

但是玫瑰的一生却还早呢。

我们有时也看见她。她永远不老，只是一直成熟下去，美丽、优雅、沉默，脸容犹如一块宝石，转动时闪烁着异彩。

追求她的人很多，妇女杂志仍然以刊登她的访问为荣。即使不是她的美貌，现在黄家老房子那块地，也足以使她成为城中数一数二的富女。

她具备了一个女人所有的最佳条件。

我问她："你快乐吗？"

"自然快乐，"她说道，"我干吗要不快乐？"

当时在她的书房中，我们喝着不知年的白兰地谈天，咪咪与孩子在客厅玩，黄振华带着他的新女友。

"可是——"

"可是什么？"她莞尔，抬头看着壁上悬着的一只小提琴，"因为家明我就应不快乐吗？我想起家明，诚然黯然，但是我认为一个人既然要什么有什么，就应当快乐。家敏，你亦应当快乐，就算是更生姐，我也这样劝她，世界上并没有十全十美的事。"

我低下头，她迅速改变话题。

"刚才我跟咪咪说，如今她轻松了，孩子生下来真可以松一下气，你猜她怎么说？她说：'我又有了。'"

玫瑰笑。"我认为她有资格投资购买荷斯顿的孕妇装，反正要生七个，一穿七年，再贵的衣服也值得。"

我微笑。

"一个女人若爱她丈夫爱到生七个孩子的地步，真是……"她温和地说。

我说："我知道她爱我。"

玫瑰说："你现在身为人父，感觉如何？"

"责任重大。"我据实说。

"大哥与更生姐这件事……"玫瑰说，"他俩现在成了好朋友，时常见面。"

"他不是有新女友吗？"我不以为然。

玫瑰笑。"那些女人哪儿能满足他？他现在对更生姐好得很呢，一次他同我去妮娜莉兹[1]店，就买了好几件白衣服，叫人送了去给更生姐，以前他哪儿肯这样？以前他根本不理这些细

---

[1] Nina Ricci，莲娜·丽姿，法国时尚品牌。

节的。"

"有复合的可能吗？"我说。

"照我看，可能性大得很，他也该约会一下其他的女子，这样更能使他发觉更生姐的优点。"

"你呢？"

"我？"她笑着伸一个懒腰，"我还是照老样子吃喝玩乐。你知道，家敏，我除了这四味，什么也不会。"

"小玫瑰呢？"我问，"想她吗？"

"小玫瑰住在纽约，常跟我通信，在纽约长大的孩子气派是不一样的。"她微微仰起她精致的下巴。

我心中轻轻地说：玫瑰，我还是这样爱你，永永远远毫无条件地爱你。

"家敏，家敏。"她总喜欢如此一迭声地唤我，叫得我心神摇曳。

"什么事？"这真是一个使人愿意为她赴汤蹈火的女人。

"答应我，你要高高兴兴地生活。"

"我没有不高兴呀。"我说。

"这句话就已经说得够赌气的了。"她说。

"我会高兴，我答应你。"

"我要淋浴换衣服了，"她说，"今晚要参加一个盛宴，我添了一件圣罗兰的长裙，那设计真是美丽——"她伸一个懒腰，笑了。"我真永远不会长大，到今天还为了一件裙子、一个宴会而雀跃，多么幼稚无聊。"

然而她在我眼中并无不妥之处，我觉得一个女人要似一个女人，而玫瑰正是一个像玫瑰花般的女人。

"与谁赴宴？"我问。

"罗德庆爵士。"玫瑰答。

呵，溥家明的一章已经翻过，至情至圣的人应当豁达。

"呵，他，"我诧异了，"他在追求你？"

"是呀，他们都这么说。"玫瑰天真地答。

"他们？"我问，"你是当事人，你岂不知道？"

玫瑰耸耸肩。"当局者迷。"又微笑，那点眼泪悲闪闪生光。

世间有什么男人挡得住她娇慵的这一笑。

我叹息了。

"我老了，家敏，"她把脸趋到我身边，"你看，都是皱纹。"

笑起来的确有鱼尾纹了，然而又怎么样呢？她仍然是罕见的美女，内美外美，无所不美。

"我们告辞了。"我说。

"有空来探我。"她说。

我双手插在口袋中不置可否。

咪咪抱着孩子进来，我自她手中接过孩子。

玫瑰扬了扬头发，站起身送客。

黄振华与我们相偕离去。

在车中咪咪又沉默起来。

每次见完玫瑰，她老有这种间歇性的沉默。

我知道为什么。

我说："香港这地方，只适合赚钱与花钱，大人辛苦点倒也罢了，苦只苦了孩子们，在香港念书，根本不合情理——"

咪咪抬起头，眼睛发出了希望的光辉。

"咪咪，我们在加拿大还有一座房子，记得吗？我们回去那里住，生活是比较清苦一点，你或许一辈子没有劳斯莱斯坐，但是我们一家几口会生活得舒舒服服，你说如何？"

她紧紧拥抱我，孩子在车子后座轻轻哭泣起来。

玫瑰说过，她叫我要活得高兴。

　　"我会开设一间小公司，只要四五个同事，喜欢的工程才接下来做。我们会过得很好，只在暑假回来看看亲戚。咪咪，我们回去就收拾行李如何？"

　　咪咪在我怀中热泪不止，她拼命点头。

　　我抚摩着咪咪的头发。只有最平凡朴实的生活才是最幸福的。

　　但玫瑰，玫瑰是不一样的。

　　再见玫瑰。

三

我们在厨房内拥抱良久。
我们的故事到此为止，
也应该结束了。

方太初并不是一个老学究，这样大气磅礴的名字容易引起误会。

　　实际上太初是一个女孩子，而且是个美丽的女孩子，我认识她时她十七岁，大学一年级学生，是我低班同学。

　　她有一个乳名，叫小玫瑰，呵，小玫瑰比较适合她，洋同学都喜欢叫她玫瑰。而她本人，我应该怎样形容她呢，她本人就似一朵半透明、初初含苞欲放的粉红色玫瑰花。

　　除了长得美，她还是一个温柔随和的人，性格很完美，功课也好，乐意帮助人。最主要的是，她非常理智，办事一丝不乱，思路清楚，男女老幼，没有不喜欢她的。

　　她在纽约出生，但不喜欢纽约这地方。她说她有乡下人的本质，不好大城市，因此随父亲搬到加利福尼亚州圣荷塞[1]读大学，我便结识了她。

　　在新生会上，我请教她的芳名。

　　她说："我没有英文名，中文名叫方太初。"

　　"呵，这么特别的名字。"

　　她微笑。"太初有道，道与神同在——我祖父是基督徒。"

---

[1] San Jose，圣何塞。

她这么美，却一点没有骄矜之色，我马上喜欢了她。

我说："我叫周棠华，建筑系五年级学生。"

她侧侧头。"我大舅舅也是建筑师，在香港有公司。"

"香港的建筑师都很发财。"我说。

她哈哈地笑。"你们男人就挂着发财。"神情娇慵。

她穿一条紫红色皮牛仔裤，一件丝绒线织的七彩毛衣，时下大学最流行的那种服饰，脸上一点化妆也没有。

太初的长发绾在脑后，随便用橡筋束住，气质之佳，无以名之，百分之一百的艺术家，不愧是美术系的高才生。

她约会男朋友很多，但私生活并不滥，男孩子不但喜欢她，也尊重她，这是最重要的。

圣荷塞的气候好，适宜外出写生，我有一辆开起来轰隆轰隆的七手旧车，有空便约她出去兜风。

她不一定有空，我得排队轮她的时间，但谁会介意呢，等她是值得的。

我与她说过，纽约是发展艺术的好地方。

她更正我道："纽约是艺术家扬名的好地方。"

随即她又说："有些人爱出名，有些人不爱。"

她还那么年轻，但说话头头是道。许多美貌女子活在一团雾中，以为眼睛鼻子长得稍佳，便可以一辈子无往而不利。

方太初却十分精明，她将自己生活打理得很好，所以跟她略熟之后，会觉得她外表像玫瑰，而内心像一棵树。

太初的画是前拉菲尔派[1]，并没有什么风格，技巧是一流的，但在彩色摄影发明之后，这种画毫无价值可言。

---

[1] 即拉斐尔前派，是1848年在英国兴起的美术改革运动，目的是改变当时的艺术潮流。

　　她说："我个人的享受，我喜欢这种画。"

　　开头我并没有兴起追求她的意思，与其他的男生展开争夺是很浪费时间的，我的功课那么紧张，实在没有可能做这一类事——建筑系第一年收百余个学生，六年直升毕业的只十来个人。长期流落异乡的滋味有什么好受，我想返家。

　　是太初先接近我的，渐渐我在图书馆及啤酒馆常常遇见她。

　　太初总是抛下其他人来与我攀谈，我再笨也知道是怎么一回事，不由得受宠若惊，感动之余，轻而易举地爱上了她。

　　相信我，爱上太初并不是太难的事。

　　一个人爱上另外一个人的因素是很多的，太初具有许多优点，她甚至连一般女孩子的小性子都难得使一次，略微发起小脾气来，像撒娇，很少叫我下不了台。

　　许是因为圣荷塞的原因吧，在简单纯朴的地方，人们也变得简单纯朴起来，我们的感情进展得细水长流，愉快明媚。这样的恋爱，简直是享受，有否羡杀旁人我不知道，但我一生中，心情从未像此刻这么愉快。

　　太初实在太可爱。

　　复活节我们到黄石公园露营，开心了一个星期。这家伙，文的她行，武的她也能，我们在茫茫野地中生火煮咖啡炒鸡蛋，在冰凉的溪水中洗澡洗头发，夜间躺在睡袋中仰看满天的星斗。

　　神仙还不及我们快活，神仙有什么好？

　　太初很少说到她家的事，认识她近一年，我知道她的父母已经离婚，她跟父亲住。方老先生（其实也不算老，四十八岁）经济形形并不算太好，在一间银行做了二十多年也未见升职，可是他也并不辞职，不知为什么。他老给我一种潦倒的感觉，我与他吃过两次饭，他喜欢喝酒，在美国一般人能喝到什么好酒？老抱着一瓶三星白兰地。身上的西装很皱，领带歪歪，一看就知道他已经放弃了，精神萎靡。

因为太初，我对他很温和。

太初爱她的父亲，也容忍她的父亲。

方老唯一的生机，就是太初。两人相依为命，怕已经长久。

我问太初："你母亲为何离开他？"

"她嫌他穷。"太初气鼓鼓地说。

恐怕没有这样简单吧，我莞尔。但凡像方协文这样的丈夫，多数愿意相信妻子离开他，是因为他穷。

因贪慕虚荣是女人最大的毛病，不得世人同情，于是他胜利了。

我没出声，太初爱她的父亲，我呢，我总得爱屋及乌。

太初十八岁生日那天，我将父亲送我的金表转送于她。

她不肯接受，说太名贵，且我留着有纪念价值。

我说："买别的礼物，我亦买得起，什么胸针项链戒指之类，但街上买得回来的东西，未免轻率，如你不肯收下这个金表，那我就难过得很了。"

她马上把金表系在腰上，我觉得咱俩有"大事已定"的预兆。

太初说："来，帮我到邮局去，将这个包裹退回去。"

"什么包裹？这么大包。"

她不响。

我看包裹纸，一边念寄件人的姓名地址："黄玫瑰，香港落阳道三号。"我问："谁？"

太初不答。

"为什么要退回去？"

太初不响。

"我是你男朋友不是？"我笑问，"喂，方太初，说话呀。"

她叹口气，细细声说："这个人嘛，就是我那母亲。"

"你母亲？叫黄玫瑰？呵，我明白了，所以你叫小玫瑰！是这样的缘故吗？"

太初抱起包裹。

"你一点好奇心都没有？"我问，"打开看看。"

"爸爸叫我立刻退回去。"她说。

"又不是潘多拉的盒子，"我说，"既然是你母亲寄来的，至少打开来看看。"

"过去十年她不知寄了多少东西来，爸都叫我退回去，我从没看过。"

"随你。上代的恩怨不该留到下一代。"我替她捧起包裹。

她犹豫。

"也好，"她说，"你帮我拆开看看。"

我七手八脚拆开，盒子里是一件长长的白纱衣，我抖开一看，两人都呆住。

太初叹道："衣裳竟可以做到这种地步，这简直是一件艺术品。"

盒子中尚配着一双粉红色缎鞋。

"是不是你的号码？"我问。

"五号，正是，她怎么晓得的？"

"看看，这里还有一封信，写给你。"

太初忍不住，拆开来看，是一张美丽的生日卡，里面密密麻麻地写着字。

太初一边看一边嘴里默默地念，我坐在一边观察她的神情，这张卡片写得很多，她的双眼渐渐红了，终于她放下那封信，将头靠在椅背上，呆呆看着天花板。

她低声说道："棠哥哥，让我试试那件裙子。"

我把裙子交给她。

她到房间去换了衣服出来。

我"哗"地叹了一声。她恍然凌波仙子一般，纱衣是柔软的，细细的腰，低胸，领口一连串皱褶，半透明料子上，另有一点点白色的芝麻点。

"太好看了。"我惊叹。

她踏上高跟鞋，转一个圈。"这么漂亮的裙子，穿到什么地方去？去白宫吃饭也不必这样打扮。"

"你母亲很爱你。"我说。

她撩起裙子坐在椅子上。"买件漂亮的裙子寄来就算爱我？过去十年，她在什么地方？"

"我喜欢这件衣服，我们搭飞机到纽约去吃饭，别浪费这裙子。"

太初笑。"别乌搅，"她说，"我把它脱下退回去。"

我看看裙子上的牌子：妮娜莉兹。"你母亲很有钱？"

"并不见得，"太初说，"我外公并不是什么船王，爸说她很虚荣，一辈子的精力都花在吃喝玩乐上。"

我摊摊手。"那他为什么娶她呢？是被她骗吗？"

太初将衣服折好，放回盒子里，一边说："你少讽刺我们。"

我说："她嫁你父亲多久？"

"十年。从二十一到三十岁。"

"一个女人最好的日子，"我说，"即使你父亲是被骗，也很值得。我可以肯定你母亲是一个美妇人，因为你长得不像你父亲。"

太初很懊恼。"你像其他的人一样，都不喜欢我爸。"

"太初，那毕竟是上一代的事了，如果我是你，礼貌起见，也该写一封回信。"

她不响。

"你不知道她的事，不外是从你父亲处得来的资料，我觉得离婚是双方的事，跳探戈需要两个人，你又不是不知道。"

太初说："清官也判不了这样的事。"

"她还是你母亲。"我说。

太初发嗔："你这个人，死活要理人家的家事。"

"人家？"我不以为然，"这不是人家，她将来是我的岳母。"

"岳母？谁答应嫁你？"她笑，"走吧，邮局下午休息。"

"是，遵命，我可升官了，观音兵现在升做观音将军。"

"你好啰唆。"她推我。

毕业后我俩就订婚了。

我向太初求婚那日，她问我："你考虑清楚了？外头有很多漂亮的女孩子，都乐意戴你的戒指。"

"你也考虑清楚了？"我问，"以你这么漂亮的女孩子——"

"呵，废话，"她笑说，"外头有些什么货色，我早就知道。"

"呵，我是垃圾堆中最好的一个？"我激一激她。

她叹一口气。"我不知道啊，但是我年纪已经老大了，不嫁还待几时？"

"太初，"我摇头，"我真服了你，连说话都不够你说。"

她凝视我。"你会照顾我、爱护我，是不是？"

"我若没有那样打算，何必开口向你求婚呢？"

"说得也是，"她微笑，"老寿星原本不必找砒霜吃。"

"你父母会不会喜欢我？"她忽然又问。

"不会不会，他们会如歹毒的皇后待白雪公主般待你，你若害怕，不如不嫁。"

"我若祈望自你处得到一点安慰，简直是痴心妄想。"她白了我一眼。

爸妈自然是喜欢太初的。

他们在信中表露了无限欢欣之情，对太初的美貌非常诧异，他们写："什么——我们未来的媳妇简直比最美丽的女明星还长得好，怎么会有如此漂亮的女孩子，普通生活照片还这么突出，真人想必更为美丽……"

太初看了信笑。"见了真人，他们必然大大失望。"

我端详太初。"中国人很奇怪，他们审美眼光是依照西洋标准而行的，大眼睛小嘴巴高鼻子白皮肤的便算美，你倒恰恰合这些标准，但外国女郎谁没有这样的条件？所以你被埋没了这些年，回香港吧，保证满街有人向你搭讪的。"

"我才不回香港，"她笑，"爸说那地方最罪恶不过。"

岳丈大人灌输给女儿的常识真是惊人，惊人的偏见。

我欲纠正他，又怕太初不高兴——"你跟其他的人一样，都不喜欢我父亲。"所以三缄其口。

香港是一个很可爱的地方，将来我是要回去的，这些事慢慢再与太初争论不迟。她是一个非常纯真的女子，容易说话。

父母完全同意我们的婚事，父亲因生意忙，不能来参加我们订婚，寄了两张来回飞机票来，叫我们返家一次。

太初很犹豫，因她尚未毕业，假期很短，又怕她父亲不让她走这一趟。

我说得很明白，我决不做她不悦的事情，倘若她不回去，我也不回去。

她感动了，真是个好女孩子。

方老先生捧着劣质白兰地的杯子，沉吟半晌，不作答。

太初恳切地看着她父亲那张失意潦倒的脸。老实说，我绝对被太初感动，因此也对方老刮目相看，一个男人若得到他女儿大量的爱，他就不是一个简单的父亲，他必然有他可取之处的。

他缓缓地说："你跟棠华去吧，你快做他家的人，自然要听他们的话，他们疼你才会邀你回去。"

我很高兴。

"棠华，"他苦涩地说，"你要好好地照顾我这个女儿。"

"爸，"太初说，"你这什么话呢？我们去两个星期就回来的，我才不要离开你。"她过去搂着父亲的肩膀。

方老的眼睛润湿了，他说："是，我真有个好女儿。"

太初说："爸，棠哥哥说过的，如果我不回香港，他也不回去。"

"呵，"岳丈大人又说，"我还有个好女婿。"

太初说："爸，你好好保重身体。"

"我晓得，我又不是孩子。"他抚着太初的长发，"你自己当心，说话之前看看棠华面色，香港不比圣荷塞，太率直人家见怪的。"

"是，爸爸。"

我好性子地赔笑。方老先生恐怕就是个一事无成的失败者，彻底地失败倒也好，偏偏他又成功过一次，娶了个非凡的妻子，而她在与他共度十年的光阴后离开他，使他以后的日子过得像僵尸般。

可怜的男子。

然而即使如此，他还不至于自私到不给予女儿自由，我非常感激他。

我们获得他同意后，心头放下一块大石，我与他之间有了新谅解。

"爸，"我说，"你也要好好地照顾自己。"

他露出一丝笑容，说道："棠华，很好，你很好。"

太初后来跟我说：她一见她父亲那个落魄样，就忍不住恨她的母亲了。

身为他们的女儿，她那样说是对的。可是一个女人不能因那个男人可怜而陪他一生，她可怜他，谁可怜她？

太初不会明白这一点，对于她，方协文再沦落再不争气，也还是她钟爱的父亲。我爱太初，也爱她这点痴情。

太初左眼角下有一颗小小的疤痕，这是她整张脸上唯一的缺憾美，像一粒麻子。跟她说话的时候，我习惯指一指那颗白斑。

她说："这从前是一颗痣。"

"从前是一颗痣？现在怎么没有了？"我诧异地问。

"爸说是泪痣，泪痣不是好现象，故此找医生褪掉了。"

真迷信。

我说："假如是痣，迷死好多人。"我吐吐舌头。"幸亏褪掉了它。"

太初说："你的真面目在订婚后益发露出来了，真不知道是否该嫁你。"

"你不会找到一个比我更好的男人，我对你是忠贞不贰的。"我马上反驳。

我们回到香港，母亲见了太初，眉开眼笑。"真人比照片还好看。"她频频说。据说老年人喜欢漂亮的媳妇。果然，太初被赞得难为情，只是喜气洋洋地笑。

我们就住在父母家中，太初真是合作，天天一早起身，帮母亲打点家事，又陪她去买菜。多年来母亲都习惯进菜市场，太初对于泥泞的街市深表兴趣，母亲无端得了个好伴，乐得飞飞的。

父亲跟亲戚说："这个女孩子，简直完美得找不到缺点，相貌好还是其次，性格才善良温顺呢，真是咱们福气。"他不知道太初很有点牛脾气，她是那种一生只发三次脾气的女人，一发不可收拾，所以我最怕她。

果然不出所料，她不喜欢香港。很小的时候，她来过一次，然而没有记忆。现在旧地重临，只觉地方狭小，人头涌动，完全是一种兵荒马乱的感觉。星期日中午的广东茶楼，尤其使她不解——"这么多人挤在那里付钞票等吃东西。"她笑。

我对她呵护备至，她如孩子般纯真率直，母亲待她如珠如宝，所以她这几天假期过得非常愉快，又吃得多，我恐吓她，叫她当心变成一个小胖子。

一直都很好，直到一个上午。

当时太初照例陪母亲到小菜场去，父亲在公司，家中只有我与老用人。

我刚起床，在那里喂金鱼，电话铃响了。

我去接听。

那边是一个男人的声音，略为焦急，却不失彬彬有礼。他问："请问府上有没有一位方太初小姐？"

因为态度实在太好了，所以我答："有的，她是我未婚妻，请问找她有什么事？她此刻不在家。"

"哦，你是周棠华君？"

"是，"我很奇怪，"哪一位？"

"恕我叫你名字，棠华，我是小玫瑰的舅舅黄振华。"

"哦，舅舅。"我出乎意料，颇为高兴。

"舅舅，"他哈哈地笑，"叫得好。"

黄振华说："棠华，小玫瑰糊涂，你也陪着她糊涂？俗云见舅如见娘，你们俩偷偷订了婚不告诉我们黄家已是一桩罪，来到香港居然若无其事过门不入，又是一桩罪。"他哈哈笑。"你还不滚出来见见娘舅？"

他是那么爽朗、愉快、干脆，自有一股魅力，令我立刻赔笑道："舅舅，这真是——"

"将功赎罪，还不将我地址电话写下？今夜八点，我车子到府上来接令尊令堂一起吃顿饭，请他们千万拨时间给我，通知得匆忙，要请他们加倍原谅。"

"是。"

"你这小子——"他忽然叹一口气。

"对不起，舅舅。"我有点惶然。

"我明白你的处境，这自然不是你的主意，方协文自然将黄家的人形容得十恶不赦，生人勿近，你耳濡目染，当然站在他们那一边。告诉你，没那种事，你不看僧面也看佛面，今天晚上见。"

"是。"我又说。

他搁了电话。

啊，这就是太初的大舅舅？但听声音，如见其人，完全一副长袖善舞、八面玲珑的样子，把每个人都能应付得密不通风，哄得舒服熨帖。这样的人才，在香港生活得如鱼得水，是必然的事。我向往一瞻他的风采。

太初与母亲回来，我把她拉到一角，告诉她这件事。

太初张大了嘴。"他们怎么知道我来了香港？"

"纸包不住火，"我挤挤眼睛，"若要人不知，除非己莫为。"

太初说道："我不去，我不要见到黄家的人。"

她又说："你不是不知道我与母亲他们一家人没有来往，你是怎么答应他邀请的？"她恼怒。

我苦笑："我也不知道，他的声音具一种魔力，我乖乖地一连串地说是是是。"

太初既好气又好笑。"你呀，你比我还没有用。"

"基本上我觉得外甥女与未见面的舅舅反目成仇是一件荒谬的事，你身体内流着黄家一半的血液，既然避不过他们，索性去见一见他们也好。"

"我不要见到母亲。"她轻轻声说。

我叹口气。"真傻。"

"你跟黄振华说，我不要见到母亲。"她倔强地说。

"好好，我同他说。"我拍着她的肩膀。

太初拥抱着我。"啊，棠哥哥，你如果娶别人，就不会有这种为难之处了。"

"这算什么话？"我喃喃说，"到这种地步了，叫我上哪儿找别人去？"

太初破涕为笑。

我马上拨电话到黄振华建筑工程事务所。我向他说明，太初不愿见到母亲。

我说："心理上她有障碍，让她先见了舅舅舅母比较好。"

"说得也是，"黄振华沉吟一下，"好，一定照办。对了，听说你这小子念的也是建筑。"

"是。"我答。

"不要再回到穷乡僻壤去了，留下来吧，"他非常诚恳，"我们慢慢再谈这个问题，今天晚上见。"

不知道为什么，我再一次被他感动，如果别人说这样俗不可耐的话，我头一个反感，可是自他嘴巴中说出来，有不同味道。

我跟母亲说到今夜的宴会，她大大诧异。"太初的舅舅是黄振华？这黄某是大名鼎鼎的一个人，连我这种足不出户的老太婆都晓得。他是两局里的议员，什么大学里的名誉校董。"

"是吗？"我笑了，"你们两老是否要按品大妆见客？"

黄振华的车子来得非常准时。司机上来按铃，我们四口子下得楼来，但见一个风度翩翩的中年人站在一辆黑色的宾利房车旁，见到我们立刻迎上来。

"周先生，周太太，"他紧紧与我爹握手，"这一定是棠华了——"一边又跟我打招呼。

他将太初自我背后拉出来。"小玫瑰，你忘了舅舅了？"一把拥在怀里。

一连串的大动作看得我们眼睛花。这个人，我想，他要是有机会在大观园里，也就是另一个王熙凤。

敷衍客套完毕，大伙上了车子，车内先坐着一位太太，约四十来岁，雍容清雅，向我们不卑不亢地打招呼。

这一定是黄太太了，我喝一声彩，比起她来，黄振华活脱儿变成一个满身油俗的商人。

她像是知道我在想什么，一双眼睛含笑地向我望来，我顿时脸红。

太初紧紧靠在我身边，握着我的手。

一路上黄振华那客套捧场之辞流水滔滔似的自他口中倾囊而出，我听得呆了，与太初面面相觑，但很明显，我们家那两老简直与黄振华有相见恨晚的感觉，非常投机。

我偷偷向黄太太看一眼，她顽皮地向我们眨眨眼，我与太初都笑了。

太初在我耳畔说："我喜欢这位舅母。"

我捏捏太初的手，表示安慰。

请客的地方金碧辉煌，是吃中菜的好去处。

我到这个时候才看清楚黄振华的长相。他非常英俊，头发有七成白，但看上去反添一种威严，身材保养得极佳，显然是经常运动的结果。他精力充沛，热情好客。

他叫了一桌的好菜，不停地与我们谈我们熟悉与喜欢的题材。他真是一流的外交交际人才，风趣得恰到好处，谈笑风生，对任何事都了如指掌，如财经、政治、艺术、各地名胜，什么白兰地最醇，哪种唱机最原声，游艇多大最适宜，诸如此类。

我自然对他佩服得五体投地，活在我们这样的社会中，光有学问是不管用的，清高到不可攀的地步，于大众有什么益处？黄振华才是社会的栋梁支柱。

但是他太太，啊，黄太太真是风流人物，长长的头发绾一个低髻，耳上配精致的钻饰，脸上的化妆浓淡得宜，态度温柔可亲。

她轻轻为我们布菜。"多吃一点竹笋炖鸡，味很鲜。"

或是说："他真吵，别去理他，你们管你们喝汤。""他"指的自然是黄振华。

菜实在美味，我从没吃过那么好的中国菜。酒也好，从不知有那么香的白兰地，我颇有乐不思蜀的感觉——不想回美国小镇的穷乡僻壤去了。在香港住多好，在近海滩处，譬如说，石澳，置一幢白色的平房，过静寂的生活，闲时跟黄振华这样的亲友出来热闹喧哗吃喝，岂不是妙得很。

到最后，黄振华送我一只手表作见面礼，我大方地戴上了。

太初也喝了一点酒，精神比较松弛，她一张脸红扑扑的，益发像朵玫瑰花。

黄振华说："真像我妹妹。唉，外甥女都那么大了，眨眼间的事而已。"

黄太太端详太初，她说："像是像，可是……"她侧侧头。"并不是一个模子的，太初是她自己。"

太初十分高兴。

"可是，"黄太太指指太初眼角，"你那颗痣呢？"

太初答："因是眼泪痣，故此除掉了。"

黄太太若有所思，点点头。

散席走到门口，黄振华遇到朋友。

他跟人家说："你记得小玫瑰？家敏，你瞧，她长那么大了，订了婚了。"

那个叫"家敏"的男人抱着一个小孩，闻言朝太初看来，眼睛就定在太初身上不动了。

他身边尚有三四个粉妆玉琢的孩子，可爱无比。他说："用人请假，老婆与我只好带孩子出来吃饭。振华，你替我约个日子，我们一家请小玫瑰。"

"好好，"黄振华一半是酒意，另一半是兴奋，"棠华，这事你去安排了，我们原班人马。"

黄太太劝："别站在门口了，改天再聚吧。"黄振华又再度拥抱太初，之后总算放走我们了。

我累极。

太初则骇笑。"我怎么会有那样的一个舅舅？"

我说："香港的人杰。"

"他们真有钱，穿的吃的全是最好的，刚才一顿饭吃掉了六千元！一千多美金哪，简直是我一学期的开销。"

太初大惑不解："做生意也不能这样富有啊。"

"别理他们，"我笑，"也许你舅舅刚打劫了银行。"

"还要吃下去？我怕肚子受不了。"太初说，"下一顿饭我不去了。"

我倒认为这种宴会蛮有趣的，增加点见闻没有什么不妥，我想我血液中属香港的遗传因子已经发作了。

太初说："舅舅已是这样，我母亲不知是个如何不堪的人物，定是那种张了嘴合不拢如录音机般不断说话的女人。"

"你不欣赏黄振华？我是欣赏的。"

"嘿，"太初说，"还有他的朋友，盯着我看，仿佛我头上长出了角。"

"你长得漂亮嘛。"

"太没礼貌。"

"顾及礼貌便大失眼福，鱼与熊掌不可兼得。"

太初啐我。"你与我舅舅两人简直可以搭档说相声。"

"人家可是都记得你呢，"我说，"小玫瑰的确非同凡响。"

"我可不记得人家。"她说。

"你不想见你母亲？"我问。

"不想。"

"真不想？"我问。

"真讨厌，你拷问我还是怎么的？"她反问我。

第二天，黄振华约了我出去详谈，在他办公室里，他跟我坦白地说，希望我留下来，也希望太初留下来。

我也很坦白，明人眼前不打暗话。我说："可是太初的父亲很寂寞，而你们这儿……又不愁不热闹。"

"你怎么知道小玫瑰的母亲不寂寞？"黄振华反问。

"我想当然而已。"我说。

"她很想念小玫瑰。"黄振华说。

我心想，那么想念她，何苦当年撇下她。

黄振华微笑。"我知道你想什么，当年她撇下小玫瑰，实有不得已的苦衷，是一个动人的故事，你或许不相信，但我妹妹并不像我，她是个至情至性的人，而我在感情上也并没有她那么伟大。事实在感情上，我是失败者，我妻子曾经一度离开我，经过九牛二虎之力复合，天天侍候她眼睛鼻子做人，不知有多痛苦。"

他真没把我当外人。

"你会喜欢你岳母，"黄振华说，"她是一个十分美丽的女人。"

我心又想：四十岁的女人，再美也是老太婆一名，能够抛下稚龄女儿不理的女人，美极有限。在感情方面，我绝对站在太初这一边，于情理方面，我则赞成太初见一见她的母亲。

我说:"我与太初是要回美国的。"

黄振华沉默。

"你很久没有见过我岳父了吧?"我说,"他很潦倒,我相信我们应该给予他最伟大的同情。"

黄振华说:"我完全反对,从头到尾,我对方协文这人有浓厚的偏见,所以我不便开口。这样吧,我能否请求你们延长留港的时间?"

"我与太初商量。"我说。

黄振华诧异。"棠华,你对太初真好,事事以她为重,我自问就办不到,难怪我太太说我一点不懂得爱情。"

"爱情不是学问,不用学习,"我微笑,"如果爱一个人,发自内心,难以遮掩,自然而然以她为重,这是种本能,不费吹灰之力。"

黄振华一呆,叹了口气。

隔一会儿他说:"我想你知道一下她的近况。"

"好,请说,我会转告太初。"

"她五年前再婚了。"

我心想:有什么稀奇,她那样的女人。

"丈夫是罗德庆爵士,年龄比我略大,但与她很相配,生活也很美满。我们这一代很幸运,健康与外貌都比实际年龄为轻,见了你岳母,你恐怕不相信她能做你的岳母。"

脸上多刷几层粉,充年轻也是有的。

"历年来她寄给小玫瑰的信件包裹不计其数,全数被退了回来,相信你也知道。"

几件漂亮衣裳就顶得过母爱?

黄振华笑。"你这小子,你在频频腹诽你岳母是不是?"

我脸红,什么都瞒不过这个八面玲珑的人。

他说："回香港来结婚，你周家只有你一个儿子。咱们周黄两府大事庆祝一下，多么热闹。"

我说："我岳父会觉得被冷落，他也就这么一个女儿。"

"好，"黄振华拍我的肩膀，"周棠华，你是个有性格有原则的男人，小玫瑰眼光比她母亲好。"

他仍然对我岳父有偏见。

这整件事我是局外人，我很清楚其中的矛盾。黄振华无论在才智学问方面，都是一流人物，我岳父是个迟钝的老实人，两人的资质相差甚远。可怜的岳父，他一生最大的不幸，便是认识了他的妻子，如果他娶的是与他一般安分守己的平凡女子，他早已享尽天伦之乐。

"现在罗爵士请你们到他家去吃饭，去与不去，你们随便。"

我沉吟半晌："我们去。"我一直认为太初没理由不见母亲。

"那么今晚八点有车子来接你们。"他说。

"我尽量说服太初。"我说。

太初很不高兴，她埋怨我在这种事上往往自作主张。

我赔笑道："你舅舅还说我事事以你为重呢。"

"又一大堆人，又一大堆菜。"她轻轻说。

"那一大堆人都是你至亲骨肉，有我在，也有你喜欢的舅母。"

她拍拍胸口。"大舅母真是我的定心丸。"

说得一点也没错。黄太太非常认真，补了一个电话，与太初说了一阵话，叫她安心赴宴。

太初仍然不安。她说她心中根本没有母亲这个人，"母亲"对她来说，只是名义上的事而已。

但是好奇心炽热的太初，已有十多年没见过母亲，故此还是决定赴宴。

"她嫁了别人。"太初感喟，"罗德庆是什么人呢？一个有钱的老男人吧，可供她挥霍的，而我父亲没有钞票。她还有什么资格做我母亲呢？"

我结好领带。"可幸你不必靠她生活。"

太初微笑。"可幸我在感情生活上也不必靠她，我有你，也有爸爸。"

"她是个寂寞的女人，"我承认黄振华的看法，"不被依赖的人，真是寂寞的人。"

黄振华的车子把我们接到石澳。

太初诧异地问："这也是香港？多么不同啊。"

黄太太说："这里比法属里维埃拉还漂亮。"

太初说："我从没去过欧洲。"

黄太太有一丝诧异，随即微笑道："欧洲其实早已被游俗了。"

我说："将来我与太初去那里度蜜月。太初，是不是？"

太初甜甜地朝我笑。

黄振华不悦说："你母亲有所别墅'碧蓝海角'，而你居然没去过里维埃拉。"

太初即刻说："她的，是她的，我是我。"

黄振华笑着咆哮："你们这两个家伙，少在我面前对答如流。"

我俩握着手大笑，气氛顿时松弛下来。

罗宅是一所白色的平房，正是我心目中的房子。

大门内全是影树，红花落在青石板的小路上，黄色碎叶纷纷如细雨。

网球场、腰子形泳池，四只黑色格力狗向我们迎上来。

太初轻轻非议："香港有一家人八口一张床，她做过些什么，配有如此排场？"

"嘘——"我说。

黄太太侧侧头，向我微笑，她永远洞悉一切。

黄振华与主人寒暄。

罗爵士穿一套深色灯芯绒西装，头发全白，双目炯炯有神，额角长着寿斑，有六十出头了，雍容华贵，姿态比黄振华高出数段。他含蓄得恰到好处，非常客气，但并不与任何人过分接近。

太初很直率地问："我'母亲'呢？"

罗爵士对太初自然是另眼相看的，温柔地答："亲爱的，你母亲因要见你，非常紧张，不知道该穿什么衣服，她立即就出来。"

太初轻轻冷笑一声。

我们坐在美轮美奂的客厅中，喝上好的中国茶。

门铃一响，另外有客人来了。

黄太太为我们介绍："你们其实已经见过，这位是溥家敏。"

溥家敏英俊得不知像哪个电影明星，风度翩翩。他皱着眉头，带着心事似的走过来，目光似上次般逗留在太初身上便滞留不动。

太初不自在，别转了脸。

黄家上下的亲友一个个都像童话故事里的人，我叹口气，上帝待他们未免太厚，既有财又有貌，更有内容，难怪我岳父成了外来的异客，受到排挤。

而太初，太初绝对是黄家的一分子，她从来没去过欧洲，十多年来跟着一个寒酸的父亲生活，但她的气质不变，脸上一股倨傲纯洁的颜色，使她身处这种场合而毫无怯容。

"玫瑰呢？"黄太太问，"还没出来？"

黄振华说："家敏，过来喝杯威士忌。"

黄太太又问："快开饭了吧？这个厨师听说是新请的，手艺如何呢？"

溥家敏心事重重，不出声，喝着闷酒。

大家很快归于沉默。

罗爵士跟太初说："我知道你与你母亲之间有点误会，可否容她解释？"

我们身后传来一声咳嗽。"叫各位久等了，对不起。"

我第一个转过身子去，看见一个女子站在走廊尽头娉婷地急步走过来，环佩叮当地有点匆忙。

我呆住了。

她并没有什么仪态，也没有怎么打扮，神情还很紧张，握着双手。

这女子年纪也断不轻了，穿很普通样式的一件黑衣服，唯一特色是一条配玉的腰带。

但她的美貌是不能形容的！她的脸简直发出柔和晶莹的光辉，一双眼睛如黑玉般深奥，身材纤弱苗条，整个人如从工笔仕女图中踏出来，她便是太初的母亲？

我本来并不相信天下有美女这回事。太初的漂亮只令我觉得和煦舒适，但这位女子的美是令人惊心动魄、不能自已的。我忽然有种恐惧，说不出话来。

可是她比我们还紧张，她并没有如小说中与女儿失散的妇女般扑过来拥抱痛哭，她只是结结巴巴地问："是太初吗？是棠华吗？"如一个稚龄少女般羞怯，声音中却一丝做作都没有，最自然纯真不过。

我看得出太初在过去十五年内建立起来的敌意在那一刹那完全瓦解了。

"是母亲吧。"太初温和地说。

"是，是。"她母亲略为镇定。

罗爵士过来说："大家坐下慢慢谈谈。"

太初始终没有过去拥抱她的母亲。

　　她称母亲为"罗太太"。诚然，她不折不扣是罗太太，但自《红楼梦》中贾宝玉之后，鲜有人称自己母亲为"太太"的，太初如此别出心裁，倒出乎我意料。

　　我活了这么大还是第一次遭遇如此戏剧化的场合，不知为何，居然应付自如，想必是太初的缘故，而我同时也第一次发觉，太初有泰山崩于前而不变色的本事。

　　我竟小觑了这小妞。

　　饭后我们喝茶闲谈。

　　罗太太说："你们说太初很像我……"

　　太初忙说："我哪儿敢像太太！"好家伙，由"罗太太"简称变"太太"了。"一半也及不上。"

　　黄振华说："我看是母亲不及女儿一半才真，你们看看，太初多么冷静智慧？才二十岁呢，你母亲一辈子都像一团云。"

　　"太太"也不分辩，好性子地笑。

　　我简直不相信我的眼睛，她是我岳母？她看上去直情[1]不过如太初的大姐姐，她示意我走近长窗一角说话。

　　她轻轻跟我说："你与太初打算明年就结婚了吧？"

　　"是的。"

　　"我并不赞成女孩子早婚，"她极其温柔，"因为我本人早婚失败，有个戒心，但我相信你们会幸福。棠华，因为你是一个出色的男子，我不会相人，但我大哥振华对你击节称赞，他错不了。"她的语气是那么柔弱依赖，我马上发觉了。

　　女人的温柔艺术在今时今日早已失传，略为迁就，咱们做男人的已应感激上帝，时代女性冲锋陷阵的本事绝对比我们高超，她们与我们一般地硬绷绷，真刀真枪地上阵拼个你死我活，事实

───────────

　　[1]粤语，简直就是的意思。

也不允。

我们这一代从来得不到这种享受，而在罗太太身上，我才明白一个女人，具有女人的韵味是多么可爱动人。

她忽然悲哀起来。"可是我有什么资格做太初的母亲呢？我有什么资格开口说话呢？我不配呢。"

我岳父把她形容成一个俗艳的、虚荣的、泼辣的女人，真是不实不尽。他与她是两个世界里的人，她应该得到目前的男人，一个全心全意、有能力有资格照顾她的男人。

我又不敢说岳父错，这整件事是一个悲剧。

"你会好好照顾太初吧？"她问。

"我会。"我略为犹疑，"但是我们不能长期留在香港。"

"我可不敢要求你们陪我，"她很忧郁，"但大哥说你最好留在香港。"

我点点头，我明白，以我的专业，跟着长袖善舞的黄振华，凭罗爵士的关系，若干年后，不难成为第二个黄振华。

我转头，发觉溥家敏正与太初在谈天，太初脸色慎重，因此可知谈话必有内容。

我忍不住问："那个英俊的男人是谁？"

她答："呵，那是溥家敏，我们家的老朋友，将来，我告诉你。"

黄太太走过来，问道："很紧张吧，岳母见女婿。"她笑了。

"真不敢相信，女儿已可以结婚了。"罗太太感喟地答。

"你这一生，玫瑰，传奇过传奇，应该有人写篇小说，叫作《玫瑰的传奇》吧。"黄太太笑道。

"我还算玫瑰呢，"她说，"老太婆还顶着个这样的名字，死不要脸，太初才是玫瑰。"

但她仍然这么美丽，精致尖削的下巴一点不肯变形，眼角的细纹不外是种风情。四十岁的人了，她是夏天那朵最后的深色的玫瑰，眼看要凋零了，花瓣中开出深黄的花蕊，她眼角多一颗闪动的眼泪痣。

那天回家，我不能成寐。

我与太初整夜坐在露台谈论她的母亲。

"她是那么美丽，"太初叹息说，"美得超乎我想象，而且她已经四十岁了，你能否想象她二十岁或三十岁的样子？"

"我自然知道。"我说，"颠倒众生。"

"说得很对，"她说，"她那种恐怖的美丽，真是……一个人怎么会美到这种地步？本来我也以为舅母长得好，但比起她，简直不是那回事。呵，太超乎我想象了，我整个人晕眩。"

"最令人吃不消的是她并不自觉她的美丽，呜呼，于是她的美又添增三成，你有没有发觉她走路都没有信心，彷徨无依，常被地毯角绊着？"

"有。"太初低下头来。

"你眼角原本那颗痣，跟你母亲的痣长得一模一样吧？"我问。

"我现在明白了，父亲让我到医院去把痣除掉，是不想看到我太像母亲。"太初摸摸眼角。

"你那可怜的父亲。"我说。

"今后叫我怎么安慰他呢，我再也不能帮着他憎恨罗太太。"

"那个叫溥家敏的人，他跟你说什么？"

"他说我长得像罗太太。"

"不止这么多吧。"

"他告诉我，罗太太抛下我不理的原因。"

"他是外人，他怎么知道？"

"因为罗太太为他的哥哥而放弃我。"

"他哥哥是谁？"

"去世了。"

"我没听懂。"

"很简单的故事：两夫妻闹婚变，因孩子的抚养权而僵持着，女方与一个患癌症的律师发生了感情，为了那剩余的三个月时光，她放弃女儿，离婚去跟那个垂死的人。"

"那女方是罗太太？"我震惊问，"男方是溥家敏的哥哥？"

"以前的罗太太。"太初点点头。

"嗬，这么荡气回肠？"我说，"现在还有这种故事？"

"是。父亲一直没告诉我。"太初说，"溥家敏告诉我，后来父亲居然报复，说什么都不肯让罗太太见我，本可告到法庭，但罗太太又怕孩子受刺激。这些话，原本我都不会相信，但不知为什么，一见了罗太太，我全无保留地相信了。"

"你可生你父亲的气？"

"不会不会，我原谅他，得到过又失去罗太太那样的女人，一辈子也就完了。"

一个人的一辈子，其实是多么脆弱短暂。

我问："溥家敏还跟你说什么？"

"他说他有六个孩子。"太初微笑，"四男两女。"

"我的天！"我也笑，"这么多孩子。"

"是呀，现在都不流行生那么多了。他说其中一对女儿是双胞胎，超出预算，可见原本他打算生五个，那也实在是大家庭，但他说他们两夫妻原本打算生九个呢，医生劝阻，这才停止。溥先生说，他大哥生前的愿望是希望多子多侄。"

我哑然，过一阵子说："那溥先生的兄长，想必是位超然的人物了。"

"溥先生说他大哥真是十全十美的一个人哪。"

我不悦："你相信罗太太也就罢了，怎么连陌生人也相信起来？"

太初讪讪地说："我没有想到罗太太有那么多的男朋友。"

"你要学她吗？"

"我几时那么说过？"太初瞪起眼睛。

我立刻投降。

"鸟儿都出来了，"她说，"天亮了。"

"闹市中什么鸟？那是隔壁养的两只八哥。"我说。

"棠哥哥，我还是觉得圣荷塞好，那边的生活，多么安逸平静，这边这样复杂，我应付不了。"

"是，我也喜欢平实的生活，我们很快就回去。"

"男儿志在四方，你不是不知道，回圣荷塞找工作，一生也不过比我父亲略好一点，你会满足？要不就干脆现时开始在香港打天下，三五载之后烦腻了，回圣荷塞休息。"

我有一丝丝惧意，太初把我心底的意思完全看出来。

"棠哥哥，我是很了解你的。你是一个有野心的人，不比父亲，倘若你要留下来，不必为我浪费时间，我回去继续读书，陪着爸过日子。"

我说："我不要听这种话，我不要听。"

太初笑。

"我陪你回去再说吧。"

"随便你吧，我要睡了，跟妈妈说，我今天不去市场。"这个太初，她叫我妈为"妈妈"，自己的妈妈是"罗太太"，我真正服了。

妈妈安排早餐出来，只我一人吃。

我告诉她太初在床上。她老人家深深疼爱太初，并不会见怪。

但是太初坚决要回美国。

她予我自由，但如果我生命中少了她，那种自由，是什么样的自由呢？

可怕。

之后黄家约我们的一连串宴会，都被太初推掉了。她依然故我，做着她的方太初——一个来港度假的女学生。她对于升官发财这一些事，丝毫不感兴趣，真是正牌艺术家。

太初对她舅母是青眼有加的，她肯跟舅母去吃茶。

黄太太并不是黄振华的说客。

她只是简洁地说："香港的人，不论男女，都想往上爬，难得你们两人出淤泥而不染。"

我喝一口茶，笑说："往上爬？爬到什么地方去？人们并不见得那么上进，他们的向上不外是弄钱。舅母，原谅我的口气。"

黄太太说："你说得很对。"

太初说："我要钱来无用，我什么都有。"她看我一眼。"不知他对荣华富贵的看法如何？"

我笑说："近朱者赤，近墨者黑，我的看法与你一样。"

太初白我一眼。"真无耻，舅母别信他这八个字，这是他惯伎，一点诚意也无，说了等于白说。"

我恐吓她："你少在舅母面前诋毁我，回家家法伺候你。"

"舅母你听听这是什么话。"

黄太太叹口气。"这是打情骂俏话。"

太初的面孔忽然就红了。

她舅母微笑说道："你们俩，很好呀，真是一对，我很替你们高兴。"

太初说："跟这种人白头到老，未必得了什么好处去。"她瞟我。"不过没他呢，日子又闷，不知怎么过。"

"彼此彼此。"

"你们结婚时要回来。"舅母说。

"知道。"

"几时结婚？"

"明年，"我说，"我打算这时回去找工作，半年后略有积蓄，便可以结婚，起码要找一间公寓，买套西装，跑一次欧洲。"我向太初挤挤眼。

黄太太微微点着头。

"我穷，"我耸耸肩，"太初是有的苦了，将来生了孩子，她得趁喂奶粉的空当画画。"

太初说："你再说这种话，我就逼你回香港来谋生。"

"怕怕，"我立刻举手投降，"千万不要呀。"

我与太初最爱混日子过。

"你们决定回去了？"她舅母问。

太初说："是，棠哥哥也赞成。"

黄太太笑道："你舅舅恐怕会失望呢。"

黄振华诚然失望了。他发了许多牢骚，说我在浪费时间——年轻的时候不为事业打好基础，老了就后悔。

"你以为你是专业人士又如何？"他说，"什么人都分九等。到美国去做工，十年也积蓄不到一只手表。"他叹气。

黄太太碰碰他手肘。"人各有志，振华。"

我不作声，黄振华说得自然有理，我不是不知道，这是我十载难逢的机会，我只是舍不得太初。

"当年溥家敏何尝不以为可以在加拿大隐姓埋名地过活？三年之后，闷出鸟来，还不是搬回香港住了。我告诉你，香港这地方，住住是要上瘾的，自然有它的好处，否则这么多人挤在这里干吗？"

"去去就回来。"黄太太说。

黄振华说："棠华，我不会亏待你，你说服太初回来，我给你准备一张合同，起薪三十万一年，借钱给你买房子成家。"他拍拍我的肩膀。

我们还是登上了飞机。旅程中我很沉默，我在思考黄振华给我的条件。

如果不是为了太初，他可不会待我这么好——刚毕业，什么功夫都没有把握，人才不见得出众，说话也不怎么玲珑，值三十万？

太初说："你有心事。"

我不否认。

她轻轻说："我知道你在想什么。"

我紧紧握住她的手。

"我们不要靠别人，"她说，"我们靠自己，没有必要去沾别人的光。"

"是。"我说。

方老先生在机场等我们，他特地剃了头，换上新衬衫，那件衬衫刚刚拆开穿上，还有折痕，也不先熨一熨平，看上去难为情相，但他已经尽了他的力了。

太初对她父亲的爱是无限量的，她上前去拥抱他。

方老憨憨地笑。"你们回来了。"

我也与他拥抱。

他端详太初。"你更漂亮了，怎么，见到你母亲了吧？"

太初愕然，看着我。

"是的。"我代答，"见到了。"

方老说："我早知他们有法子，真神通广大。"他问太初："你觉得她如何？"

"很漂亮。"太初说，"爸爸，我们到什么地方吃顿晚饭？"她不愿多说。

我明白她的心情。

方老先生沉默下来，他的背弯着，头发斑白，神情又萎靡了，我同情地挽扶着他。

我们吃了一顿颇为丰富的晚餐，然后太初说疲倦，要回宿舍，我送了她回去，再送方老先生，他邀我进他的公寓小坐，我觉得疲倦，但还是应允了。

他取出酒，斟了一杯自饮。我知道他想与我说几句话。

方老问我："太初的母亲，她好吧？"

我说："很好。"这可怜的男人。

"她仍然是那么美？"他嗫嚅地问。

"是。"我说。

"玫瑰……"他陷入沉思中，嘴角挂一个微笑，想是记起从前甜蜜的往事，一片惘然的神色，思想飞到老远。这个可怜的男人。

"爸，"我按住他的手，"别想太多。"

他跟我说："棠华，我实在不应恨她，她给了我一生中最好的日子。"

"是，爸，我明白你指什么。"我有说不出的难过。

"她凭什么跟我一辈子？你说，她有什么理由跟我一辈子？她与我共度的十年，每天我只需穿上衣服上班，一切不必操心，衬衫裤子给我熨得笔挺，连口袋中的杂物都替我腾出来放在替换的干净衣服内。钱不够用，她以私蓄搭够，屋子一尘不染，饭菜煮得香喷喷，小玫瑰她亲手带大。我没有福气，棠华，是我没有福气。"

我轻轻拍着他的肩膀。

"那九年零三个半月，我过的是帝王都比不上的适意生活，只有那三千个日子我是真正活着的。现在我想通了，黄振华说得对，我还想怎么样？许多人连一日也未曾活过，"他干笑数声，"我是个平庸的人，二十年来我尽心尽力地工作，但我并没有获得更好的机会升职，人们不喜欢我，他们嫌弃我。以前我有玫瑰，我不怕，失去了玫瑰，我便失去了一切。"

"爸，你还有太初，你还有我。"

"是呵。"他脸上泛起一阵红光，"是，我还有你们。"

"爸，你休息吧。"我很疲倦，"你也该睡了。"

"好，好。"他还不肯放开我。

我知道为什么大家都不喜欢方老先生。他从来不顾及别人的需要，从来不替别人着想。妻子跟着他的时候，他也没有什么图报的打算，浑浑噩噩地享福，而妻子离开他之后，他也不做什么，糊里糊涂地过了。就像今夜，我已经坐了十多小时飞机，累得不亦乐乎，他却没想到这一点，巴不得我陪他谈个通宵。

人倦了脾气就急躁，我匆匆向他告别，驾车回家。

洗了澡倒在床上，马上呼呼入睡。

清晨我听得电话铃响了又响，却没有力气去取过话筒。

电话铃声终于停了。

我翻一个身继续睡。

过了没一会儿，门铃大作，夹着大力急促的敲门。

我无法不起床去开门。门外站着惊惶的太初，一额头的汗，她拉着我尖声问："你为什么不听电话？爸爸在医院里！"

我顿时吓醒了。"医院？"我忙抓起牛仔裤套上，"怎么会？我昨夜与他分手时还好端端的。"

"他心脏病发作，倒在地上，房东发觉，把他送进医院。我已去看过他，医生把他当作急症处理，不准探访。棠哥哥——棠哥哥——"她大哭起来。

我一语不发，与她赶到医院去。

这是太初最需要我的时刻。

她父亲于当天下午因心脏病逝世，享年四十九岁。

太初哭得双眼红肿，伤心欲绝。

我把消息报告香港那边。黄家电报电话接连不断地来催我携太初回港。

但是太初悲伤得根本连话都不会说，天天抱着她父亲的遗物伤神。

对于黄家的势利，我亦十分反感，现在太初返港已成定局，何必逼人急在一时间动身？她爸的尸骨未寒。

太初整个人消瘦下来，晚上睡得坏，白天吃得少。

她内疚在她父亲有生之年没有抽更多的时间出来陪他。

四十九岁。无论如何，谁都得承认这人是英年而逝，但方老先生活着的时候不论外表与内心，都已像一个五十九岁的老人。

他早就死了。

在他妻子离开他的那一日，他就死了。

黄家派来的第一个说客是溥家敏。

溥家敏与黄家有莫大的渊源，这我知道。

我对溥没有反感，他温文有礼，英俊风流，而且他的态度好。

来到我们这里，他说明来意，便坐在客厅中出任说客。显然他也不知道发生了什么事，只不过忠人之托，只好跑了来坐着。

他跟我说："罗太太叫我来的……她叫太初别太难过。"

太初问："她自己为什么不来？"

"她……不方便来。"

"我知道，"太初含泪说，"她看不起他，她看不起他！可是他已经死了呀。"

"不不不，"溥家敏分辩，"没有这样的事，太初，她并不是这样的人，你们误会了。她要来，又怕你们不欢迎，她天天等你们的消息，你们又没有唤她一声。"

溥家敏说："罗太太的脾气是这样的，过去的事便过去了，并不是薄情寡义，对方协文，对溥家明，她都是一贯的态度，你不能误解她。太初，尤其是你不能。"

我叹口气。

这溥家敏一表人才，说起话来有时却纠缠不清，像个恋爱中的女郎。

太初打发他："你请回吧，我可以动身时自然会动身。"

他凝视太初。"我在这里陪你。"声音很轻。

我不由得生气了。"这里有我。"

"多个人也好，葬礼还没举行，多个帮手也好。"他说。

太初犹豫了，她终于点点头。

我感觉到溥家敏对太初有特殊的感情，也许是为了她母亲的缘故，爱屋及乌。但是，他太目中无我，可恶。

"我住在喜来顿[1]酒店。"他说，"你们可以随时找我。"

我说："反正你每天早上九点总会来这里报到。"

溥家敏没有理会我语气中的讽刺，他温柔地对太初说："我明白你的心情，当我大哥去世的时候，我也只有一种感觉：我巴不得跟了他去。"

太初听到这话，如遇到知己，抬头看着他。

他嘲弄地说下去："能够跟去倒也好，这就少了数十年的烦恼。"

我愕然，像他那样的人也有烦恼，世上百分之九十的人都该买条绳了来自我了断。

---

[1] 即喜来登。

"但我还是活下来了。"溥家敏说。

溥家敏说："活得健康，活得高兴，也就是报答了你父亲的养育之恩。你想想看，如果他知道你这么伤心、消极、精神不振，他会怎么样？"

他真会说话，那张嘴，树上的鸟儿都骗得下来。

果然，太初精神一振，全神贯注地聆听。

"我会每天来看你，"他说，"你要当心身体。"

"是是是。"太初感激说。

他拍拍她的手。

我有种不祥的预感。

我问溥家敏："溥太太没有来吗？"

他微笑道："她要照顾孩子。"

太初问："溥先生有几个孩子？"

有心思管闲事了，由此可知心情是好点了，这溥家敏几句浮滑的场面话生了奇效。

他答："目前六个孩子，四男二女。"

太初睁大眼睛。"这么多！"

"多吗？并不多，咱们上一代都有五六个孩子，孩子们有生存的权利，不必担心他们的将来，如今的父母为了自己自由，逃避责任，只肯生一两个……"

"人口太挤了。"太初说。

我没有插嘴，因我觉得给太初一个轻松的谈话机会，也是好的。

"当然，我只是说：有资格生养的父母，可以多多生养。"他欠欠身，"我不是指每个人，世上总能为聪明人腾出空间。"太狂妄了。

太初问："溥先生认为自己是聪明人吗？"问得好。

溥家敏微笑。"我为聪明误一生。"

太初困惑了。

我咳嗽一声。"喝杯咖啡好吗?"

太初没答,他先答:"我要一杯黑咖啡。"

岂有此理,他当我是侍役?是后生?

太初说:"我来做。"我与她挤到小厨房去做蒸馏咖啡。

太初教训我:"你怎么对他不客气?"

"他是老几?我干吗要对他客气?"

"话不是这么说。"

我冷笑一声。"我现在才知道岳父的心情,但我比他坚强,我会斗争到底。"

"你这说的是什么话?神经病!"太初白我一眼。

溥家敏探头进来。"我能帮忙吗?"

"这儿没你的事!"我忽然露出不满。

他一怔,太初白我一眼。她端出咖啡。

"改天我想替小玫瑰拍一点照片,"溥家敏说,"罗太太老想要小玫瑰的照片。我第一次见你,你才那么丁点大。"他看着太初。"可是那天我在饭店外碰见你,真是弄糊涂了,我还以为你是罗太太,可是罗太太有什么理由这么年轻?"他声音确实有点迷茫。

太初问:"真那么像?"

"如果你眼角下多颗痣,更像。"

太初摸一摸眼角的小疤痕。

他们约定了星期六去拍照。

我知道我应当跟着去看他们照相,但基于一种骄傲,我没有那么做。男女之间最重要的是一个"信"字,如果我不相信太初,咱们这一段就不乐观。只有千年做贼的,哪儿有千年防贼的。话

虽然说得如此漂亮，心中却不是滋味，这个温文儒雅的中年男人
令我打翻了五味架，真是别有一番滋味在心头。

光他一个人已经够麻烦了，没到一星期，太初她舅母也
到了。

黄太太为人再可爱，我也没好气。

我说："太初，早知你娘家人多兼烦气，咱们两个人的事又
作别论。"

说了出口又害怕她会随口应我一句：现在作别论也还来得
及，于是心惊肉跳地看着她。

太初自然知道我心中想什么，她岂有不知道之理，这个聪明
玲珑的女孩子！她既好气又好笑地睨着我，却又放我一马，不作
答，啊，可爱的太初。

葬礼举行的那天，太初的舅母穿了套黑衣服，手里捧一束
花，仪态端庄肃穆，溥家敏站在她身边。太初开头抱怨她母亲没
有出现，后来看见棺木就饮泣不止。

牧师以呆板和煦的职业语调读《诗篇》第二十三篇："耶和
华是我的牧者，我必不致缺乏……"

溥家敏掏出手绢要递给太初，我故意趋前一步，挤开他，把
手搭在太初肩上。

"……我虽然行过死荫的幽谷，也不怕遭害，你的杖，你的
竿，都安慰我……"

礼成后我们撒上泥土与花，太初伏在我肩膀上哭。

黄太太什么都不说，陪着我们回家。

晚上太初先睡，溥家敏回酒店，就剩我与黄太太，我做了咖
啡与她一起对饮。

她说："你不必担心溥家敏。"

我脸马上就红了，这个明察秋毫的太太。

她说下去："家敏神情是有点恍惚，他有点糊涂。"黄太太的声调很感慨。"他跟我说：以为小玫瑰就是玫瑰。"

"太初才不像她母亲。"我抗议。

"你不喜欢罗太太？"黄太太说。

我不出声。我倒不是不喜欢罗太太，那么美丽的女人……

"你是嫌罗太太生命中的男人太多？"

我面孔又红了。

"你这孩子，好一块古老石山。"黄太太叹息。

我轻轻说："正经人从一而终。"

"你瞧我可是一个正经人？"黄太太问。

"自然。"我由衷地说。

她微笑。"我也结过两次婚。"

"我不相信！"我下巴跌了出来。

"我还拿这种事来唬你不成？"她说，"棠华，事情不临到你自己头上，你不明白，因此就不谅解。你与太初都太年轻，只知道黑是黑，白是白，却不知道这两种颜色当中，还夹着许许多多深深浅浅的灰色，你们太武断了。"

"无论如何，黄太太，你最好对溥家敏说一声，叫他别枉费心机，罗太太与她女儿是两个人。"

黄太太点点头。"诚然，太初是一个精明的女孩子，她不见得肯为感情付出偌大的代价，感谢上帝。"

"你这话是什么意思？太初很爱我。"

"自然。"

"我不明白你刚才那句话，爱情是免费的，根本不需要代价，爱情是愉快的——凭什么人们认为要生要死的才是爱情？晚上睡不着也已经够受罪了。"

黄太太微笑说："这又是一个新的理论。"

"当时机成熟的时候，太初自然会跟我回香港。"

"太初已答应回香港。"

"谁说的？"我跳起来。

"家敏说的。"

我心中如被利刀刺了一下。"他说的，他怎么知道？"明知故问。

"自然是太初答应他的。"

"几时的事？"我双手发冷，胃部绞痛，额角发汗，所有的血一下子涌到头上。

"大概是这一两天吧。"

"可是……"我的声音有点呜咽，"可是她从来没向我提过，可是……"

"棠华，你们男人都有这个毛病，她有什么事，她自己会决定，迟些告诉你，你也不必气成这样。"

我不是气，我只是彷徨，以往太初有什么事都与我商量，芝麻绿豆到剪一寸头发，都要问过我，现在连这等大事她也当我没到，由此可知我在她心目中的地位已经降到什么程度了。

我自问一向信心十足，是个情绪稳定的人，现在也不得不承认乱了步骤。

我吸进一口新鲜空气，尽量镇静。

他们要我乱，我就偏偏不乱，我不要步方老先生的后尘，我才不。

我知道黄太太可以觉察到我这种倔强。

"刚才是你说的，棠华，恋爱要愉快，不是打仗，应是娱乐。"

我苦笑。"但是我有点发觉真相了，不管它是什么，绝不是轻松事。"

黄太太拍打我背部，用力颇大，一下一下的安慰传过来。黄太太是那种使人忍不住要拥抱她的女人。

第二天，我见到太初时闲闲问她什么时候回香港，肚子里的气相当五百吨黄色炸药，脸上还得做一派不在乎状。

现在如有什么人来访问我，问及我有关恋爱，我就答以一个"苦"字。

太初沉吟着说："本来我挂着父亲在这里一个人寂寞，现在他已经不在了，我何必留在这里……"

我提醒她："你还没有毕业。"

"舅舅说可以转到香港的大学。"

"第九流。"

"咦，棠哥哥，你不是挺喜欢香港？"

"我现在改变主意了。"

"我也是为了你才答应舅母的，我想你父母在香港，我又与他们处得来，而且舅舅说得对，男人做事业要把握机缘，做建筑这一行，最好发展地之一便是香港。舅舅现在还有的做，你又蠢蠢欲动，我想到一举数得，便答应下来。"

我的气消了一半。"是吗？是为我吗？"

"你怎么了？"她说。

大势已去，我帮着太初收拾行李，替她打包寄回香港。她很舍得，大部分东西送的送，丢的丢。对她来说，唯一宝贵的便是她自己的作品，那一大批画。

我却忽然婆婆妈妈起来，连当年咱们在佛罗里达州沙滩捡的一大盒贝壳都要带在身边——如果太初变了心，那么保留这些也是好的。我深深为自己悲哀起来。

我快变成一个捡破烂的了，在杂物堆中徘徊，回忆。

一到香港，人生旅程便发展到新的阶段，大家都不再是从前那个人，转变是好是歹，谁也不晓得。人类对未知数的恐惧最大，转变也是一种未知，对太初来说，这项未知不会太坏。

黄家上下忙不迭地照顾她呵护她，以便弥补过去十余年来的不足。而对我——

而对我来说，他们对太初的爱会分散太初对我的注意力，但事情要是真是这么坏，我又可以名正言顺地不回去。事实上父母也想我同他们团聚，而且我学会了本事不去施展身手，也太对不起合家上下。

于是我们离开了圣荷塞。

太初将住在她自己的小公寓内，她执意不肯搬进罗宅。黄家的人对她千依百顺，便在山上的新建筑内挑一层小公寓，替她装修。太初一回香港便做了业主。

那层房子是溥家敏负责设计的。他是个中好手，白色与米色的装修正是太初喜爱的。甚至连书桌上的笔架都准备好了，楼下两个车位内泊着一辆小房车与一辆小跑车。

衣柜一打开，里面挂着密密麻麻的四季衣裳，雕花的瓷囊挂在衣架侧，内盛了花瓣，传出草药的清香。

有钱的确好办事，但黄家为太初下的心思，又不只花钱那么简单，这一切一切加在一起，都表露了他们对太初的爱。

我浩叹，如今我势孤力单，要应付黄家谈何容易，当年罗太太一回到香港，不也就住了下来？

太初那幢"小公寓"比我父母住的地方还要大，三间房间打通成曲尺型的宽大睡房，一架檀香木的古董屏风内隔开了小型书房。

太初见了这阵仗便连声道谢，显然她是被感动了。我也很感动，他们对太初，确确实实是下了功夫的。

我没有进黄振华的写字楼办公。我打算考公务局的职位。

黄振华着意劝我，一番话把我说得俯首无言。

他说："我知道，你要表示你的事业与妻子的娘家无关。诚然，气节是重要的，男子汉大丈夫不得不避这种忌讳。但是棠华，请你记住，香港是一个走在时代尖端的商业社会，你若是不值三十万年薪，任凭你是我黄振华老子，我也不会付你这个数字。我只认得才华，不认得人，你别以为三十万折了美金，即使扣了税还是笔大数目，足够你在小镇舒适地生活。告诉你，在香港，这笔薪水约莫刚刚够你一个人略为宽裕地开销，养妻活儿还谈不上。你当然希望家人过得舒服，这里的生活程度就有那么高，不信你去问问薄家敏一家八口连两个女用人的开销是什么价钱。我们生活在一个真实的世界里，不得不顾及这些事。你放心替我做事，我要是单为亲戚颜面便拉了你进公司，我做不到今天的事业。"

我有什么理由不相信他？他骗我有什么好处？于是我顺理成章地进了黄氏建筑公司。

太初因生活顺利而感慨良多。

她跟我说："原来不劳而获是这么快乐的一件事，舅母连钟点女佣都替我找好了，每星期来三次，我要什么就有什么，茶来伸手，饭来开口，而且他们又不来烦我，连太太都没有叫我去陪她或是什么的。呜，我想这种日子过久了简直大告不妙，人会变懒精的。"她笑。"舅母连香皂都买好了搁在那里，都是狄奥[1]的，我忽然变成了千金小姐。"

"回来一个月都没跑步，昨天下楼运动，才跑半个圈，肺都险些炸了。唉，这便是好食懒做的结果。"太初说道。

但是这个好环境使太初有大量的机会施展她的才华，她几乎天天作画，作品改了作风，从写实转为抽象。她喜欢在露台上光

---

[1] Dior，迪奥。

线充足的地方画，日日都练习好几个小时。

在这两个月中，我内心极其矛盾，一方面庆幸她终于找到了温暖的巢窝，另一方面又担心这种转变会把我们之间的距离越拉越远。

我看到的只是前车之辙，岳父临终郁郁寡欢，他提到玫瑰的时候，那种苍白茫然的微笑，惆怅旧欢如梦的无奈。

而玫瑰住在白色的平房里，一身锦衣，仍然迷醉着每一个见过她的人。

呵，生活的悲怆才是最大的痛楚，没有任何开脱借口的痛苦，感情受创伤的不幸人，谁不情愿爆发一场战争，有个扔炸弹的机会，杀与被杀，都落得痛痛快快，好过历久受折磨。

我当然没有到那个地步，可是有时候也在床上辗转反侧，为我与太初的前途担心。

他们正在筹备太初的画展，忙着在大会堂租场子，找广告公司设计场刊，几乎连花牌都要订下了。

我觉得分外地寂寞。

太初的社交圈子越来越广阔，一大班无聊的俊男钉在她的身边，什么牙医生、大律师、建筑师，闹哄哄的金童玉女，每周末去滑水跳舞。

我若不跟着去呢，更加幼稚地造成与她之间的裂痕，跟着去呢，闷得要死。劝太初也不要去呢，又没这个勇气。

凭什么我剥夺太初自由的乐趣？我又不是那乡下女人，嫁了得体的丈夫，却因她本人出不了大场面，迫不及待地禁止丈夫往上爬，把他的水准扯低来迁就她的无能。

不不，我还有这份自信与骄傲，我不会把太初拘禁在我自己的环境里，所以我痛苦了。

母亲劝我：“她已经是你的人了，不如早日结婚。”

我烦恼地说:"结婚有什么用?那些男人,又不是不知道她有未婚夫,一点都不忌讳,还不是如蜜蜂见了花似的围住她,香港这个无法无天的地方,人人都不择手段。他妈的!还不是看中了太初的母亲是罗德庆爵士夫人,她舅舅是黄振华绅士,不要脸。"

母亲说:"你想他们还懂得'君子不夺人之所好'?结了婚到底好些。"

"妈妈,男子汉大丈夫,要以婚书来约束爱人的心……太悲哀了,现代的女人都不肯这么低微呢。"

"你若爱她,就不必争这口气,"母亲说,"我与你一起上门求婚去。"

"向谁求婚?"

"她母亲呀。"

妈妈把家中烂铜铁都拣了出来,研究如何重镶过,变成套首饰送给太初做新娘时穿戴。

我忽然暴躁起来。"妈妈,谢谢你,别烦了,再搞也搞不过人家,人家钻石翡翠一箩筐一箩筐的呢!"

妈妈听了这话气得眼睛红了。"我管人家如何?子勿责娘亲,狗不嫌家贫!"

我立刻懊悔:"妈妈,原谅我,妈——"

"你糊涂了你!咱们几时要跟人家比?太初喜欢的是你的人,咱们也不过略尽心意而已,你却这样来损你母亲!"

她老人家气得走进卧室,半日不跟我说话。

我倒在沙发上。

沉吟半晌,我反复地思想,唉,命中有时终须有,命里无时莫强求,做人要豁达一点。

我与母亲上罗家谈论婚事,得到上宾的待遇,罗太太亲自做了点心招待我们。

母亲见了罗太太，一怔，坦白开朗地说："罗太太，真不相信咱们是亲家，你看上去像是太初的大姐姐。"

罗太太整个脸都涨红，嗫嚅地说："我也不知道为老不尊是个什么意思。"

母亲连忙笑道："罗太太，我岂敢是那个意思！"

平时并不见得精明的母亲，比起罗太太，也显得能说会道，由此可见罗太太的怯弱。据黄振华说：她只有在感情的道路上百折不挠，其余世事一窍不通，是个大糊涂。

当日她穿一件白色开司米[1]毛衣，一条黑绿丝绒长裤，戴一套翡翠首饰，皮肤是象牙白的，四十岁的女人还有这许多美丽……我呆视她。

母亲说："罗太太，我这次来拜访你，是想谈谈咱们孩子的婚事。"

"啊，他们几时结婚？"罗太太问。

母亲忍不住又笑，连她都呵护地说："罗太太，就是这件事想请示你呀。"

"我？"罗太太一怔，"本来我是不赞成太初这么早结婚的，但棠华是这么好的孩子……你们拿主意好了。"

"当然要太初本人同意……太初自然是千情万愿……我是个不负责任的母亲，我能说什么呢？"她低下头。

我激动地说："罗太太，你口口声声说自己不负责任，可是比起那些似是而非，满以为把孩子带大便是立了汗马功劳，于是诸多需索的母亲是胜过多多了。"

罗太太仍没有抬起头来。"当初我为了自己的快乐，而没有

---

[1] Cashmere，山羊绒。

顾及太初的幸福……我并非后悔，但对太初我有太深的内疚。"

母亲没听懂，五十岁的母亲根本不知道在感情中翻筋斗的痛苦。

她说："罗太太，那么我们与太初商量婚期就是了。"

罗太太说："有了日子，记得告诉我。"

"那自然。"母亲爽快地说，"罗太太，岂有不告诉之理。"

罗太太轻轻与我说："棠华，你不放心太初？"

我脸红。

罗太太又轻轻说："有缘分的人，总能在一起，棠华，你别太担心。"听了这样体己的话，我忽然哽咽起来。

我说："以前我天天与太初见面，送她上学放学，现在简直如陌路人一般，排队等她的时间，有时到她公寓坐着，也不得安宁，几百个电话打了来找她，我很彷徨……"

罗太太默默的，在想安慰话叫我放心。

母亲知趣地坐在一角翻阅杂志。

"此刻工作又忙，我不能分心——有时候难受得像要炸开来，巴不得娶个平凡的普通的女孩子，结了婚算数，日子久了，生下孩子，多多少少有点感情，生活得宁静不一定是不幸福。"

"这真是气话……"罗太太轻轻笑，"太初怎能不爱你呢？她一切以你为重，你也太欠信心了。"

我说："太太，你不必安慰我了。"

"嗬！你瞧我安慰过谁，你这孩子！"

"我不是孩子，我早已大学毕业，我是个成年人。"

"你这个口气，像当年的溥家敏。"她莞尔。

"谁要像溥家敏！"我赌气，"我不要像他。"

"好，不像不像。"太太哄着我。

我觉得自己活脱儿似个孩子，作不得声。

"棠华，你别多心了，活活折磨自己，又是何苦来。"罗太太的手搭在我肩膀上，手心的皮肤是滑腻的。

我在此刻也发觉太初并不像她母亲，她们是两个人，容貌上的相似并不代表什么。

我说："我要送母亲回家了。"

"你时常来，这个家根本就是你们的家，你们老是对我见外。"她略带抱怨地说，"下星期我生日，你俩又好借故不来了。"

"我们并不知道有这回事。"我意外。

"黄振华明明通知你们了，"她笑，"难道他忘了？"

"我们一定来。"我说。

"记得振作一点。"

"是。"我感激地说道。

回家途中，母亲说："你去敲定太初，快快结婚，省得夜长梦多了。"

我心中想，但愿太初有她母亲十分之一的温柔就好了，这个女孩子的性格，掷地有金石之声。

当夜，太初在我们家吃晚饭，母亲说到我们的婚事，太初并没有推辞，我心中略为好过。

"那么现在可以着手办事，"母亲兴致勃勃，"先找房子，置家具，订酒席——"

我笑。"不必来全套吧？干脆旅行结婚好了。"

父亲问："不请客？我怎么向人交代？"

太初掩嘴笑。

"除非媳妇偣不爱见客，"母亲悻悻然，"否则娶了这么漂亮的一个人，不叫亲友开开眼，岂非惨过衣锦夜行？棠华，这件事轮不到你开口。"

"喂喂喂，"我心花怒放，"可是在这件事里，我是新郎官呀。"

父亲问："太初，介意吗？"

"我不介意，高兴还来不及呢，这样热闹一番多好。"

"那么你们去旅行结婚，回来补请喜酒。"父亲说。

"可是我没钱。"我说。

"你老子我有就行啦。"父亲眯起眼睛，呵呵呵笑。

我那颗悬在半空的心，又暂时纳入胸膛内。

太初还是爱我的。

母亲抽空白我一眼，仿佛在说：你多烦忧了。

父亲问："打算什么时候去旅行？"

太初说："春季吧，他们都说春季在欧洲是一流的美丽，现在就太冷了。"

母亲说："依我看，不妨再早一点。"

父样打圆场道："春天也不算迟，就这样决定吧，春天棠华有假期。"

母亲也只好点点头。

我握紧太初的手。春天，多么漫长的等待，还有一百零几天。

我说："我着手找房子。"

送太初回家，她做咖啡给我喝。

我问："太太下星期生日请客，你知道了吗？"

"知道。"

"谁跟你说的？"

"溥家敏。"

"为什么不告诉我呢？"

"我不想去，不见得你会一个人去。"

"为什么不去？我好久没与你参加这种场合了。"

"棠哥哥，你怎么不替我想想，这场合多尴尬——自己的母亲跟陌生男人双双出现主持大局……我受不了。"

"你也太狷介了。"

"是，我学了我父亲小家子气，好了吧？"

"你怎么跟我吵？"

"棠哥哥，你根本不了解我，人家溥家敏反而很明白……"

"溥家敏溥家敏，我看最近你心中除了溥家敏，再也没有第二个人，你是我的未婚妻，你也可以替我设想一下，我听你嘴里老提着旁的男人名字，是什么滋味？"

太初气得跳起来。这时候门铃一响，太初跑去应门，门外站着的正是溥家敏。

好小子！把这儿当他自己的家了，动不动上门来，连电话通知都没有。

我顿时火遮了眼，猪油蒙了心，眼睛睁得铜铃般大，对着他咆哮："你敢缠住我老婆，你有完没完？溥家敏，你失心风了！你追不到她的母亲，你阴魂不散，想来追她？我告诉你，我周棠华活着一日，你休想！"

溥家敏不理我，他转头问太初："小玫瑰，他喝醉了？"

太初脸色铁青，她说："周棠华，你给我走！"

"你赶我走？"我号叫。

"你少出丑，回家清醒了，再说话。"太初斩钉截铁般干脆。

我如万箭穿心似的凄凉，指着太初说："你，你——"

太初凉薄地问我："你到底算文疯还是武疯？"

我一步步退出门去，溥家敏想来替我开门，我出一记左勾拳，把他打得撞在墙上，鼻子冒出鲜血，我恶毒地咒他："杀掉你，我杀你的日子还有哩！"

我在太初的尖叫中冲下楼去。

风一吹就后悔，连心都凉了，我太沉不住气，在这种关口，功亏一篑，说出来也没有人同情。是，我恨溥家敏，但何必让他知道，这一拳把我自己的底子全打了出来，我的恐惧，我的自卑，我的幼稚。

我与太初就要结婚了，何苦为这种小事平白翻起风浪。我不想回家，到一间王老五啤酒馆去喝啤酒，一进门就遇见熟人，大家坐在同一桌。开始时我喝闷酒，听他们说及工作及前途问题。

张三发牢骚："一般人以为咱们专业人士要风得风，要雨得雨，其实有苦说不出，局里起薪点才七千三百元，真是啼笑皆非。"

李四说："若不懂得长袖善舞，一辈子出不了头，屈居人下，白白浪费了大学六年的心血。"

王五说："周棠华没有这个烦恼，幸运之神是跟定了他了，人家一出道就年薪三十万，老板即是妻舅，嘿，那种风光还用说吗？朝中无人莫做官……"

他们数人用鼻子发音说话，酸溜溜，听得我很不是劲，喝完一瓶酒，我就走了。

回到家，我决定第二天便辞职，一个月期通知黄振华，我另谋高就去，七千三百元就七千三百元，不见得我周棠华，就从此不能娶妻生子。

下了狠心，一转侧，也就睡着了。

第二天醒来，昨夜不愉快的事，忘了一半，阳光明媚地回到公司，觉得深宵三时半的决定在第二天十点半简直不起作用，刚想打电话叫太初原谅，却有公事绊住了。

两位同事在文件上与我起了争执。

我已经忍着气解释，岂知其中一个忽然急急说："跟老周争什么？未开口胜败已分，人家皇亲国戚——"

另一位急急推他一下，又白他一眼，像是叫他学乖住嘴。

我顿时呆住了，一阵心酸，差点急出眼泪来，一辈子都没有受过这种委屈。

　　啊，原来人们都这么看我吗？

　　原来我真受了黄家的恩泽——原来我是一文不值的一个人。

　　我气噎住，过半晌，想必脸色已经变了，那两位同事一声不响，害怕地看着我。我站起来，取起外套，一言不发，转头就离开了办公室。

　　我并没有再回去。

　　我在街上游荡完毕，买了一份《南华早报》，在聘人广告一栏中寻找工作。

　　回到家中，我点起一支烟，搬出古老打字机，匆匆打了几封信寄出去。我的心在滴血，我必须要坚强起来，我告诉自己，不是为爱我的人，而是为恨我的人。

　　傍晚时分，有电话找我。

　　是黄振华。"你这小子，工作做了一半，就不管了，开小差到什么地方去了？听说你打了溥家敏是不是？"

　　我抓住听筒，不想说话。

　　溥家敏可以告将官里去，我宁愿受罪。

　　黄振华问："喂，喂，你还在那边吗？"

　　"我正式向你辞职，黄先生。"

　　"你拿这要挟我？"

　　"不不，没这种事，我只是向你辞职。"

　　"辞职也要一个月通知！"他恼怒地说。

　　我勇敢地说："我明天回来，从明天起计算，一个月内辞职。"

　　"是因打了溥家敏？"他笑问。

　　"我不想多说了。"

　　"好，明天见。"他重重放下电话。

我要自己出去打天下，等到稍有眉目，才娶太初过门，如果一辈子当个小公务员，那就做光棍好了，没有本事，娶什么老婆。

我侧身躺在床上，脸枕在一只手臂上，真希望太初打个电话来，只要她给我机会，我愿意向她认错。当年我们在大学宿舍，每个周末，都这样子温存，不是看书，就是听音乐，从来没曾吵过一句嘴，那时的太初，是我的太初。我鼻子渐渐发酸，心内绞痛，眼睛发红，冒起泪水，我把脸埋在手臂弯中。

母亲敲门。"电话，棠华。"

我用袖子抹了抹眼泪，去取起听筒。

母亲看我一眼，欲语还休，摇摇头走开。

那边问："喂？"

是太初的声音。

"太初——"我如获救星般。

她笑。"我不是太初，棠华——"

"你当然是太初，太初，"我气急败坏，"太初！"

"我是罗太太。"

"是太太！"我呆住了。

"是。"她轻笑，声音在电话中听来跟太初一模一样，分不出彼此。

我作不了声。

"你干吗打溥家敏？"她还是笑。

"全世界人都拥着溥家敏！"我一发不可收拾，"如果我可以再做一次，我愿意多补一拳，我吃官司好了。太太，他到底是什么人？非亲非故，为什么老找我麻烦？我受够了这个人，我不要看见他。绝对不要！"我挥拳，异常激动。

罗太太静静说："你妒忌了。"

"不是，太太，你听我说，我不是妒忌，你们都夹在一起欺侮我，你们霸占了太初全部时间，联合起来对付我，想我知难而退，"我大声说，"但我决不退缩！"

我说完了，隔了几秒钟，听见罗太太在电话那一边鼓掌。"好，说得好。"她称赞。

这么美的女人居然这么具幽默感，我的脸红了。

"你总得帮帮我，太太。"

"我不帮你帮谁呢，然而你出手伤人，太过理亏，君子动口不动手呵。"

"总比那些卑鄙小人暗箭伤人的好。"

"嗳，谁是卑鄙小人啊？"她轻轻地问。

罗太太真是，几句话，我的怒气便消了，只是作不得声。

"你过来，我请你吃饭。"她说，"你不能老把我们当仇人。"

我不响。

"我开车来接你吧，"她仿佛在那边轻轻顿足，"罢罢罢，我半小时后到你家。"她挂了电话。

我就像吃了一帖十全大补剂似的，个个毛孔都舒服熨帖起来，过去那些日子里受的怨气，竟也不算得什么了，凡事有个出头的人才好，现在罗太太把这件事揽到身上，我还有什么不放心的？

我穿好衣服在楼下等罗太太，她非常准时，开一辆白色日本小车子，来到门口停下。

我迎上去。

她侧侧头，斜斜向我看一眼。

我坐在她身边。

她轻轻抢白我："看样子你要把黄家的亲友全揍一顿才高兴？"

我响也不敢响，俯首无言。

"你向你舅舅辞了职？"罗太太问。

我委屈地说："是，是，我不想借他的荫头，同事说我是皇亲国戚，我要凭真本事打天下。"

罗太太叹口气。"人家说什么，你就信什么？你自己一点主意也没有？我说你像头驴子，你信不信？"

"信。"我据实说，她说的话哪儿还有什么商榷余地。

她忍不住笑出来。

罗太太今天又穿一件黑衣裳，料子柔软服帖，腰间都是皱褶，也不知是什么名牌子。脖子上一串指尖大圆润的金珠，那晶莹的光晕微微反映在她脸上，她那象牙白的皮肤益发洁净美丽。头发绾在脑后，发髻上插着一把梳子，精光闪闪。钻石镶成一朵花的模样，如此俗的饰物，戴在她头上，忽然十分华贵好看，罗太太真有化腐朽为神奇的力量。

罗太太都这种年纪了，尚有这般容貌，难怪薄家敏要死心不息地在她身边幽云似的出没，企图在太初的身上寻觅她母亲的过去。

然而罗太太最大的万有引力尚不是她的美貌，而是她的温柔。

她对我说："你别急躁，我带你到我自己的家去，请你吃饭，你有什么话，可以慢慢对我说。"

"你自己的家？"

"是，我自己有一幢老房子，"她很为得意，"是老得几乎要塌下来那种，三千多尺大小。隔壁盖大厦，想连我这边也买下来，我不肯，留下它，有时想逃避一下，享受清静，便去住上一两天。"

我纳闷，难道那白色的平房还不够清静吗，难道旧房子拆了不能再找一层新房子？她有非常稚气的单轨道思想，犹如一个孩子般。

她将车子驶上半山，停在一条横路上，我抬头一看，面前是幢战前盖的洋房，宽大的露台，紫藤花低低地攀出露台，垂下来，还有一种白色红蕊不知名的花，夹杂其中。露台上挂着黄旧的竹帘，银色的钩子挽起帘子一半，在微风中摇晃，啊，整个露台像张爱玲小说中的布景，忽然有人探头出来，是一个白上衣梳长辫子的女用人，她听到车声引身出来看，这不便是阿小的化身？

我顿时乐开了怀，烦恼丢在脑后。

罗太太笑眯眯地问："我这个地方，是不是好？"

我一迭声："好，好。"

我跟她上楼，她解说："一共三户人家，我是业主，楼下两户都住老人家，儿女在外国，他们也乐得在这儿享清福。"

用人替我们开了门，屋内天花板很高，低低垂着古董水晶灯与一些字画，老式丝绒沙发，一张配搭相宜的波斯地毯，一只大花瓶内插着大丛黄玫瑰。呵，玫瑰花并没有老。

我马上跑去坐在沙发上，摊开了手臂，舒出一大口气，这地方有股特别的味道，远离尘嚣的。

女用人倒出一杯茶给我。

罗太太对我说："到书房来，你有什么委屈，尽管告诉我。"

委屈，委屈？呵，是委屈。

那间书房非常宽大，一体酸枝家具，一只青花大瓷盆中放着新鲜佛手，冒出清香，一角是全套最好的音响设备与一摞摞的线装书，真是别致的对比。

罗太太忙说："书不是我的。"

她开了音乐。我注意到墙上架子放着一只小提琴。

"在这书房里，我度过一生最愉快的时光。"她说。

"是吗？"

"嗯。"她说，"这原是我父亲的书房，后来传给黄振华，自他又轮到我。"

我点点头。

那甜蜜的回忆，是溥家敏的大哥带给她的吗？我想问而不敢问。

"好了，棠华，你可以说话了，究竟是怎么回事，到底为何辞职，为啥打人，你说一说。"

我想了一想，答："我信心不足，想霸占太初独归自用，又没有那种胆量，因此心中矛盾。"

罗太太瞟我一眼，笑了。"你肯这么说，证明你是个聪明的孩子，还有的救。"

我说："我怕，我会失去太初。"

"失去的东西，其实从来未曾真正属于你，也不必惋惜。"

"可是我与太初在美国的时候——"我心头一阵牵动，说不下去。

"那段时间已经过去，留为回忆，好好珍惜。"

我低下头。

"是不是得不到的东西一定是最好的？"罗太太问。

我绝望地问："太太，可是我真要失去她了。"

"她不是已经跟你们议定婚期了吗？"

"离明年春天还有一大段日子，溥家敏又天天出现在她面前，我倒是不怕那些同年龄小子，我缺乏的他们不一定有，但是溥家敏已经有六个孩子，他竟如此……他妻子不管管他。"

"妻子怎么管得了丈夫的心？"罗太太浅浅笑，"棠华，你也太天真了。"

"他是不是追求太初？"

"是的。"

"太初的反应如何呢？"

"我不知道。"

我心急如焚："太太，你总应该看得出来的。"

她叹口气："我最不懂得鉴貌辨色，什么人对我好，我也不知道。你也许不相信，我是很糊涂的，这种事情，你舅母最精明。你要是不能豁达地等事情明朗化，最好是在她身上寻找蛛丝马迹。"

我说："你没有失去过，不知道失去的痛苦。"

"我没有失去过？"罗太太苦笑。

"呵，对不起，太太。"我忽然想起溥家的大少爷。

"我失去太多太多，"她叹口气，"十七岁我第一次失去爱人。"

我吃一惊，我并不知道这回事。

"他娶了别人，抛弃了我，"罗太太低下头看着自己的手，"以后我没有见过他。"

"什么？"我不相信耳朵，"舍弃了你，娶了别人，以后你没有见过他？你不会再见到他了，他早已后悔至死了。"

"你也会讲这样浮滑的话？"她又笑了。

可是我实在是由衷的。

"不过我得到的也很多，"罗太太说，"德庆对我多好，我们相处得极愉快，足以抵得过那失去的，况且我们为失去的痛心，不外是因为不甘心离开那最好的东西、至亲爱的人……我老是把事情反过来想，既然得到过，已值得庆幸了，有些人一辈子也未曾经历过呢。"

"太太，你真豁达乐观。"

"溥家明说的，我们应该细数我们目前所得到拥有的一切，棠华，最宝贵的生命。"

我握着自己的双手。"太太，与你一席话，胜读十年书。"

"下星期我生日，如果太初不来，你来吧。我保证你　到，她也跟着来。"

"是，太太。"

女用人走进来。"太太，开饭了。"

小菜精致清淡，出乎意料，罗太太吃得很多，一点不像时下摩登女性，喝茶都不敢加糖，巴不得活活饿死殉道——爱美之道。

罗太太最自然不过，她的一切都是天赋的，没有一丝做作矫情，这样的人，即使不是长得万分美貌，也讨人喜欢。

饭后她的化妆有点糊，她也不去补粉，与我在露台上喝龙井茶。

我指着露台上那种小巧有红蕊的花，不经意地问："这是什么花呢？"

"这嘛，"她笑一笑，"这花叫作'滴血的心'。"

我立刻呆住了。

那白花，花瓣上圆下尖，裹在一起，真像一颗小小的、洁白的心，花蕊吐出尖端，红得似一滴血。

我们的心，都有过滴血的时候，伤口或许好了，但是疤痕长留。

罗太太屋里的一切，都是为做梦的人所设。那些曾经流过泪、伤过心、失去过、有回忆、有感情的人，来到这里，宾至如归，因为这屋子的女主人，是最最至情至圣的一个女人。

我深深地感动，不能自已。

"我送你回去。"她放下茶杯，"听我的话，做人无论如何要开朗。"

"是，太太。"

"明天还上班吧？"

我点点头，叹口气。"不幸明天太阳依旧升上来，花儿照样地开，周棠华还是要上班。"

"找到更好的工作再辞职也无妨。"她笑一笑说。

她把我送回家。

一连六日，我循规蹈矩地上下班，不发一语，太初不给我电话，我也不打去。

周末是太太生日，我决定独自赴会。

星期六上午太太亲自提醒我，叫我早点去，说下午已经有人搓麻将了。我到花店去搜购黄玫瑰，一共四打，捧在手中上门去。

罗太太亲自来替我开门。"谢谢，谢谢。"她满脸笑容地接过了花，拍拍我肩膀，招呼我进屋。

一进客厅，我发觉茶几、饭桌、地上，满满堆着的都是黄玫瑰，我显然并不是别出心裁的一个人，加上我买来的四打，恐怕连浴室都要容满了。

溥家敏还没到，我只见到他六个安琪儿似的孩子。他妻子也在，这是我第一次见她，溥太太是个得体的淑女，六个儿女依偎在她身边，使她有慈母的圣洁光辉。

在这间屋子里聚会的，都是上上人物。

罗德庆爵士穿一套深灰条子西装，温和地站在一边笑。

太太的打扮出乎意料鲜艳，紫红丝绒裙子，两只袖子上嵌着缎子的花朵，一双同色麂皮鞋，大钻石耳环。

黄太太对我笑说："我这个小姑的穿戴，与任何女子相比毫不逊色。"用手肘碰碰我腰部，挤着眼睛。

黄振华过来说："人齐了？咱们有歌唱表演。"

我不安地说："太初还没到。"

话还没说完，门铃一响，男仆去应门，进来的便是太初与溥家敏，他显然是去接她的。

我则转了脸，溥家敏也不避讳一下，他妻子孩子都在此地呢，我心中又不快起来。

黄振华眉开眼笑。"过来过来，大家听我们歌颂寿星婆。"

他去把溥家的孩子排成一行，舞动着手臂做指挥状，孩子们先是小声咯咯地笑，然后张口开始唱：

> 太阳下山明早依旧爬上来
> 花儿谢了明年还是一样地开
> ……
> 我的青春小鸟一去不回来
> 我的青春小鸟一去不回来

声音清脆甜蜜，歌词幽默活泼，唱毕还齐齐一鞠躬，笑得我们软成一堆，连太初都忍不住放松了紧绷的脸，罗爵士则摇头大笑。

我从没有听过有人敢以这样的一首歌去贺女人的生日，我只觉得别出心裁，这一家人可爱到巅峰。

气氛马上松弛下来。

太太连声说："你们就会糟蹋我，连我生日也不放过我。"

在一片喧闹声中，我避到游泳池边去坐着。

泳池的水面上浮着一片片黄叶，别有风情。

一只手搭在我的肩膀上，我抬起头来，看到罗太太的脸，雪白的皮肤上一滴眼泪似的蓝痣。她说："你孤独头似的坐在这里干什么？"

"避开溥家敏，见了他巴不得把他扼死。"我咬牙切齿地说。

太太还想说话，罗爵士来唤她。老先生虽然一头白发，却是风度翩翩，言语又庄谐并重，与咱们并无代沟。

太太转头跟他说："小两口在闹意见呢，芝麻绿豆的事化得天那么大。"

罗爵士说："他们有的是时间，有什么关系？我与你却得连耍花枪的工夫都省下来，谁让我们认识得迟？"

太太仰起头笑，她的下巴还是那么精致。

罗爵士说："让他留在此处想想他那维特的烦恼吧。"

他们离去。我苦笑，躺在帆布床上，闭上眼睛。

一阵轻盈的高跟鞋声，从鹅卵石小路上传来，我认得出这脚步声。"太太。"我轻轻说。

回答是一声冷笑。

这声音纵然相似，也不是太太，太太不会冷笑，这是太初。

该死的太初，倘若她也像她母亲，任凭丈夫指使，岂不是好！我睁开一只眼睛，果然是太初站在我面前，即使是嘴扁扁，她还是那么美丽。

"这下子你还叫她'太太'，过一阵子，就好升级叫她为玫瑰了！我且问你，你日日夜夜缠住我母亲干什么呢？"

我一愕。我缠住太太？

"你不要脸！"太初啐我。

我连忙睁开另一只眼睛，莫名其妙地看着她。

我还来不及回答，她一转身走掉了。

喂，喂，这是怎么一回事？

局势简直千变万化，事情怎么变成这样了？

在以后的时间内，太初不再与我说话，我们像捉迷藏似的在人群中躲来躲去。

我抓得住她便说一句："人家溥太太就在这里，你也不检点一些。"

她恨恨地跳脚："你瞎说些什么？"

我报她以冷笑，溜开了。

隔了一会儿她又会闪到我身边说："你不过是希望我会让你搓圆搓扁，告诉你，不可以！"

我立刻反唇相讥："你已经变得青面獠牙，你照照镜子去。"

太初的眼睛差点放出飞箭射杀我。

我们要斗到几时呢？我躲进书房去。

在那里，溥太太带着大女儿在弹琴，有一下没一下，那曲子叫《如果爱你是错了》：

> 如果爱你是错了
> 我才不要做对
> 如果生命中没有你
> 我情愿走上错误的道路一生……

在长窗的掩映下，与感情应没相干的太太与小女孩竟然在奏这样的一首歌，呵，说不出地浪漫与凄艳。

我依偎在门旁，轻轻咳嗽一声。

她俩转过头，一式秀丽的鹅蛋脸，母女非常相似，她们的美是没有侵犯性的、温和的，跟太初的美不一样。

溥太太站起来招呼我。

那女孩独自弹下去：

> 妈妈说这件事真是羞耻
> 简直是不名誉
> 只要我有你在身边我可不管人们说什么
> 如果爱上你是错了
> 我才不要做对

> 我不要做对
>
> 如果那意思是晚上独自睡觉
>
> 我不要／我不要做对……

小女孩弹得那么流畅，我怔住了。

"美丽的曲子，是不是？"溥太太轻轻问。

我点点头。

"她父亲教会她。"溥太太说。

我苦笑。

小女孩自琴椅上跳下，摆动着浅蓝色的纱衣，自长窗走到花园去玩了。

溥太太轻轻说："爱情是可怕的瘟疫，是不是？"

我点点头。

"我是一个平凡的女人。"她的声音低不可闻，"我只知道爱也是恒久忍耐。"

小女孩在花园外叫妈妈，招手喊她，溥太太应着出去了。

我心中万分苦涩。

我显然完全知道发生什么事，然而又怎样呢？

我坐在钢琴前面。

良久，我学着弹刚才的歌，叮叮咚咚。

可是太初冷笑着探头进来，骂我："不要脸，居然搞到琴韵寄心声。"

我弹起来。"你才不要脸，搞得人家夫妻反目。"

太初咬牙切齿。"好，周棠华，你嚼蛆来欺侮我，爸在的时候你敢？"

我骂她："你爸没了，你的良知也没了。"

她眼睛都红了。"我不要再见你，周棠华，我以后不要再见你了。"

"好得很，咱们就这么办。"我下了狠劲。

她转头走。

没一会儿黄振华走进来。"棠华，你跟太初吵什么？婚期都订下了，还吵架？"

我脸色铁青。"那婚期怕得取消了。"

"棠华，你这小子——你们到底搞什么鬼呢？"

"你是不会明白的，舅舅。"

"是，我诚然不明白，他妈的！"黄振华忽然骂一句粗口，"你们这群人，废寝忘食地搞恋爱，正经的事情全荒废了，就我一个是俗人，死活挂住盘生意——"

黄太太瞪他一眼。"你在骂谁呀你？人来疯。"

黄振华马上收声，噤如寒蝉。我忍不住摇头，舅舅何尝不怕舅母，他以为他自己是爱情免疫者，其实何尝不为爱情牺牲良多。

我取了外套，跟太太道别。

"你怎么不吃晚饭？"太太问，"有你爱吃的八宝鸭子。"

"我头痛，最近身体各部分都发痛。"我埋怨。

"呵，"太太很同情，"怕是水土不服呢，棠华。"

黄振华冷笑。"别心痛就好了。"

我喃喃说："心绞痛。"滴血的心。

太太说："那么早点回家休息。"

黄振华说："你听他的，他哪里是累。"

我恨舅舅不给我一个下台的机会，再加心情不安，一下子就上车回去了。

回到家，母亲一副严阵以待的样子，她说她有话跟我说。

我挤出一个笑容。"家法伺候？"

"你疯了你，棠华？"她厉声问。

"我没有疯，母亲大人，你有话慢慢说。"我分辩，"没有人会承认自己是疯子。"

"你在追求你的丈母娘？"母亲的声音尖得可怕。

我益发诧异："你从哪里听来的谣言？"

"你不用理，只说是不是真的。"

"啊，母亲，自然不是真的，她再美也还是我的丈母娘，这误会从何而起？"

母亲说："我不是不相信你，儿子，可是你也总听过曾参杀人的故事。"

"是谁要害我？你告诉我，这故事是怎么传出来的。"我大力在桌上拍一下，令得茶壶茶杯全跳起来，"我必不放过他。"

"你就避避风头，别跟那美丽的罗太太单独进进出出的，好不好？难怪最近太初都不来了，想必……"

"你别搞错，太初来不来是另外一件事，"我铁青着脸，"她变了，她根本没心思与我结婚，眼前有更好的，她就——"

"你乱说！"一个女子的声音自房内传出来。

太初！

她扑出来，可不就是太初。

"你怎么来了，你应该在舞会里呀。"我说。

我说："你益发能干了，你连奇门遁甲都学会了。"

"我若不来，岂不是让你在妈妈面前用话垢了我？"

我冷笑。"我明白了，说我追太太那谣言，是你传出来的。"

"胡说！"太初涨红了脸。

"住嘴！"老妈暴喝一声。

我与太初停了嘴。

"太令我失望了，太经不起考验了，未婚夫妻一天到晚吵架，你们累不累？"

我不出声，在母亲面前，我总是给足面子给她。

"不过，"老太太忽然和颜悦色起来，"你们两个人肯一起赶到我面前来分辩，这证明你们心中还是放不下，是好现象。"

这句话说到我心坎里去。放不下，岂止放不下！我斜眼看太初，她小脸煞白，虽是如此，侧面的线条还是美丽得像一尊雕像。

我叹口气。

我说："你这话从何说起？我怎么会跑去追求丈母娘？我难道不想活了？这根本是一场误会，我看有人不想我们生活得太愉快倒是真。"

"那么你又相信我跟溥家敏有啰唆？"太初发话。

"他追求你是实，你没有拒绝他也是真，我有冤枉你吗？"我怒火暴升。

"他是我们家亲友，我如何视他是陌路人？"太初抢白我。

我冷笑。"倒是我不讲道理了？"

"根本就是。"

"溥家敏与你黄家非亲非故，他有妻有子，你没有见到溥太太痛苦的表情？你不觉得溥某对你倾心？不但不忌讳，你还间接鼓励他，这笔账怎么算？"我说。

"所以说你根本不明白！"太初说，"我要是避开他，更加令人疑心。"

"哈哈哈，"我皮笑肉不笑，"我从未听过比这更好笑的笑话。"

太初说："你笑死了算了。"

老妈说："太初，我只有这么一个儿子，也只有你这么一个媳妇，你们互相别诅咒了好不好？"

"你从此刻就不准再见溥家敏。"

"我不让你见太太行不行？"她反问。

"太太是我岳母，咱们一家人，薄家敏算老几，他也来轧一脚？"我把声音提高。

房门一打开，黄振华太太推门出来。

我吓得张大了嘴巴。"我的天，我的睡房变了乾坤袋，里面还躲着多少个人？"

黄太太说："我出现了，你就该收口了。"她和蔼地说："还吵什么呢？"

"舅母，"太初扑过去说，"他这么糊涂——"

"再糊涂——谁叫你爱他呢？"

太初没有声，过了一会儿，她忽然说："咱们在圣荷塞的时候，非常快乐，从来没有这么复杂的事，现在他怪我，薄家敏怪我，薄太太也怪我，妈妈也不高兴，我变了猪八戒照镜子，怎么照都不是人，我不喜欢香港。"

"太初！我们回去吧，我不要年薪三十万了，我不要成为第二个黄振华，我没有这种天分。"我激动地说，"太初，倘若赚得全世界，而失去了你，还有什么意义呢？"

"我完全应付不来这里的生活，棠哥哥，你跟妈妈说一声，我们回去吧。"太初说。

我们的手又紧紧握在一起。

妈妈眼睛濡湿，点点头。"好，结了婚你们马上走，做外国人去，只要快乐就好了，十亿中国人不见得不能少你们两个。"

"妈妈，"我说，"我与太初都是普通人，我俩经不起试炼，不要说搁在旷野四十天，四天我们就完蛋了。请你原谅我们，我在港耽搁下去，只怕我们两人都没有好结果。"

"得了得了，"妈妈说，"我看这半年来你们俩也受够了，各人瘦了三十磅。"她掏出手帕来抹眼泪。

太初说:"真对不起,妈妈。"

"你自己的妈妈呢?"老妈问。

太初脸色有点僵,不回答。

黄太太在一边说:"她旁骛甚多,不打紧的,又是个时常走动的人,她要见太初,自然见得到。只是太初——你舍得香港这一切繁华?"她摊摊手。

"我不舍得,"太初老老实实地说,"我喜欢夏天坐船出海,我喜欢这些舞会,我也爱穿美丽的衣裳,戴精致的首饰,但比起这些,棠哥哥更为重要。我跟他怄气的这些日子里,并不开怀,我不争气。舅母,我无法成为香港上流社会的名媛,我应付不来,我觉得我有更重要的事要做,想回去念满学分毕业,想跟棠哥哥结婚,住在一间大屋子里,养五个孩子,每个孩子养一只猫。舅母,我想我像爸爸,我永远不会成为第二朵玫瑰花,我想我是一株树。"

大家呆呆地听着。

我的房门慢慢推开,出来的竟是溥家敏。

我想问:"房里到底还有谁?"但一切已不重要了,我已明白太初的心,最重要的是她不变的心。

太初说:"每件事都要付出代价,天下没有白白得来的东西。在太太这里,我的代价是失去自己与失去棠哥哥,失去其中一件都不可以,何况是两件。不,我不能同时没有棠哥哥又没有自己。"

太初挺了挺胸膛。"我们回美国,这里留给太太,她适合这里。"

舅母抬头看见溥家敏,轻轻跟他说:"你明白了吧,我跟你说过,太初是她自己,太初不是玫瑰的影子。"

溥家敏脸色苍白,失魂落魄地站在一角。

舅母说:"家敏,你现在清楚了吧?"

溥家敏低下了头，看到那么英俊的男人，脸上有那么憔悴的表情，真叫人难过。我再比我自己刻薄十倍，也说不出讽刺的话。

太初开口："我也想这么说，其实溥太太是最适合你的人——"

黄太太朝太初丢一个眼色，太初不出声了。

溥家敏把脸转过去，并不出声，隔了很久很久，我们都难过地看着他，他把头转过来，轻轻说："诸位，我想我要回去了。"

黄太太说："我与你同走。"

他俩打开门就走了。

我与太初紧紧地拥抱在一起，也顾不得那么多，就当老妈的面，表示亲密。

我低声说："许多人把恋爱、同居、结婚分为三桩事来进行，各有各的对象。但太初，我们是幸运的，我们又恋爱又同居又结婚。"

太初依偎在我胸前。

"最主要的是，"我说，"我们承认自己是弱者，何必要试炼自己？我们情愿活在氧气箱中一辈子。"我问太初："是不是？"

没过多久我们就结婚了。

婚是在香港结的，太初穿着糖衣娃娃似的礼服，雪白的纱一层一层，头上戴钻石小皇冠，低胸，胸脯上挂一串拇指大的珍珠项链，真怕珠宝压得她透不过气来。

然而她是那么美丽，娶妻若此，夫复何求。

给她一根魔杖，她就是卡通神话中的仙子。

一到注册处，人人目光降在她身上，不能转移，目瞪口呆。

父母笑得心花怒放，两老挤眉弄眼，无限得意。

可是当我丈母娘出现的时候，啊，大家的心神都被她摄住，不能动。

她不过是穿着一件月白色的丝绵旗袍与一件同色貂皮外套，脸上有股凝重的光辉。她依靠在罗爵士身边，眼睛却朝我们。

我们都爱她，就当她是件至美的艺术品，心中并无亵渎之意。

我倾心地看着太太，这个伟大的女人，美了这么些年，还不肯罢休，轰轰烈烈地要美下去——怎么办呢？

这似乎不是我们的难题。

黄振华兴高采烈地发着牢骚："好了，太初的画展下个月开了，是没问题，可是画家本人却不在香港，有没有更别出心裁的事？"

隔一会儿说："如今的年轻人太懂得享受，根本不想竞争与接受挑战。"

又说："记者们都闻风而来……"

观礼的人都有数十个，都挤在一间宣誓室中，热闹非凡。

好不容易签了名，满头大汗地挤出注册处，黄振华说："预备了一个小小的茶会，劳驾你们移一移玉步。"

我与太初面面相觑，只得登了车，跟着去。

那个"小小的茶会"，客人有五百名以上，衣香鬓影，太初换了准备好的衣裳，偷偷告诉我："我很累。"

我连忙警告她："你可不准问'完了没有'，据说宣统皇帝坐龙廷的时候，一直说累，太监安慰他说：'快了快了，完了完了。'清朝可不就完了？你当心你的嘴巴。"

太初弯下腰笑。

我吻她的脸。这太初，是大学时期的太初，我的太初。

等到客人满意地离去，我们真是筋疲力尽。

太初拉着"可宜"的裙子就往椅子一坐，脚搁茶几上。

我看到她的鞋子，跳起来。"球鞋！原来你一直穿着球鞋！"

"不行啊！"我叫。"我的脚如穿高跟鞋站那么久，简直会破掉。"她哈哈地笑。

我过去呵她的痒，两人倒成一堆。

黄太太见到，叹气说："一万八千元一件衣裳，就那么泡了汤。"

我扶太初起来，用力一拉，袖子上"刺"的一声，不见一半，我们又笑。

黄太太笑说："啐，啐，回去圣荷塞穿球衣球鞋吧。"她实在是替我们庆幸。

可是溥家敏呢，一整天都没见到溥家敏。

"他没有来。"黄太太轻描淡写地带过。

啊，溥家敏真是千古伤心人。

心情太好的缘故，我怜爱我的仇敌。

"他怎么了？"我问道。

黄太太微笑。"每个人活在世界上，总有一个宗旨，否则如何过了一个沉闷的日子又一个沉闷的日子，有些人只为卑微地养妻活儿，有些人为升官发财。而溥家敏呢，他为追来一段虚无缥缈的感情，你们为他难过吗？不必，他不知道在这里面得到多少痛苦的快感，这简直是他唯一的享受，放心吧。"

黄太太简直是一具分析感情的电脑，什么事经她一解释，马上水落石出，我开始了解到黄振华的痛苦。

太初是最适中的，她性格在她母亲与舅母之间。做女人，能够糊涂的时候，不妨糊涂一点，靠自己双手打仗的时候，又不妨精明点，只有太初具这个本事。谁能想象黄玫瑰有朝一日坐写字间呢？又有谁相信黄振华夫人肯一心一意靠丈夫呢？但太初真的能文能武。

得到太初，真是我毕生的幸运。

回到美国，我们住三藩市 [1]，我找到一份普通但舒服的工作。太初继续念书，课余为我煮饭洗衣服。

我常常告诉她："你看你的福气多好，老公赚钱你读书，多少洋妞得赚了钱来供老公读书呢。"

太初含笑，然后说："多谢指教，多谢指教。"

黄振华先生自香港叫秘书速记，写了一封长达五张纸的信来，主要是告诉我们，太初那个画展如何成功，有一个神秘的客人，买了她十张画之多。

我撇撇嘴说："有什么神秘？这人八成是溥家敏，买了画回去，饭厅挂一张，厕所挂一张……哼！"

太初抿着嘴笑，一双眼睛在我的脸上溜来溜去。

我老羞成怒，咆哮道："快到厨房去做饭，肚子饿了。"

太初很会做人，一溜烟地进厨房去了。

我不好意思，连忙跟进厨房，搭讪地说："近来菜式益发做得好了，是照这本烹饪书做的吗？唔……南施鲁菜谱……"我忽然歉意起来。"从但丁加毕利奥罗昔蒂 [2] 的画册到南施鲁的菜谱，太初……"

太初转头过来，瞪着她那美丽的大眼睛。"但丁加毕利奥罗昔蒂？那是什么东西，一种意大利新家具？好难念的名字！"

噢，太初。

我们在厨房内拥抱良久。

我们的故事到此为止，也应该结束了。

---

[1] San Francisco，旧金山。

[2] Dante Gabriel Rossetti，但丁·加百利·罗塞蒂，19世纪英国前拉斐尔派重要代表画家。

四

情海变幻莫测，情可载舟，亦可覆舟，可是请问谁又愿置身一池死水之中，永无波澜？

两个姐姐趁圣诞节把我召到伦敦，说有重要的话得跟我说——"不得有误"。

　　我开着我那辆福士[1]，自牛津赶去伦敦，格轰格轰，那车子像是随时会散开来似的，一路上非常惊险，我可以想象我自己站在M1高速公路中央，二十一度[2]，冰棒似的截顺风车……太恐怖了，想想都发抖。

　　或许到了伦敦，我应当考虑换一辆新车。

　　小姐姐站在门口欢迎我，穿着时兴的黑嘉玛貂皮，面色不太好。

　　我下了车上前拥抱她，抚摸她的大衣袖子。"哗，"我说，"这件衣服够我吃一辈子的了。"

　　她拍拍我的手。"罗震中，你真死相！"

　　"你怎么可以说一个负有重要使命的人'死相'？"

　　"我没听懂你那口拗口的国语，你干脆漂白皮肤做洋人算了。"她白我一眼。

　　男仆过来替我挽起箱子。他说："少爷，你那辆车，啧啧

_____

　　[1] Volkswagen，大众汽车。
　　[2] 指华氏度，约为零下六摄氏度。

喷。"他进去了。

小姐姐白我一眼。"你知道他开什么车?"

"就因为这年头,连男仆都开劳斯莱斯,咱们这些正牌少爷,才不得不别出心裁。"

"你少滑稽啊。"她把我推进屋内。

我在炉火旁坐下。

"没下雪吗?"我问,"这种冷的天气,下雪反而好过点。"

大姐自书房走出来。"三少爷来了吗?"

我装腔作势地站起来。"三少爷来了,他的剑没来。"

大姐没好气地说:"你坐下吧。"

我接过女仆倒给我的威士忌加苏打,喝一口。"有什么要紧的事?"我问,"说了好放我走。"

"爹爹的事你知道了?"小姐姐懊恼地说。

"知道。"我说,"他要结婚了。"

"你不关心?"大姐问。

"关心什么?"我莫名其妙。

"结了婚怎么样?"小姐姐厉声问。

我装作大惊失色。"你的意思是——"我夸张地吸进一口气,"我们的后母会待我们如白雪公主?啊,天呀!"

这次连大姐都生气了:"罗震中,你正经点好不好?"

"好好,"我打招呼,"好。"

"罗震中,你这个人,糊里糊涂就一辈子。"小姐姐说,"亏你还是家中唯一的男孩,你打算怎么样?一辈子就在牛津这种小镇里做神经书状元?你太没出息了,告诉你,父亲婚后,家产全部落在那女人手中,到时你叫天不应,叫地不灵。"

"会有这种事?"我忍俊不禁。

"怎么不会有?"大姐瞪着我,"父亲什么年龄?都五十九了,他还结婚，简直就是碰到了狐狸精，我们还不早做打算，真要到火烧眉毛？"

我愕然。"狐狸精这回事……在小说中我读到过，这真是……"我搓着双手。

大姐叹口气。"我看算了，咱们老姐妹俩也不必在这事上伤脑筋，正牌皇帝不急太监急，咱们的兄弟都快成白痴了。"

"你想我怎么样？"我反问，"找个茅山道士祭起法宝，与那狐狸精拼个你死我活，逼她显出原形？"

"至少你可以回到爹爹身边去，爹爹年年等你回家，你不是不知道。这十年来，你不停推搪他，又是为了什么呢？"

"我认为外国的生活比较适合我。"

"你与钱有仇？"

"我并不缺少什么，"我说，"我自给自足，我乐得很。"

"可是爹爹的事业很快要落到别人手中去了。"

"大姐，我不关心，那是爹爹的事业，不是我们的事业。我来到这个世界上，并不是为了我爹爹的事业，这件事远在十年前我已经与他说清楚了，也已获得他的谅解。老子的事业，不一定由儿子去继承，外边有许多能干有为的年轻人，他们都能够做我父亲的好帮手。爹爹今年五十九岁，他尚能找到他所爱的女人，真是非常幸福的一件事，我替他庆幸。"我停一停，"至于那个女人是否一只狐狸精，我们不必替他担心，只要他快乐。"

小姐姐冷笑连连。"听听这么明理的孝顺儿子。"

"两位姐姐，我知道你们是为我好，"我说，"在这种事上，我自问是很豁达的，你们不必替我担心。"

小姐姐说："你晓得咱俩是为你好就行，咱们那份，早已折了嫁妆了。"

我很为难。"我要钱来干吗？人们需要大量的钱，不外是因为有拥物狂——一定要把一切都买了下来，堆山积海地搁在家里。我并不这样想，像我喜欢画，就跑美术馆，反正死后八成也捐到美术馆去，匆匆数十年，何必太麻烦。"

"发疯和尚。"大姐骂我。

我说："我告辞了，再不走还有更难听的话要骂我。"

"你开了几小时的车，也够累了，在这儿休息几晚如何？"

"你们答应不烦我就好。"我扮鬼脸。

"好，好。"大姐笑，"你怎么连女朋友也没有呢？"

"我搞同性恋，你们不知道吗？"

"放屁！"

"家有这么两个姑奶奶，叫我哪里去找好人家的女儿下嫁？"我调笑。

大姐悻悻然。"这小子，一辈子就这么过了。"

小姐姐说："你别瞧他疯疯癫癫的，人家这叫作君子坦荡荡，不比咱们小人长戚戚。"

我走上楼去。

我摇电话到牛津找庄国栋。

老庄是我同事。他这个人有点孤僻，与我却也还谈得来。

我叫他来伦敦。"反正放假，你一个人闷在宿舍干什么？"

"我懒得开车。"

"那我可要闷死在这里了。你来了，咱们还可以结伴钓鱼去。"

他说："日钓夜钓，你也不腻。"声音闷闷的。

"你来吧，"我把地址告诉他，"我那两个姐姐虽然徐娘半老，倒还风韵略存，要是看中了你，你下半辈子吃用不愁。"

"震中，你是益发风趣了。"

"马上出门，晚上见你，再见。"

"好，再见。"他挂了电话。

小姐姐进房来。"那是谁？你又拿你老姐开玩笑，我迟早撕你的嘴。"

"那是庄国栋，"我说，"我同事。"

"哦，就是你说过的，离了婚之后对牢老婆的照片过了十年的那个人？"

"不错，是他，"我笑，"他也确是对牢一张照片过了十年，但不是他老婆，是另外一个女人。"

"你们这些人的感情生活简直千奇百怪，我不能接受。"

我挺挺胸。"小姐姐，我的感情生活还未萌芽呢，你别一竹篙打沉一船人。"

"震中，你的脑笋几时生拢呢？"

"做大快活有什么不好？"我反问。

"你也做了好久了，也该为自己打算打算。"

"缘分没到，找不到女朋友。"我说。

"牛津有多少个女孩子？你到伦敦来住，保管你三个月之内娶老婆。"

"胡乱娶一个？不如去找牛津农学院那头母牛。"

"所以爹爹对你失望，那年他拿爵士衔，我问他可快乐，他答：'你妈妈不在，有什么快乐？现在只有等抱孙子那天才快乐呢。'"小姐姐替我整理床铺。

"我要会生孩子，我就满足他。"我摊摊手说。

她不睬我。"你朋友跟你睡一个房？"

"是。"我说。

"现在好了，爹爹一结婚，那女人升上神台，你这个正经继承人便打入冷宫……"

"小姐姐，你看狸猫换太子这一类东西看得太多了。"

"至少你应该换一辆车子。"她嘟囔。

"你送我？"我问。

"我问爹爹要去，"她说，"最多先替你垫一垫。"

我嬉皮笑脸。"说到钱就失感情。"

"去你的。"

傍晚时分，庄国栋来了，他整个人的气质像电影大明星——英俊的脸，壮伟的身型，好气质，有点不羁，略略带点白头发，增加他的成熟美。

我迎出去。

"快进来烤火，火鸡大餐就准备好了。"我拍打他的肩膀。

庄进来书房，我把姐姐们介绍给他认识。

姐姐们诧异于他的出色。

小姐姐说："没见你之前，以为震中算是个英俊的男孩子，现在发觉震中简直是个傻大个儿。"

"喂喂喂！"我抗议。

吃了饭我与庄在房中下棋。

我说："明天姐姐与姐夫们介绍女孩子给我们认识。"

"烦不烦？"他说。

"没法子，"我问，"你打算住几天？"

他打个哈欠，"无所谓。"他从简单的行李袋内取出我熟悉的银相框，放在床头。

"我的天，庄某人，你也太痴情了。"我说，"没有这张照片，你睡不着？"

庄脸上那股忧郁的神色又出现，他大口地喝着威士忌，苦笑："我不能忘记她，我太爱她。"

那张照片很模糊，是他与那个女郎合影的风景照，我再看也看不出所以然来，只好耸耸肩。

"如果你爱她，就应该跟着她去。"我说。

"我不能。"他说，"当时我已订了婚。"

"那么对着她的照片做梦吧。"我说，"祝你幸福。"

"是我先抛弃她的。"庄靠在床上说。

"你抛弃了她？"我问，"为什么？"我没听懂。

"你不会明白的。"他叹一口气。

"再下一盘？"我改变话题。

"累了。"他看着窗外。

"你这个人，自牛津闷到伦敦。来，我们到酒馆去喝几杯。"

"我不想走动。"他伸个懒腰。

我随他去，度假不外是为了松弛神经，如果庄能够在床上躺得高高兴兴，愿他躺上十天八天。

第二天，大姐请来了许多华侨"名媛"以及各学院的女留学生，莺声呖呖，挤满了图书室。有些人在弹琴，有些翻画册，有些闲谈调笑，有些在扇扇子，哗，简直眼花缭乱。

有几个是皇家美术学院的学生，自然最会打扮，骤眼看仿佛布衣荆钗，实则花足心思穿成一派返璞归真状：花裙子、长羊毛袜、大毛衣、布鞋、头发梳辫子……我也不知道我在寻找谁，等待谁，但这些女孩儿好看是好看，由头到尾，总没有一个叫我交上这颗心。

于是我寂寞了。

庄国栋比我更落魄，眼睛隐隐浮着一层泪膜，与我两个人，坐在窗台上，手里拿着酒杯，一派无聊。

我轻轻问："我们要的那朵花，在什么地方？"

庄看我一眼。"我不知道你的花。"他低下头苦笑。

有许多女郎的眼光落在他的身上，他不在乎，也看不见。

我问他："看中了谁没有？"

"没有。"他伸一个懒腰，"这里不是没有长得好或是有性格的女子，只是……你总听过'除却巫山不是云'吧？"

"这是你的悲剧，有许多人，除却巫山，都是云。"我笑，"从一只母猪身边走到另一只母猪身边，他们成了风流人物，啊哈啊哈，多么自在快活。"

庄向我瞪眼。"你呢？"

"我？"我说，"我只能活一次，我不打算胡乱与一个女人生下半打孩子，养活她一辈子，牺牲我的理想与自由。我很自私，我要找个好对象。"

"你今年二十七岁，等你三十七岁，你声音还这么响亮，我就服你了。"庄点起了香烟，"这些事，是注定的，身不由己。"

"啊，是，"我做个手势，夸张地说，"都已经注定了，五百年前月老的红绳已经代我牵向一个女子，我再挣扎反抗也没有用，都已经写在天书里了：她是一个搓麻将贴娘家的小女人，目不识丁，啊……"我的声音不自觉地提高了。旁边有几个女孩子"咯咯"地笑起来。

庄的眼光如凝霜般落在我脸上。我摊摊手。"庄，我只不过是想你开心而已。"

"命运是有的。"

我唯唯诺诺，只是不想再与他吵架。

"既然如此，我们豁达一点，庄，笑一笑。"姐姐们端出银器，招呼我们喝标准的英式下午茶。女孩子们都围上来，坐在我身边那一位简直明眸皓齿，动人如春天的一阵熏风，我很有点心向往之，但想到一直在等待的那一位，只好目不斜视，低头全神贯注地喝我的牛奶红茶。

姐夫们也来了，忙着打招呼，服侍女宾，呵，新的一年，人人都喜气洋洋。

　　长途电话接通。

　　小姐姐唤我与父亲说话。

　　我与爹爹谈了一会儿，恭喜他，祝他新婚愉快。他叫我在农历年的时分回家，我照例推辞，小姐姐在一旁拼命使眼色，我不忍太拂她的意，改口说："让我考虑考虑……"

　　爹的声音很轻松，充满生机，与以前大大不同，无论如何，这个女人令他开心，这就够了。世界上并没有免费的东西，凡事总要付出代价，爹爹在晚年得到一点欢愉，没有什么不对呢。

　　挂了电话，我问小姐姐："你那媚眼，全部朝你兄弟送来，没有毛病吧？"

　　"你这个糊涂蛋，"她顿足道，"趁你爹还记得你的时候，不回去走走——"她咬牙切齿在我额角上一指。

　　"你点了我的死穴了，"我呼痛，"七七四十九日以后我就寿终正寝了。"

　　庄微笑地走过来。"这震中，真叫亲友啼笑皆非。"

　　小姐姐像是遇到了知音人。"庄先生，你说一句公道话，这个弟弟，真叫我们伤透了脑筋，二十多岁了，还这么吊儿郎当，天天弹琴写画，不通世事。唉，叫我们头发都白了。"

　　我也叹口气。"什么都赖我，等下额上有皱纹，也赖我。"

　　庄说："他又贫嘴了。"

　　"可不是。"小姐姐拍着手说，"真说到我心坎里去了。"

　　"我这叫作幽默感。"我改正他们。

　　庄说："不过大家都喜欢他，你不知道他在洋妞堆那种受欢迎的劲呢，真叫人羡慕，于是他死命扮演那个叫柳下惠的角色，叫那些热情如火的金发女郎恨得牙痒痒。"

　　小姐姐大笑："你们哥儿俩倒真是一对儿。"

　　我说："是呀，牛津若没有庄国栋，那还不闷死，我自有我的打算，将来我老子烦我，不供养我，就与老庄走天涯说相声，怕也混得到两餐。"

"庄先生在牛津干啥？"小姐姐问。

我代答："他洗厕所。"

庄莞尔道："震中打扫宿舍。"

小姐姐说："喂，你们俩有完没完？"可是又忍不住笑。

我说："我俩约好的，五十五岁时若大家都找不到伴，我便与老庄结婚。"

"这种玩笑也开得？"小姐姐朝我皱眉，"传到爹耳朵里去，剥你的皮。"

我愁眉苦脸跟庄说："咱们家最暴力，动不动抽筋剥皮，剁为肉饼。"

小姐姐不理我。"庄先生也没女朋友？"

我说："他有的，他结过婚，离过婚，又有女友，又与女友分手，不比我，我是纯洁的。"我挺挺胸。

小姐姐不好意思再问下去。

但庄反而不打自招，他一边深深抽烟，一边说："我真正恋爱，是在订婚后的一段日子，我认识了一个可爱年轻的女孩子。她的美丽，令我心悸，但是我要做一个完人，我没有变心，我拒绝了她，与未婚妻结婚。婚姻维持了十年，在旁人眼中看来，我们也是幸福的一对。"

庄说："我心中无时无刻不挂住我抛弃的那个人。我们终于离婚了，那一日，妻对我说：'庄，你并没有爱过我，我们浪费了十年。'离婚时还比结婚时轻松愉快。听着叫人齿冷吧？事实如此，我们在小馆子里共喝了三瓶红酒，她问我有什么打算——我有什么打算呢？在牛津的图书馆，我找到一份职业，一做好几年。我有什么打算？"庄温和地笑。

小姐姐听得呆了，怜惜地问："没有孩子吗？"

"没有。现在的女人，都很自爱，生孩子不一定非常痛苦，可是对身材相貌都有一点影响，若非有极大的安全感与爱心——生孩子？"庄很唏嘘。

我说："庄是伤心人。"

庄傻乎乎地笑，一派天凉好个秋的样子。

他以前也不是这样的，以前他非常高傲冷峻，一派高不可攀，现在却如酒窖中的白兰地，越来越醇，与每个人都处得很好。

小姐夫过来问："你们谈什么？客人都要走了。"

小姐姐说："你去送一送，我马上来。"

小姐夫耸耸肩，出去了。

小姐姐对庄说："震中过农历年要回香港。庄先生，震中很愿意请你去走一趟散心，咱们家的房子大得很，十多间房间，庄先生若不嫌弃，就一同去散散心吧。"

"真的，"我说，"老庄，何乐而不为呢？"

庄说："我好久没回去了。"

"树高千丈，叶落归根。"我笑说。

"要死，"小姐姐白我一眼，"乱用成语，谁落叶了？"

过了年，我与庄开车回牛津，仍然过我们那与世无争的日子。下了班在宿舍抽烟斗、下盘棋，我们的生活有什么遗憾呢。

诚然，我是个最懂得享受的二世祖，爹赚钱不外是要我们这些子子孙孙过得舒服，我舒服给爹看，也就是尽了孝道！

因爹提早举行婚礼，大姐与我频频通电话。她很紧张，老怕爹给狐狸精迷得不省人事，我经常耻笑她。

结果她与大姐夫回香港参加婚礼，回来之后，音信全无。这回轮到我着急，我追问："爹好吗？"

"爹爹要将老房子卖掉！"大姐说，"而且已另在石澳盖了层平房，他既年轻又时髦，都不像以前的爹了。"

我放下心来。"太好了。他妻子呢？那只狐狸精是黑是白？她有什么法宝？你们斗法结果如何？"

大姐沉默良久。"不，她并不是一只狐狸精。"

"啊？"我意外了。

"她出身很好，只是以前结过一次婚，有一个女儿。"

"这也不稀奇，难道爹还能娶一个十六岁的黄花闺女不成？"

"爹真的爱她，可以看得出来。"

我笑说："所以你们失望了，你们期望着看到一个妖冶的掘金女郎……"

"不，震中，你的地位因此更加不稳了，我看你农历年总得回去一次才行。她才三四十岁，如果生育的话，震中……"

"大姐，我说过了，我不打算争太子做，你替我放心。"

大姐沉默了。

"她可美丽？"

"美。"

要一个女人称赞另一个女人美，简直是骆驼穿针眼的故事，我纳闷起来。

"那就好了，妈妈去世后，爹一直不展颜……爹是个好人，他应该享这晚年福。"

"震中，"大姐说，"问题是，爹现在一点都不像晚年的人，他风度翩翩，身体壮健，依我看，连你大姐夫都不如他呢。"

"真的，那太好了。"我身心中高兴起来。

大姐懊恼地说："他自那女子处得到了新生命，他不再需要我们了。"

"胡说，大姐，我们还是他心爱的子女，当然他是爱我们的，况且我们都已经长大成人，各有各的生活，也无暇陪他，我们应当替他庆幸。"

"我都不知道怎么说才好，本来他已接近半退休，香港一些事务本想交给你大姐夫，可是现在他又复出，把几家公司整顿得蒸蒸日上，简直宝刀未老。"

我快乐："太好了，如此我又可以脱身，否则他老催我去坐柜台，闷死我。"

"他问你什么时候娶妻。"

"我？"

"是，你。"

"万事俱备，独欠东风。"我补充一句，"东风不与周郎便。"

"我是你，我就带了女伴，一起回去见见他，好让他乐一乐。"

"对，带个孕妇回去更理想。"

"你又蛆嘴了，震中。"

"大姐，你何必呷醋呢，爹爹永远是咱们的爹爹，你说是不是？"

"以后不会一样了。"大姐说。

女人都怕有所转变。

"农历年我回去好了，你想我帮你说些什么？是不是担心遗产问题？"

"震中！"

"那是为了什么呢？你三十多四十岁的人了，不见得你还想依偎在爹爹膝下。"

大姐不出声。

我安慰她："放心，凡事有我。"

"你呀，"她的声音听得出有点宽慰，"你这脓包。"

真是侮辱。

女人们最爱作践她们的兄弟。

"爹结婚你们都震惊。想想看，如果我结婚，你们会怎么样？"

"不要脸，臭美。"

与姐姐们的交涉总算告一段落。

庄国栋临到二月，又告诉我不想回香港了。

我知道他在想些什么，我说："老庄，香港三百万个女人，你不一定会在街上碰到她，这种机会是微之又微的，而且说不定她早已结了婚，生了六个孩子，变成个大肥婆，镶满金牙，你怕什么？看见她也认不出她。"

庄说："我不想回到那个地方。"

"十多年前的事了，你别傻好不好？沧海桑田，香港早就换了样儿，你若不陪我回去，我真提不起勇气去见老爹，有个客人夹在当中，避他也容易点，你说是不是？"

"为什么要避自己的爹？"老庄纳闷。

"他老要我回去做生意。庄，你最知道我，我既然什么都不做也有钱花，干吗要回到水门汀[1]森林去每天主持十小时的会议？我疯啦？"

老庄既好气又好笑。"倘若他经济封锁你呢？"

我搔搔头皮。"我不是败家子，单是我名下股票的利息还用不完，你又不是没见过我那辆福士，哎呀，真是随时随地会崩溃下来。不不，爹不会对我下狠劲，我只是所谓'没出息'，并不是坏。"

"我要是你爹，我也头痛。"他笑了。

"庄，你跟我差不多，咱们大哥别说二哥了。"

---

[1] Cement，水泥。

"不不，震中，我是翻过筋斗才觉悟的。而你，正如你自己说，你是纯洁的。"他说。

"老庄，哎，开玩笑的话你又拿回来取笑我。"我拍着他的肩膀，面孔涨红，"谁是圣处男呢？你若陪我走这一趟，我不会待差你。"

他笑道："真没见过你这样的人，回自己老家都要人陪。"

我也笑道："庄，回姥姥家我一定不叫你陪的。"

"震中，真难得你那么豁达！"他赞我，"有钱公子像你那样，真难得。"

我忽然问："记得添张吗？添平日何尝不是谈笑风生、温文尔雅的一个人？"

说到添张，他也作不得声。

"他家中何尝不是富甲香港？为了一个女孩子，二十四楼跳下来，肝脑涂地。"

庄隔了很久，缓缓地说："人们为爱情所做出的种种，真令人诧异。"

我苦笑。"我见过那个女孩子，她长得那么普通，她甚至不漂亮！这件事真是完全没有解释余地，可怜的添。"

庄深深抽烟。"一切都是注定的。"

我不以为然。"你怎么可以一句话否定一切人为的努力？我断不会做那样的事，我有意志力。"

庄看着他喷出来的青烟，不与我分辩。

"我从没有见过像你这样悲观的人，"我说，"你到底去不去香港呢？"

他侧侧头笑。"去，去。"

我买了两张来回飞机票，老庄也不与我客气，我们由姐姐送到飞机场。

小姐姐跟我说："见了爹爹，你要庄重一点。"

我却说："去澳门的船票可容易买？我要与老庄去吃香肉。"

大姐叹口气。"你！此时不同往日了，你自己小心。"

我眨眨眼，向庄说："仙德瑞拉[1]的姐姐们不知道是否有这般好心肠？"

大姐差点把手袋飞过来砸破我脑袋。

我与庄国栋终于平安上了飞机。

他跟我说："我很紧张，有恶兆的预感。"

"别担心。"我说，"你有什么不高兴，不妨跟我说，心中好轻松点。"

庄的脸没向着我，但是声音微微颤抖。"震中，我想去找她。"

我不响，恻隐之心，人皆有之。我同情庄国栋，他为这段情困了十多年，越久越钻牛角尖，总得寻找一个解脱的方法。

我说："其实事业的成功也足够补偿了，整间图书馆由你打理。老兄，非同小可，七百多万册书呢。"

庄落寞地说："书本没有温柔的声音，温暖的小手。"

"如果你独要那双手，当初为何不抓紧它们？既然舍弃了她，任何一双手都可以给你同样的温暖。"

"我是个愚人。"

"老庄，我认为过去的事已属过去，创伤已经无痕迹，不要再去挖旧事，回忆往往是最美丽的。"

他转过头来。"怎么，你真认为她已变成一个镶金牙的阿母了？"

"也许她已经移民了，这年头流行这个。"

"你少以古讽今。"

---

[1] Cinderella，辛德瑞拉，灰姑娘。

"你打算怎么样找她？"我真正纳闷起来，"十多年前的事了，你打算登报纸？"

"登报也好。"他沉吟。

"老庄，别过分，难道你还想拟一则广告，上面写：'贤妹，自从长亭别离回来，家居生活可还安好？'喂，你神经不是有毛病吧？"我推他一下。

谁知他喃喃复述："自从长亭别离回来……可是梁山伯并没娶到九妹。"

我心怯了一怯。"这话是添张教我的，你可别学了去。"

他仰头笑。"添大智大勇，我哪儿能及他。"

"喂，咱们说别的好不好？"

"说别的？好，你要我说什么？香港哪家馆子的海鲜野味好吃？哪家网球场的草地漂亮？跑车还是意大利的出品上乘，电视明星是汪明荃最具有风情？是不是这些？"我沉默了。

"震中，我们是朋友，我无意成为你的清客傍友[1]。"

我连忙赔笑说："听听这是什么腔调？老庄，你也太多心了，敏感过度。"他合上双眼假寐。我看到他的眼皮微微跳动，他并没有睡着。

我叹口气。一个人，若一辈子没有恋爱过，又说遗憾。不知蜜之滋味，轰轰烈烈爱过，到头来又春梦一场，落魄半辈子。

我盘算着，我唯一的希望，是当我自己堕情网的时候，不需要经过太大的痛苦，我爱她她爱我，"砰"的一声关上天窗，吹吹打打入洞房，完了。

但是这个女郎，她在什么地方呢，我茫然地想。

不急不急，趁她未出现之时，我且先打打网球，逛逛花都，

---

[1] 粤语，有钱有势的人的食客。

吃吃喝喝，轻松一下未迟。

我又释然了。

我推推老庄说："我知道你还没睡。老庄，到了香港自然是住我家了。"

他睁开眼睛。"我还有钞票住大酒店吗？"

"我家实在是要比旅馆舒服，否则我陪你住酒店。"我笑道。

他懒洋洋说："听听这种口气，真是各有前因莫羡人。小老弟，只要福气好，不需出世早。"

"你还是那么愤世嫉俗。"我说。

"休息一会儿吧。"

我朝他笑笑，再伸头看看四周围有无我那梦中情人，然后闭上眼睛，就睡着了。

醒来的时候，老庄在看书。

"嗬，"我说，"又是《射雕英雄传》，这上下你也该会背了吧？"

他不睬我，我吃了飞机餐后又睡。

这次醒，是被老庄推醒的。"到了，到了。"他说。

我说："脚都坐肿了。"伸伸懒腰。

父亲的车子与司机都在门口等，司机自我们手中接过行李。

司机说："三少爷，老爷问你住哪里。"

"老房子还未卖就回老房子。"我笑说，"老头子刚做新郎，一个牛高马大的儿子在面前晃来晃去，有碍观瞻，咱们不去新屋。"

司机想笑又不敢笑。

我们一下子就到了老房子，我叫司机去报告老爷。

我叮嘱老庄叫他把这里当他的家。

他正沐浴的时候，爹的电话到了。"过来见我。"他说。

圣旨下。

我马上站在浴室外去求老庄伴我同去。

他在莲蓬头哗哗水声下叫我去死。

我只好一个人赴法场了。

爹的新居在石澳，我从没想到爹爹竟有如此的品位，他一向讲究实际，但新房子却装修得美轮美奂，十分时髦。

一行嫣红姹紫的花圃伴着一个腰子形的假山金鱼池，流水淙淙。我一时间流连在这个精致的小花园里，不肯进客厅。

那里有一个女郎蹲着，戴厚手套，正在修剪几棵玫瑰红的杜鹃花。

她穿着黑色毛衣及长裤，长头发绾成一只低髻，插着一只翠玉的发簪，耳角的皮肤白如凝脂。

我忍不住探了探身，想看她的侧面。

她非常专神地"咔嚓咔嚓"剪树枝，我只好再侧侧身，正在考虑是否要咳嗽一声，一脚踏错，滑进金鱼池，哗啦一声，水花四溅，我身子下半截顿时成了落汤鸡。

那女郎闻声转过头来，大吃一惊。

我原本想出声道歉，但是一见到那女郎的脸，我呆住了，我那等了半辈子的梦中女郎，她在这一刻出现了。

我瞠目结舌，竟说不出一个字来，也顾不得浑身湿漉漉，索性站在水池内。

只见她用手捧起池旁草地被我弹起的金鱼。

"唉呀，可怜我的水泡眼，我的绣球头……"她抬起眼睛来，轻轻嗔怪我，"你这位先生，怎么如此冒失？"

我张大嘴看着她。

她把金鱼轻轻放入池中。

"你还不上来？水冷哪。"她顿足。

我一步爬上池边，皮鞋上带着荷花水草。

"你怎么搞的？"她责备，"我的鱼池完蛋了。"

"啊，对不起。"我的眼光没有离开她的一颦一笑。

"咦，你是谁呀？"她问我。

我还在那里说："啊，对不起。"整个人如雷击一般。

她轻笑一下，又叹一口气，转头叫："黄伯，黄伯！"她走开了。

黄伯是我们家老男仆，跟着急急走过来，一见是我，喜得一把抱住。"三少爷！"又吃一惊问："你怎么了？"

我问他："那女郎是谁？"

"什么女郎？你还不去换衣服！"

他带我自书房长窗入到客房，拿了干衣服给我换，一边唠叨。我逆来顺受，闷声不语。

那女郎。

成熟的脸容，极端女性化的姿态，她是一个真正的美女，我从没见过黑宝石似的眼睛，那么流动的眼波，我呆住了。

我们家从来没有那样的亲友，是谁呢？

我心神荡漾。

有人敲门。"震中，你可是在房间里？"父亲的声音。

"是我。"我应着去开门。

"震中！"他拥抱着我。

"父亲！"我的双眼濡湿。

"你良心发现了？你肯回来见我了？"父亲一连串地问。

我仔细地看他，他益发精神了，体形又保养得好，一点也看不出已经五十多岁。头发是白了，但更加衬托得他风度翩翩。

我称赞道："爹爹，你真是越来越有款了，怎么，生活愉快吧？"

"很好，很好。"爹看上去真正精神焕发。

不管那女人是谁，只要她能够令他这么快乐，我就感激她。

我笑道："这都是新任罗德庆夫人的功劳吧？"

爹问："震中，你不反对吧？"

"爹，我怎么会反对你重新做一个快乐的人呢？"

"震中，你真不愧是我的儿子。"他很高兴，"锦锦与瑟瑟却反对。"

"姐姐们小心眼。"我说。

"来，我介绍你认识她。"

"这是我的荣幸。"我说。

"震中，倘若你肯回来帮我，"来了，"我的生活就没有遗憾了。"来了。

"爹，我自己对这门功夫一点兴趣也无，只怕会越帮越忙，我倒是带了一个人才来，待会儿我叫他来见你。"

爹笑。"算是你的替身？"

我呵呵大笑。

我们父子来到客厅，爹对女佣说："去请太太。"

女用人答："太太去买花，说是三少爷来了，客厅光秃秃，不好看。"

我说："太客气了，那么我先接了我同事来。"

"都这么心急。"爹摇头。

走到门口，我停住了，犹疑着转身。

"爹——"我叫。

"什么事？"

"这里是不是有一位女客？"我问。

"女客，什么女客？没有哇。"爹答。

"我明明见到的，"我说，"刚才她在金鱼池畔修剪杜鹃花，穿黑色毛衣黑色长裤。"

爹笑了。"哦，她，我答应一定介绍你认识。"

"太好了。"我说，"现在我去接我的替身。"

我吹着口哨，轻快地开着父亲的新式跑车到老房子去接庄国栋，这上下他也该洗完澡了吧。

到了老房子，老黄的妻——黄妈，来开门，笑得皱纹都在舞动。"三少爷，你来了？十年整你都没回来过，好忍心啊。老爷还能坐飞机去看你，我又不谙洋文，你真是。"

"怎么，"我笑问，"派你来服侍我们？抑或监视？"

"是呀，庄少爷出去了。"她说，"叫我关照你一声。"

"他出去了？去了哪里？"

"他说去报馆登一则广告。"黄妈说。

"他疯了。"我说，"真去登广告？"这老小子。

我坐在沙发上等他回来，一边听黄妈絮絮地诉说过去十年来发生的事。

我有兴趣地问："爹是在什么地方认识新太太的？"

"老爷在一次宴会中看见太太，就托人介绍，真是姻缘前定，大家都替老爷高兴。"

"新太太美吗？"

"美。"老黄妈说。

我笑。"你们看女人，但凡珠光宝气，平头正脸的，都算美。"

"不，三少爷，新太太真的是美。"黄妈说道。

我还是不信。"三十余岁的女人，皮肤打褶，还美呢，老黄妈你老老实实招供出来，新太太给了你什么好处？她很会笼络人心吧？"

"三少爷一张嘴益发叫人啼笑皆非了，"她眯眯笑，"三少爷，我看你也别回去了，就帮老爷做生意，多好。"

"我不会做生意。"我说。

"学学就会了。"

"我懒。"我摊摊手，"黄妈，你看着我长大，知道我的脾气，我最不喜与人争。小时候我连兽棋都不肯玩，就因为怕输，商场上血肉横飞，全是惨痛的战争，怎么适合我呢？"

"那么娶老婆呢？难道也是打仗？"黄妈反唇相讥。

"黄妈，"我乐得飞飞的，"这件事有点苗头，今天我见到我的梦中女郎了。"

"三少爷，你少做梦啊。"她笑。

我懊恼地说："所以我不要回来，你们个个都是训导主任，缠牢我就拼命批评我，一句好话都没有。"黄妈大笑，这老太太。

大屋内仍然是旧时装修，高高屋顶上粉刷有点剥落，电灯开关是老式那种，扳下来"扑"的一声，非常亲切可爱。沙发上罩着大花的布套子，花梨木茶几上被茶杯垫烫着一个个白圈印子。墙上一些不知名的字画都已经糊掉了——黄妈是很妙的，她见画上有灰尘，便用湿布去擦。真有她的。

这一切都令我想到儿时的温馨：父亲在法国人手下做买办，母亲打理家事，把外公给的私蓄取出贴补家用，从没一句怨言。

母亲是个温柔美丽的老式女人，可是她进过港大，太平洋战争爆发时才辍的学，因是广东人，皮肤带种蜜黄色，面孔轮廓很好，高鼻子，大眼睛，长睫毛，像尖沙咀卖的油画上那些蛋家女郎，一把乌油油的黑发，梳一个低低的发髻，所以刚才我看到那个荷花池女郎的低髻，马上从心中喜爱起来。

母亲嫁了宁波人，也会说上海话，但一遇情急，常会露出粤语。可是父亲一日比一日发财，她的身体也一日比一日差，生了两位姐姐，再生下我，本来还准备多养几个儿子，但是已经不行了。

她患的是癌症。

当年我十二岁，她常搂着我落泪。"阿妈唔舍得你，阿妈唔舍得你。"已知道自己时日不久。

想到这里，我双眼红了。

老黄妈很明白。"三少爷，想起了娘是不是？"

我点点头。

她叹口气。

我仿佛看到母亲穿着宽身素白旗袍在沙发边走来走去唤我："震中，震中。"

爹喜欢嘲笑她："你们这些广东人如何如何……"

门铃响了，打断我思路。

黄妈去开门，是庄国栋回来了。

老庄见到我那样子，诧异问："眼红红，哭了？谁欺侮你？抑或叫爹爹打手心了？"

我连忙说："你去了哪里？"

"登广告，"他说，"寻人。"他把一张草稿递给我。

我说："荒唐荒唐。"取过草稿看。

上面写着："书房一别，可还安好？请即与我联络。"附着一个信箱号码。

"书房一别——什么书房？"我问，"你真老土，这简直比诸流行小说的桥段还低级，这简直是张恨水鸳鸯蝴蝶派的玩意儿，亏你是受过教育的人。"

他又抽烟，不反驳我。

"你绝望了，"我扮个鬼脸，"当心你那信箱里塞满了又麻又疤的女人的来件。"

他还是不响。

"来，上我家吃饭。"

"不去，你们一家大小团聚，关我什么事？"

"那你来香港干吗？"我急问。

"度假。"他微笑。

"你出卖了我。"我说。

"你想卖我，结果给我卖了。"他悠然。

"跟我爹办事不错的。"我一本正经说。

"我也不善钻营。"他说。

"那么去吃顿饭总可以的。"我说。

"你放心，我一定去，既然住在你家，总得拜会伯父大人，但不是今天。"

"老庄，"我说，"这是正经的，你可相信一见钟情？"

"我相信爱情可以在任何情形之下，防不胜防地发生。爱情是一种过滤性病毒，无药可治。"

我兴奋地说："我今天终于见到了她。"

"谁？"他淡然问。

"我梦中的女郎呀。"

"嘿！"

"别嘲笑我，是真的。"

庄说："就因为她长得还不错？也许她一开口，满嘴垃圾，也许她唯一的嗜好是坐牌桌？别太武断，许多漂亮女人是没有灵魂的。震中，你的毛病是永远天真。"

"听听谁在教训我，"我不服，"我自然有我的眼光。"我白他一眼。"你去不去？不去拉倒。"

"你在那里嚷嚷，不过是因为你根本没勇气去坐在你父亲与继母面前。"他笑。

说实话，我真有点气馁。

老庄简直说到我心坎里去了。

怕是怕父亲在晚饭当儿（一片死寂，只听见碗筷叮叮响），忽然说："震中，你不用回英国了，我给你在公司里安排了一个职位，月薪三千元，打明儿起，你名下那些股票全部蠲免，所以你不回来也不行了。"

当然听了父亲那些话，我只好流泪。

于是继母拿出她那后娘本色，在厚厚的脂粉下透出一声冷笑。"震中，你爹也是为了你好……"

我打了一个冷战，两个姐姐的话对我实在有太大的影响。

老庄对我说："震中，你这个人，其实是懒，懒得不行，听见工作是要流泪的。"

我耸耸肩。"我要去了。"

黄妈进来说："老爷来电话。"

"是。"我敬了一个礼。

我出去取过听筒。

爹在那边说："震中，对不起，今天的晚饭恐怕要取消。"

"为什么？"我问。

"你继母有点要事，赶出去了，叫我向你道歉。"

"啊，无妨。"我说，"改明天吧，好不好？"

"你要不要来陪我一个人吃饭？菜式都做好了。"

我沉吟片刻。

"震中，至多我不再提叫你回来的事。如何？"

我笑了。"爹，我想与朋友出去逛逛，我明天来吧。"

"咱们父子两人的生肖，怕是犯了冲了。"

"爹，你怎么信这个？"我说，"你是罗德庆爵士呀。"

他只好呵呵地笑，挂了电话。

庄在我身边说："好了，推得一天是一天，又能逃避一日。"

"爹已答应我不会逼我留下来。"我说。

"震中，每一个人生下来，总得负一定的责任，你很应该为你父亲牺牲点自我。"

我反问："你总知道宋徽宗，他也为他父亲牺牲自我呀，结果他做好皇帝没有？"

"你太过分了。"

"还有这个叫温莎公爵的人，他也对得起他老子……"

"够了够了，"庄笑着截止我，"太过分了。"

我说："我们喝啤酒去。"

老黄妈又进来说："二小姐的长途电话找你。"

"唉，万里追踪。"我说着去取过听筒。

小姐姐马上问："你见到她没有？"

"还没有。"

"爹怎么样？"

"气色非常好。"

"有没有叫他生气呢？"

"怎么会？他都没逼我住香港。"

小姐姐惶恐地说："大告不妙了，难为你那么轻松。"

"我不明白。"

"他不要你了！"

"胡说。"我喝止她，"你们真是小女人，别再离间我们父子的感情了。"

庄在一边鼓掌。

小姐姐怒道："那你多多保重吧！"捧了电话。我说："女人！女人对一切男人都没有信心，包括她们的男友、丈夫、兄弟、父亲……女人根本不相信男人，可是又得与他们发生亲密关系，可怜。"

"哲学家，"庄问，"去什么地方吃饭？"

黄妈说："两位少爷，我做了一桌的菜，你们就在家里吃吧。"

饭菜端出来，我看到一大盘香喷喷的葱烤鲫鱼，当场又想起了妈妈。妈妈学会了煮这一味上海菜，吃尽苦头，鲫鱼肚内塞肉饼子，常让鱼骨刺破手指，不外因为爹爱吃这味小菜。

可是君生日日说恩情，君死又随人去了。也难怪姐姐们替妈妈不值——父亲竟另娶了他人，我再大方，再替父亲高兴，想到妈妈，心中也恻然。

"你母亲也是个美女吧？"庄问。

"是。"我点点头，"广东美女，瘦瘦的，尖长脸蛋，非常美，不过美是非常私人的一件事。"

"不，"庄说，"真正的美并不私人，所谓情人眼中出西施，那并不是真正的美，那不过是看顺了眼而已。'不知子都之姣者，无目者也'，真正的美是有目共睹的。"

我拍一拍大腿。"老庄，今天早上我见过的那个女郎，老庄，她才是真正的美女……"

"貌美，倒还是其次，最了不起的是她那种完全为感情而生、又为感情而死的意旨。"庄喃喃说。

"什么？老庄，你说什么？"

"没什么。"

"你也见过那种美女吗？"我问。

"当然。"他悲凉地微笑。

"就是银相框中那个女郎吗？"

他点点头。

"十多年了，即使你寻回她，也……"电话铃又打断我们的谈话。

黄妈说："报馆找庄少爷。"

庄马上跳过去。

只听他唯唯诺诺，不知在电话里说些什么，然后放下电话，不吃饭，竟要出门了。

"你到哪里去？"

"我收到信了！"

"什么信？没头没脑。"

"她的信！"

"她是谁？"

"你这个人！"他急躁地说，"别阻着我出门，纠缠不清。"

我抓起一条鸡腿，说："我送你去。"

一向温文的庄说："快啊快啊。"每个人都有他投胎的时间。

我飞车与他到北角。

他说："《明报》……是这里了。"

"这不是你登广告的那间报馆吗？啊，我明白了，她有信给你了，"我笑，"真快！《明报》广告，效力宏大。"

他逼我胡乱停了车，与他奔上报馆。

我喘气。"为什么不搭电梯？"

"电梯太慢，你没见电梯在十楼吗，下来又得老半天。"

我叫苦连天，奔到十楼，肺都几乎炸开来。

我扑到广告部。

一个瘦瘦高高、戴黑边眼镜的男人摇摇晃晃向我们走过来，他说："广告部休息了。"

"是你们打电话叫我来取信的，我有个信箱在贵报。"老庄急如火焚。

那男子托托眼镜框。"啊，是，特别关照，信在这里，请跟我来。"

庄跟着过去。

那男子取出信来，又托一托眼镜，他说："拿信来的那位小姐，跟你一般心急。"他抬起头来。"她是一位美女，令人心悸。"

这男子的口气像个诗人。

老庄取出证明文件，取过了信，迫不及待地要拆开来，这时我看到一个中年人步入编辑室，他长得方头大耳，神态威武，面容好不熟悉——

我推一推老庄。"喂，你天天看《射雕英雄传》，你瞧，这位先生像不像金庸？可能是你的偶像呢，还不上去打个招呼请他签名？"

老庄看着那封信的内容，手簌簌地抖，根本没把我的话听进去，我从未见过他如此激动。

我眼看那位先生走进编辑室，简直跌足，失之交臂，全是老庄的错。老庄这人，读了一封女人写的信，灵魂飞上离恨天去，太没出息了。

但见他把信按在胸前暖着，仰天长叹，声中似有无限辛酸。

"你怎么了，老庄。"我担心起来，"咱们离开这里吧。"

那位交信给他的仁兄表示无限同情，握住双手问："信中不是坏消息吧？"

庄根本不答他。

我客气地问："先生贵姓？"

"小姓蔡。"

我拉起老庄，跟他说："谢谢你，蔡先生，我们走了。"

我开车把老庄载回家。一路上他很沉默，额角靠在车窗上，相信我，看见一个那么英俊的男人如此伤怀，实在不是一桩好过的事。

车子过海底隧道的时候，他暗暗流下泪来。

我知趣地把车驶至尖沙咀，停在一条灯红酒绿的街上，打算与他共谋一醉。

他没有拒绝。

在酒馆中他把信交在我手中。

信用中文写，字体非常稚气，像个孩子，原文照录：

"庄：你回来了吗，我想是你，还有什么人，能够知道，我一生最快乐的一刻，是在大哥书房内度过？我永远不会忘记，那夜我们脱了鞋，偷偷开着大哥的唱机，直舞至天明。可是我已经再结婚了。别后发生的事太多太多，过去的已属过去，希望你能寻到快乐，我已不再年轻，人生的真谛不在于满足一己的私欲，祝好。"

"呵，"我说，"还君明珠双泪垂。"只觉无限感慨。

时间永远是我们的敌人，已发生的恨事无法挽回。

我问："如果时间倒退，你会不会娶她？"

庄说："我会。"

我说："她并没有留下地址，她是一个理智可爱的女人。"

"不，她一点也不理智，这封信不外是说明，她不再爱我了。"

"她怎么再爱你呢？叫她抛夫离子地来跟你，也未免太残酷了。"

庄拼命喝着酒。

我按下他的杯子。"至少你已知道她的近况，如果你仍爱她，应为她高兴，她现在生活过得很平静。庄，好好享受这个假期，香港很大，容得下你，也容得下她。"

庄点点头。

我搓着手。"我很同情你，也许这就是中国人所说的缘分，缘分实是洋人的机会率[1]。"

我说："也许我们刚才搭电梯上报馆，会碰见她也说不定，而你偏跑楼梯上去。"我停了一停。"亦也许在电梯内遇见她，相逢不相识。"

---

[1] 概率。

"怎么会呢,"他说,"你没听见那位蔡先生说,她仍是一个美女?"

"你也仍是个英俊的男人呀。庄,前边的日子多着呢。"

"你不会明白的,"他颓丧说,"没有了这个人,一切日子都没意思,活着也是白活。"

我忽然害怕起来。"庄,别这么说,别吓我。"

"是真的。"他说,"我将悔恨一生。"

"庄,想想你已得到的一切。"我鼓励他,"你是一个能干的人……"

"谢谢你,震中。"

我也陪他喝了不少,那夜我们两人都醉了。

叫计程车回家,我们往床上一躺,不省人事。半夜我醒了,口渴去取杯水喝,看见庄的房门半掩。

我听到他的饮泣声。

天啊。

看到这个样子,我情愿一辈子不谈恋爱,逍遥快活,多么好。

但是我脑海中又想那个金鱼池畔的女郎,若是为了她,半夜哭泣,是否值得? 我已经堕入魔障,为此我震动不已。

天亮我看见老庄眼肿肿地站在露台。露台上种着一整排的海棠花,把雾晨衬得如诗如画。

我装作什么也没听见,什么也没看到,叫他吃早餐,黄妈做了四碟配粥的小菜,美味至极,我们两人均吃了许多。

稍后父亲来了电话,他说他新太太昨天着了凉,现在发烧,约会又告取消。

我巴不得如此,换了姐姐们,又会疑心这位新任罗太太是在那里争取时间与父亲谈判有关我的问题了。

管他呢,我正想好好陪陪老庄,以尽朋友之道。

太阳极好，我与老庄下棋。

黄妈说："太太昨夜在花圃立了半夜，清晨便发了烧，老爷急得什么似的。"

我看了庄一眼，无独有偶。为谁风露立中宵呢？

我忽然灵机一动，问黄妈："爹那里，是否有位女客？"

"女客，没有哇。"黄妈愕然。

我说："爹都说有，你又胡说。"

"少爷，我来老屋这边好几天了，那边的事，不甚清楚。"

"说得也是。"我点点头。

老庄说："将军，你输了。"

我用手抹乱了棋子。

"出去散散心。"我说。

"我喜欢这所老房子，有安全感。"他说。

"帮我父亲做生意，我叫他把老房子送给你。"

"用钱来压死我？"

"香港是个多姿多彩的社会，你不过结过一次婚，失过一次恋，那算不得什么，你一定会找到好的对象，卷土重来。"

庄白我一眼。"震中，你越来越像你的姐姐了。"

嘿，气死我，狗咬吕洞宾。

给他自由吧，不要去理他。

"你爹找帮手？"

"香港每家公司都找帮手。"

"做些什么工作？"

"行政。"

"那么到他写字楼去见见他也是好的。"庄说。

"我可以替你约。"我不敢那么热诚。

"来，陪我去玉器市场，现在还早，咱们去捡些好货。"

他勉勉强强与我出去了。

我们逐档慢慢看，他的兴致渐渐出来了，我没买什么，他挑了只玉钿[1]，雪白，只有一斑翠绿。

我说不会还价，他说不要紧，付了钱就取起走。

到中午，他就又开心起来，我们回家吃的午饭，饭后上花店订了丁香送往父亲处，祝继母小恙迅愈。父亲来电，顺便代庄约他明午见面。

地方是香港会所蓝厅。庄说话很得体，他说，"听讲"罗爵士在伦敦也有生意，如果不嫌他在图书馆"坐"久了，没有长进，他很乐意为罗爵士服务。

爹很喜欢他，立刻答应回去叫人拟张合同给他。

我松出一口气。

爹先离开回写字楼，我与他继续在会所里喝咖啡。

庄说："震中，人说：虎父无犬子……"

我笑。"现在你发觉这句话不实不尽？"

"并非这样，震中，我很佩服你的为人。"他苦笑。

我端详他。"我父亲应有你这样的儿子。"

"别瞎说。"

会所内有许多打扮时髦的太太小姐走来走去，目为之眩。

我叹口气。"有些女孩子，天天由柴湾走到筲箕湾，月薪一千五百元，这些太太身上一件洋装就八千多元。"

庄看我一眼。"你还说没有命运？"

我笑。"努力可以改变命运？"

"不可以。"庄摇头说。

"你要赌吗？"

---

[1] 方言，玉镯。

"赌什么？你自己的下半生？我不用赌，我知道这件事确是有的，你年轻，你不知道。"

一个少妇打我们身边经过，极短的鬈发，紫色眼盖，玫瑰红唇膏，披一件浅灰色青秋兰皮裘，时款之至，又走得摇曳生姿。

我心中"哗"的一声。但是，但是她比起金鱼池畔的女郎，还差了一大截一大截。

我收回了我的目光。

但我试探老庄。"怎么样？"我问。

他目不斜视，呵，曾经沧海难为水的表情。

他那个情人，也绝对是非同小可的人物吧，以至一般的绝色完全不在他的眼内。

绝色也还能分三种，顶尖的绝色，中等的绝色，与可以容忍的绝色。啊哈啊哈。

"你决定转行了？"我问。

"为你父亲做事是一项光荣。"他说，"做人有责任，我不能一辈子躲在一间图书馆内的。"

我说："老庄，你少讽刺我，我觉得做人的责任是要快乐，你天天这么沉郁，就是不负责任。"

"这种责任，也只有你能够尽到。"他叹一口气。

"我们打球去吧。"我说，"下午没事。"

他并不反对。庄是个多才多艺的风流人物，琴棋书画他无所不晓，击剑是一等好手，简直可以参赛奥林匹克，各式球艺玩得不费吹灰之力。

他最大的魅力是视这一切如与生俱来的本事，并不夸耀。

庄的学识自然是一等的，加上那种翩翩风度与英伟的外貌，照说女孩子应一旅行车两旅行车那样过来才是，有什么道理独身！

我取笑过他："你都不是处男了，还装什么蒜，我就不同，哈哈哈。"

他最喜欢侮辱我的一句话是："你娘娘腔！"

在英国，不少人误会过我们是一对。

有个女子曾经顿足道："好的男人已经够少了，一大部分早已是别人的丈夫与男友，剩下的又是爱那调调儿，难怪女王老五越来越多。"

与庄打了半小时壁球，累得一佛出世，由司机接我们返家。

大姐的电话随即追踪而至。

我跟她说："长途电话费用不便宜。"

"你们这两个只有在香烟广告内才会出现的英俊男士，生活可安好？"

"我到现在还没见过爹的太太。"

"为什么？"

"是否她摆架子？"

"她并没有架子。"大姐说，"她不是那样的人。"

"你对她倒是比较有好感，"我说，"小姐姐始终不喜欢她。"

"那是因为她没有见过那女子。"

"她是不是一个好人？"

"很难形容，非正非邪。可是历史上的女人，但凡能令男人听从她的都属狐媚子。"大姐停一停，"所以她也是邪派。"

"她是不是看上去像九流歌女？"

"不可能，你太低估父亲的趣味。"

"我越来越好奇，"我说，"偏偏她又生病，见不到她。"

"迟早你会见到她。"庄说。

"可是三四十岁的女人了——"我说。

"据说还不止三四十岁呢，有些人确是得天独厚的。"大姐说。

我笑数声。

"庄先生好吧?"大姐问。

"他?老样子,告诉你,他要在爸的伦敦公司做。"

"你呢?"来了。

"慢慢再说,喂,大姐,你讲了十分钟不止了。"

"你这个贾宝玉脾气,早晚得改呢。"她不悦地挂了电话。

晚上我觉得非常闷气,约了一大班堂兄弟姐妹出来吃火锅,七嘴八舌,热闹非凡。

有几个正在谈恋爱,也不避嫌疑,当众亲热,一下一下地亲嘴,像接吻鱼。

亲嘴这回事,真不明白何以他们乐此不疲,不过是皮肤碰皮肤,发出一阵响亮的怪声音,可是他们啜啜啜,过瘾得很,只我与老庄坐在那里面面相觑。

坐下来吃的时候,情侣们各用一只手吃东西,坐右边的用右手,坐左边的用左手,另外一只手揽住对方的腰,滑稽得不得了,像是那种暹罗连体人,真伟大,爱情的魔力实在太伟大了。

这一顿饭实在是弄巧成拙,更加显得我与老庄孤单。

当他们都回家的时候,父亲说老庄的合同已经拟好,叫我们两个人一起去一次。

"去吧。"我说。

司机接我们往石澳。

庄说:"你们这些人,在香港住久了,腿部迟早要退化。"

到了新屋子,已经晚上九点多。我第一件事是问女用人:"太太呢?"

"太太好像上楼睡了。老爷已在书房等你们。"女用人说。

啊,我有一丝失望。

我对庄说:"你去见我爹,我到处逛逛,你们谈罢正经事再叫我吧。"

庄摇摇头，一副"孺子不可教也"的表情。

我溜到图书室去，推开门，电视机开着，正在演《大力水手》。

我马上知道，这是录像带，纳闷起来：谁在这时候看这种节目？

我听到一阵低低的笑声，因为屏幕上的卜拜[1]吃下了大力菠菜，又一次战胜了大块头。

电视机对面的沙发坐着一个女郎。

也许我有第六感觉，一颗心咚咚地，几乎自嘴巴跳出来。

"哈罗[2]。"我说。

她转过了头来，看着我。

在暗暗的灯光下，她如黑宝石似的眼睛闪闪生光。

这是什么样的美女啊，这是特洛埃城[3]的海伦！

我呆呆地看着她。

她张开口说话："是你。"

她有点倦慵，长头发梳成一条肥大的辫子，垂在胸前，穿一件宽大的、很普通的睡袍，脚下是双绣花拖鞋：深紫色缎面，绣一只白色蝙蝠，指头处已穿了一个孔，却分外添增俏皮。

我也结结巴巴地说："是你。"

她微笑，眼下有颗小小的痣跳动了。

这就是我等了一生的女人。

这就是！

---

[1] Popeye，波比。

[2] Hello，你好。

[3] Troy，特洛伊城。

　　她的温柔自空气间传过来，深抵我的心神，一种原始的、丝毫没有娇情的女性味道。

　　"你现住这里？"我问。

　　她答："是。"

　　"明天还在？"我追问。

　　她又微笑，说："自然。"

　　"明天我来找你，你可别出去。"我急急说道。

　　"我又到哪儿去？"她笑。

　　我真没想到会在自己家中见到我的风信子女郎，紫色的云，白色的记忆，青色的草地，她将对我细说她的过去。

　　我觉得我身体渐渐越来越轻，终于飘起，飞到我历年梦想的草原，化为一只银色的粉蝶，扑扑地飞。

　　我差点流下眼泪，因为在时间无边无涯的荒漠里，我竟然终于遇见了她。

　　过了半晌，我的身体才慢慢落地，但听见有人敲图书室的门。

　　我只好去开门，女佣说："三少爷，老爷那边有请。"

　　我回头静静对那个女郎说道："明天你等我。"

　　她扬起一条眉，"喂，喂——"她轻轻说。

　　我赶到爹的书房，刚巧见到老庄出来。

　　我喜滋滋地说："办成了？"

　　"成了。"他说。

　　"走吧。"

　　"不跟你爹说几句吗？"

　　"没什么好说的，代沟。"

　　我拉着他走了。

　　回到老房子，我狠狠地教训老黄妈。

　　老黄妈发誓她没见过什么女客。"许是太太的朋友，我真不知道。"

可是，我怎么没想到，当然是太太的朋友。

我躺在沙发上，搁着腿，吹口哨，我吹的是《蓝色多瑙河》。

老庄瞪我一眼。"喂，屋子那么大，你站远点吹好不好？"

这真叫喧宾夺主，我明白。

我有一整套的计划，将在明日开始新生活，第一件事是要求继母正式介绍她给我认识，展开追求，如果娶到这样的妻子，为她做牛做马，回来替父亲打杂也值得。

我口哨吹到《黄河大合唱》时，庄忍无可忍地说："我搬到酒店去住。"

我笑说："稍安毋躁，我这就停止了。"

他深深叹口气。

"庄，从今天起，咱们难兄难弟都有了新的开始。"我说，"你呢，新工作新环境，至于我，我可能不回英国去了。"

庄诧异："什么？"

"你知道，英雄难过美人关，为一个女郎，我留下来。"

庄心情再不好，也被我引笑。"你是哪一家英雄？你简直就是狗熊。"

我说："我已经找到了爱情。"

"快得很呀。"

"真正的爱情，偏偏就是在那一刹那发生的，无可否认，你在这方面的知识比我丰富。"

庄靠在沙发上，深深地吸一口烟。

"我记得我第一次见她，她只有十八岁多一点……"

我不耐烦。"你对小白袜子都有兴趣？那时你几岁？"我取笑他。

"二十八岁。"他又吸一口烟，"诚然，她还是一个孩子——

孩子的智力，成熟女人的外形。我在她学校做一次客座演讲，马上被她深深吸引，她那青春的魔力，可怕如血蛊，当她接近我，我不能拒绝。"

"不能拒绝一个十八岁的女孩子？太窝囊了。"

庄不理我。"……夏天，她一直穿白色的衣服，家中有钱，供她挥霍，她的打扮无穷无尽地发挥至尽。每次出现，都像换了新姿的翠鸟，我没有见过那么美丽的女孩子，整个人沉醉下去，如在大海中遇溺……"

我静静地听着，认识他那么多日子，他从来没有坦白地对我说过这一段情。

"但我已订了婚，并答应双方家人，娶我的未婚妻，我不敢反悔。并且我想，这只是夏天的罗曼史，是幻景，一晃眼就过了，况且她是那么年轻……那么年轻……"他的声音渐渐低下去，低下去。

我们只听到纸烟燃烧的声音。

隔了一会儿他说："她是那么地爱我。"声音温柔而惨痛。

我说："那是多年前的事了。"

他不响。

"年轻的女孩，冲动激情，在所难免，未必是真正的恋爱。很多时候，她们也不晓得她们在做什么，也许只是为了一点点叛逆的表现，也许是青春期的发泄。如果我是你，我也会做出同样的选择，与多年来有了解的未婚妻成婚。"

他看着我。

"后来你们婚姻失败，也不一定是她的缘故。"我替他分析，"你是一个完美主义者，故此设法找寻借口来开脱这次婚姻失败，是不是？"

他微笑。"你不认识她，没见过她，自然不明白。"

"至少你也做了十年好丈夫，不容易了。"

"我们的生活一直是三个人在一起过的。"

我说："越说越过分了，简直是《蝴蝶梦》中的雷碧嘉[1]。"

"一点也不可笑，"他抬起头，"我开始注意所有穿白衣服的女孩子，每到夏天，坐立不安……"

我说："你要不要听听我的罗曼史？"

"你爱说尽管说。"他懒洋洋的。

我说："你仿佛不大感兴趣。"

他笑。"震中，你这个小儿科……"

"好，我改天娶个电影皇后。"我说笑。

"你说过她长得很美。"庄很温和。

我猛点头。"美得像个梦。"

"也唯有这样才配得起你。"他点点头。

"真的？"我涨红了脸，"老庄，快快祝福我。"

"你何需祝福？震中，你根本含着银匙出生，在玫瑰花床上长大，谁嫁你，简直三生修到。难得有个不好色的公子哥儿，又有生活情趣，学问也好，而且长得雍容潇洒。"

"哗，十全十美。"我心花怒放地说。

"马到成功，我看不出你有什么失败的机会。"

"多谢多谢。"我说道。

"几时介绍给我认识？"

我狡猾地笑。"第一，我还没正式认识她；第二，我可不会替自己找麻烦，你很容易成为我的劲敌。"

老庄气结。"小人，小人。"

"你与罗氏企业的合同什么时候生效？"我改变话题。

---

[1] Rebecca，丽贝卡。

"春天，我这就回去辞职。"他说。

"太好了，顺便把我在牛津的杂物全寄回来，麻烦你。"

庄摇头。"真不敢相信，一忽儿永生永世不回家，一忽儿放弃一切……"

我胡扯："归去来兮，田园将芜。"

"震中。"

"是。"

"我托你一件事。"

"但说无妨。"

"我去后，如果报馆那边有信……你替我取了来，拆阅，用电报打给我。"

"那是你的私人信件。"我收敛了笑脸。

"不要紧，咱哥儿俩，还有什么话不能讲的？"

"她会回心转意？"

"我不知道，对她来说，这件事未免难度太高。"

"背夫别恋到底不是正经女人应当做的事，也许她有了孩子……"

"她不是普通的女人。"庄说。

他说我父亲已替他办妥飞机票，他很快就可以启程。

那天我睡得很好。

第二天一早，我穿戴整齐了，临出门之前，看看老庄，他睡得很酣，被子拥得紧紧的。这么漂亮的男人，只要出一声，大把女人陪他睡——慢着，我的思想越来越恶俗了。

我驾车往父亲的新屋去，车停下来，我并没有开车门，我是跳过去的，在草地上着陆。

我跨过花圃，经过金鱼池，那女郎不在。难道她还没有起床？我吹起口哨。

忽然，通向书房的长窗内传出一阵音乐声，我侧耳细听，是梵哑铃，圣桑[1]的《吉卜赛狂想曲》，奏得并不很纯熟，听得出是业余者，但是感情丰富洋溢，实是高手。

我咳嗽一声，敲敲长窗。

乐声降低，原来是一卷录音带。

里面有人说："进来啊。"

我一听便知是她。

我推开长窗进去。

她坐在父亲的书房里，明艳照人，一早就起来了，而且梳洗停当，头发梳在脑后，仍编成一条肥辫，白色毛衣，白色裙子，一双黑漆平跟鞋，衬出纤巧的足踝，翡翠的耳环与胸针，笑脸盈盈。

每次见她，她都打扮得十全十美，无懈可击，简单华美，她到底是谁？

她开口了："你是震中吧？"

"是，"我诧异，且惊喜，"你知道了？"

"哎呀，谁不晓得三少爷呢。"她取笑。

我脸涨红，没想到她口齿这般伶俐。

我呆呆地看着她，她的脸容在朝阳下简直发出光辉来。

只听得她又说："后来那对水泡眼就死了，买都买不回来。"

我结结巴巴，但非常愉快地说："一定赔给你。"

"你仿佛没有什么歉意。"她笑。

我坐了下来，讪讪地问："你喜欢听小提琴？"

"是朋友弹的。"她说。

"弹得很好。"

---

[1] Charles Camille Saint-Saens，法国演奏家、作曲家。

"是。"她低一低头。

"几时开演奏会？"

"他已去世了。"

"啊！"我说，"对不起。"我欠欠身。

她脸上闪过一阵阴霾，随即又恢复自然。

她说："震中，你爹等你呢。"

"他怎么知道我要来？"我又诧异。

"我告诉他的，"她站起来，"本来我们早就该见面了，可是因身体的关系……"

"震中——"父亲笑着进来。

我的心狂跳，不祥的预兆。

"震中，你见过你的继母了？"父亲说。

我的心跳仿佛在那一刹那停止。

耳边只余下嗡嗡的声音。

我看到父亲张着嘴在说话，满面笑容……

但是我完全听不到他说些什么。

阳光好像转为绿色，我眼前金星点点。

父亲拍着我肩膀。"……"

我听不见。

一个字也听不见。

我死了，我已经死亡了。

我转脸，看着我梦幻女郎美丽的脸。

毒药，命运的毒药降临在我身上。血蛊，我明白了，老庄，我明白了。

我跌坐在丝绒沙发里。

父亲探身过来。"……"他的表情很是关怀。

我闭上眼睛，纷乱悲愤绝望，这一刹那我巴不得可以死去。

"震中，震中，你怎么了？"

继母。我怎么会这么笨。

继母，我早该想到。这里还有什么女客？可不就是我继母。

啊，上天，你让我过了二十多年舒服日子，何苦忽然把宠爱从我身上夺去，为什么要把如此的惩罚降临我身上？我睁开眼睛。

"震中，你可是不舒服？"父亲问，"脸色忽然转白，叫医生来瞧瞧好不好？"

我呆呆看着爹，说不出话来。

我继母过来说："医生马上来，震中，你可是病了？"她声音充满关怀。

我低下头。

我听见我自己的声音，疲倦但平静。

啊，这是我的声音吗？怎么如此陌生呢？"不用了，我想是太早起，且又空肚子的原因。"

继母马上说："难怪，我马上替你去热杯牛奶。"她匆匆地出去。

爹关切地说："震中，你并不太会照顾自己呢。"

我苍白地笑，不知道笑些什么。啊，命运，我一直不相信的命运来惩戒我了，它将它神秘的大能展露在我眼前。

父亲喜气洋洋地问："她是否很美？"父亲像一个孩子，得到他最喜欢祈求的礼物般。

"是。"我说。

"而且她是那么纯良，"父亲说，"简直像一个不懂事的孩子。"

我的神志渐渐恢复。"是。"我说。

"我不是不知道你们不大赞成我这次的婚姻。"爹搓着双手，"可是……我简直像复活了。"

我虚弱地问："我该怎么称呼她？"

"叫她名字好了。"爹说。

"她叫什么？"

"她叫玫瑰。"

我点点头。"爹，我想回去了。"

"震中，喝了牛奶再说。"她回来了。

"不，"我摇摇头，"我走了。"

"你走到哪里去？"

我站起来，脚步浮浮。

爹说："他一向有点孤僻，随他去。"

她笑，"都说三少爷最最调皮捣蛋，爱说笑捉弄人，我还恐怕他会把我整得啼笑皆非，结果却是个文弱书生。"她笑脸若一朵芙蓉花般。

我的心犹如被一只无形的手紧紧抓住了不停绞痛，我再说声"我走了"，就原路走出花圃。

"震中！"她在身后叫我。

我大步踏开去，又没看到荷花池，整个人再次掉进水池中。

她娇呼一声，继而大笑。

忽然之间我忍不住悲愤，也仰天大笑，笑得眼泪都流了出来。

爹在一边说："荒唐，荒唐。"笑着伸手来扶我。

我自池中湿淋淋爬起，也不打算换衣服，就坐进跑车，不再顾他们在身后叫我，就开车走了。

一路上我把车子开至最高速度，赶回老屋。

黄妈来开门，看到我那模样，大吃一惊，我整个人簌簌地抖，却不是因为冷。

庄国栋正在吃早餐看报纸，见到我这个样子，连忙说："你怎么了? 你怎么脸如金纸?"他走过来。

我如遇溺的人见到救星,抓住他双臂,颤抖着嘴唇,却又说不出话来。

"快换衣服,有什么慢慢说,快换衣服。"他说。

黄妈赶快把干浴袍放在我手中。

我脱下湿衣服,披上浴袍,老庄将一杯白兰地交在我手中,我正需要酒,呵,酒,一口而尽,辣得喉咙呛咳。

"你怎么了?"老庄再一次问。

我哽咽地说:"她,她……"

"什么事啊?"他又问。

"怎么会这样?"我颤声问,"她竟是我的继母,庄,她是我的继母。"

"上帝。"老庄说,"上帝。"他的脸色也转为灰白。

"庄,我等了她一生,她竟是我继母。"我欲淌出血来。

"啊,震中,可怜的震中。"

我躺下,瞪着双眼看着天花板。

"震中,忘掉整件事,你唯一可做的,便是即刻忘记整件事。"

我大声号叫:"忘记,忘记,你叫我怎么忘记? 你为什么不忘记十五年前的情人? 朱丽叶何不忘记罗密欧? 但丁何不忘记庇亚翠西?"我疯了似的。"你们滚开滚开滚开! 我不需要你们,走开!"

他并不走开,他坐在我面前。

老黄妈闻声过来看,我一只水杯朝她掷过去,她被庄拉在一旁,才避过灾难。

庄大声喝道:"你文疯还是武疯? 你个人不幸的遭遇与别人有什么关系? 你想嫁祸于谁? 你还算是受过教育的人?"

黄妈躲了出去。

我用双手紧紧抱住了头。"让我死吧,让我死吧。"

"真是公子哥儿，"庄冷笑，"死得那么容易，你不是不信命运吗，现在你可以拿出力量来斗争了。"

我看着庄，眼泪忽然汩汩而下。

"我明白了，"我说，"庄，为什么你会说没了这个人，以后的日子活着也是白活；为什么你接了一封信，整个人会发抖；为什么你朝思暮想，了无生趣；为什么一个大男人，竟会淌眼抹泪。我现在完全明白了，庄。"

老庄不出声。

隔了很久很久。"震中，你随我返伦敦，忘记整件事。"

我痛哭。

又隔了很久，他问："她是否长得很美，震中？"

我简直不懂得回答，美丽，她何止美丽！我狂叫起来。

黄妈再一次探头进来。"庄少爷，我去请个医生。"

庄说："不妨，黄妈，这里有我。"

他待我痛叫完毕，还是那么冷冷地看着我。

"你比我勇敢，你至少敢叫出来。"他说。

我告诉他："我不会跟你到伦敦去。"

"你留在这里干吗？"他反问，"跟你老子抢一个女人？"

听了庄的话，我忍不住大声哭泣。

庄厌恶地说："你这种少爷兵，平日理论多多，一副刀枪不入的模样，一到紧要关头，没有一点点用，马上投降，痛哭流涕，看了叫人痛心。"

我掩脸饮泣。

"我知道你难过，震中，你总得想法子控制你自己，我们像兄弟般的感情，我总是帮你的。来，振作起来，我们回伦敦去。"

我呜咽说："我们不该回来。"

他黯然说："你说得对，我们不该回来，这个地方不适合我们，走吧。"

我与庄就如此收拾行李离开。

父亲对于我这种行为非常生气，因我临别连电话都不肯与他打。

上飞机的时候，是庄挟着我上去的，我整个人像僵尸般。

父亲皱着眉头，叫庄多多照顾我。

我为了不使他太难过，编了一个故事来满足他。

我吞吞吐吐地说："爹爹，是为了一个女孩子的缘故，她催我回伦敦……她寂寞。"

父亲略有喜意，仍板着脸。"是吗？"他问，"为何不早说，带她一起回来？是中国人还是洋妞？"

"中国人，家里颇过得去，因此有点小姐脾气，不敢带回来。"

爹爹放心了。"她折磨你，是不是？"他呵呵地笑，"女人都是这个样子，一会儿天使，一会儿魔鬼，否则生活多乏味。下次带她回来，说爹爹要见她。"

"是。"

我与庄终于上了飞机去。

庄说："你爹爹多爱你。"

爹爹们都一个样子，总希望儿子成材，给他带来重子重孙。

我闭上眼睛说："他现是最爱他的新太太。"

"那也是很应该的事。"

我开始喝酒。我从没有在飞机上喝过酒，但这次我索性大喝起来。

庄并没阻止我。

飞机是过很久才到的，我喝得七荤八素，呕吐了许多次，差点连五脏都呕了出来。

"嗬，嗬，"我痛苦地掩着胸，"我就要死了。"

庄冷冷地说："放心，你死不了。"

"老庄，人家喝醉酒，不过是略打几个嗝，然后就做滚地葫芦，为什么我这么辛苦？"

"因为天将降大任于斯人也，必先劳其筋骨……"他像一块冰。

"唉。"我靠在他身上。

肉体的辛苦使我暂时忘记了心灵的痛苦。

"天旋地转，"我呻吟，"我像堕入无底深渊，救救我，救救我吧。"

庄半拖半抱地将我搬下飞机，幸亏我们记得通知姐姐们。

大姐冲过来。"怎么了，震中……庄先生，震中怎么了？"

大姐的声音中充满关怀，我听了悲从中来。"大姐。"

庄喝止我："你少动，你扑过去，她可扶不住你。"

大姐问："是喝醉了吧？"

"是，开头调戏全飞机的空中小姐，随即呕吐，令全机的侍应生服侍他，他这张机票花得值得。"

在我眼中，大姐既温柔又爱我，她的脸渐渐变幻成母亲的脸——"妈妈，妈妈！"我号叫着。

他们把我塞进车厢里。大姐怜惜地问："怎么叫起妈妈来了？"

"紧要关头，谁都会想起妈妈，战场上的伤兵，血肉模糊地躺着，都忽然念起妈妈的好处来了。"庄说。

"庄先生！"大姐吃惊地掩住嘴。

"往哪里去？"庄问道。

"往舍下先住几天，然后找间公寓安顿你与震中，牛津那边……"

我转呀转呀，身子轻飘飘地坠进一个无底洞里，完全无助，嘴里发出咿咿呀呀的声音，辛苦地哽咽，但终于失去了知觉。

我并没有醉死。

或是心碎而死。

我只是睡着了。

真可惜。

醒来的时候，在小姐姐家客房里。

客房一切做粉红色，非常娇嗲，像小女孩子闺房，我一睁开眼睛，便看见天花板上那盏小巧的水晶灯，暗暗地泛着七彩光华。

我想起了妈妈，也想起了玫瑰，我内心痛苦，头痛欲裂，双重煎熬之下，简直死无葬身之地。

我大声叫人。

小姐姐进来。"醒了吗？吓死人，替你准备好参汤了。"

"拿来，"我说，"参汤也将就了。"

"你想喝什么？"小姐姐瞪眼问。

我说："三分人心醒酒汤。"

"罗震中，你干吗不醉死了算了呢？"

我叹口气。"你咒我，你咒我。"其实我何尝不想，只是这件事，说易不易，说难不难。

我问："老庄呢？"

"人家到伦敦分公司报到去了，像你？"小姐姐说。

"他倒是决定洗心革面，"我茫然说，"新年新做人。"

"你几时也学学他呢？"

"我？我何必学他，他发一下奋，他儿子好享福，我不发奋，我儿子也好享福。"我喝了参汤。

"新年了，也不见你狗口里长出象牙来。"小姐姐接过空碗。

我待了一会儿，问她："小姐姐，你恋爱过吗？"

"当然恋爱过，不然怎么结的婚？"

"不不，不一定，"我说，"小姐姐，恋爱与结婚是两回事。"

"震中，你在说什么啊？"小姐姐埋怨。

我抬头，不响。

"起床洗把脸刮胡须，来。"

我转个身。干吗我还要起床？这世界对我来说还有什么意义？太阳不再眷顾我，照在我身上，我起床也是枉然。

"震中，你怎么了？"小姐姐起了疑心。

倘不是为了爹爹，为了姐姐们……

"震中。"

"我这就起来了。"

"震中，你住在我这里，好好调养身子。"

"知道。"

"你怎么告诉爹爹，说在英国有女朋友？"

"在英国找个女朋友，也不见得很难。"我淡淡说。

"到时爹爹叫你带回去见他呢？"小姐姐说道。

"大把女人愿意陪我回去见罗德庆爵士。"我还是那种口气。

"嗬！你倒是很有办法，不再挑剔了吗？"

我忽然微笑起来。"不，不再挑剔了。"

"你倒是快，回一次香港，思想就搞通了。"

"是。"我简单地说。

事后庄国栋轰轰烈烈地做起事来。而我，我发觉自己渐渐向浪子这条路走去。

有一夜醉后，我做了一个梦，梦见添张来探访我。

我明知他是个死人，却不怎么害怕，我只是问他："你怎么来了？"

"来看你。"他面色铁青铁青的，就像活着的时候一样，他身体一直不那么好。

"你有什么要说的？"

"我知道你内心痛苦。"

"是，"我说，"我非常痛苦。"

"你这样喝酒不是办法。"他说，"我教你一个办法，来，跟我来。"

"你要我学你？"我心境非常平静。

"来。"

他悠悠然飘开，而我，我脚步呆滞。我忽然有点羡慕他。

"你呢？"我问，"你不再痛苦了？"

他微笑。"不，不再痛苦了。"

我们行至一座大厦的顶楼，高矗云霄，飘飘欲仙，我觉得冷。

"跳下去。"添张说。

我生气。"客气点，你在找替身，我知道，骗得我高兴起来，说不定就跳下去。"

"我是为你好，"他冷冷地说，"免除你的痛苦。"

我想到黄玫瑰，心如刀割，落下泪来，握住他的手，答曰："我跟随你，我跳。"

一身冷汗，我自梦中惊醒，我惨叫。

我竟见到了添张！

添，添，你竟找到了我，我浩叹一声，日有所思，夜有所梦，我并不迷信，但是难道我心中已萌生了死念，认为大解脱，才是最佳办法？

我可怜自己，大好青年，一旦为情所困，竟然萌生了短见之念。

从那时，我开始野游。

在伦敦，男女关系一旦放肆起来，夜夜笙歌，也是平常事，但我从不把女人往家中带。

姐姐们见我老不回家睡觉，开始非议，我与老庄商量，要搬到他家去。

他自然是欢迎的，咱们还有什么话说。

庄说："天天换一个女人，也不能解决你的寂寞。"

"你怎么知道？"我抬起头。

"我都经历过，我是过来人，我不知道你的苦楚，谁知道？"

"可是我要证明自己。"我说。

"把头埋在外国女人之骚气中，你证明了自己？"

我不答。

"把胡髭刮一刮，找份工作，好好结识个女朋友。"

我不响。

"要不回家流血革命，与你老爹拼个你死我活。"

"跟罗德庆爵士争？"我问，"他现在要名有名，要利有利，要人有人，我拿什么跟他比？"

"女人跟我走，也不外是因为我是罗某的儿子，我还借他的荫头呢，我去与他争？鸡卵碰石卵。"我说。

"那么识时务者为俊杰，忘记那女人。"庄说。

"你若见过她，你就会知道，天下没那么容易的事。"

"这种'懿'派女郎一生难逢一次，你认命算了。"

我没精打采。"什么叫'懿'派？"我问。

"慈禧太后叫懿贵妃，懿字拆开是'一次心'，见一次，心就交与她了。"

"啊。"我真遇上了知己。

"那个女郎叫什么名字？"老庄问。

"叫什么名字有什么分别？一朵玫瑰，无论你叫她什么，她仍是一朵玫瑰。"

"是是，"庄说，"一朵玫瑰……"他沉吟着。

我们这两个千古伤心人，早该住在一堆。

"你现在跟什么人相处?"庄问,"你两个姐姐很担心。"

"跟金发的莉莉安娜贝蒂妮妮南施。"

"她们是干什么的呢?"

"不知道,"我自暴自弃,"大概是学生吧。"

"她们可知道你的事?"

"我为什么要跟她们说那么多?"我搁起双腿。

"你是存心堕落,我看得出。"庄说,"这辈子不打算结婚了?"

我仰起头,干笑数声。"你还不是一样?"

"我倒已认识了一个女孩子。"

我大大惊异,这个意外使我暂时忘记了心中的痛苦。

"你,庄国栋?你找到女朋友?"我说。

"是。"

"你一定要让我见见她。"

庄笑。"我已在安排。"

"你不是胡乱找一个就交差吧?庄,告诉我,她长得好不好?"

庄苦笑。

"比起你以前那一位呢?"我问。

"完全不同。我以前那一位——她是独一无二的,而这一位……她则是同类型中最出色的,你明白吗?"

我点点头。

"这一位跟一般女子一样,也爱打扮,爱享受,不过表现得含蓄点。她也喜欢在事业上大施拳脚,占一席位置,出风头,轧热闹,精明中又脱不了女人的傻气,她的聪明伶俐是很浮面的。一方面做有气质状,另一方面又斤斤计较对方的家底身世……但我们到底是活在现实的世界中,她仍不失是一个可爱的女郎。"

我又点点头。

"可是我以前的情人，她是不同的，她心中完全没有权势、名利、物质得失，她全心全意地爱我，她心中只有我。"他声音渐渐低下去。

我明白。我说："或许那是她当时十分年轻的缘故，你知道：棒棒糖、牛仔裤。"

"不，我知道她这脾气是不会变的，她爱我，她爱我。"

"是是，她爱你，她爱你。"我无法与他争，"你比我幸运，至少她爱过你。"

庄苦笑，点起一支香烟。

"至少你现在有了新人，"我说，"小王子说的：'时间治愈一切伤痕。'"

"可是自她别后，时间过得太慢太慢。"庄说。

"总在过。我们说说你的女友。"我说。

"啊，是，"庄的表情又温柔起来，"她很好，啰唆，但脾气很臭，很倔强。她非常爱我，愿嫁我为妻，逼我戒烟，劝我上进。"

"我明白——一般女子中最出色的。"

"是。劝我戒烟，笑死我，脱不了那个框框。"

"我知道，"我接上去，"换了是以前那位，你就算抽鸦片，她爱你也就是爱你。"

"对了。"庄拍案叫绝，"震中，你是我的知己。"

我默然，像黄玫瑰，她嫁我父亲，可不是为他是亿万富翁，他有爵士头衔，她是个完全不计较的女人，只是爱他，所以当日就嫁他了。而父亲，父亲值得女人仰慕倾心的素质实在太多，无论人们怎么想，他们是真心相爱的。

这样的女人太少了，幸运的父亲找到了她。

老庄深深抽烟。

现在的女人，一有机会便蠢蠢欲动，与男人争地位，事事要平等。男人是不准娶妾侍了，可是你让她拿出一半的家用来减轻男人的负担，她又不肯。你不给她做事呢，她又没安全感，处处要表示她有生产能力，生产价值。家里面婢仆如云是一件事，她拼死命要坐写字楼做妇女界先锋，不搞得丈夫要汤没汤、要水没水不显得她重要。

现在的女人！

逼得男人陪她们鬼混，不兴结婚之念。

只有一个女人是不同的，她叫玫瑰。起初令我们震惊的是她的美貌，随即令人念念难忘的却是这种失传的美德。

"我请吃饭，我们到夏惠[1]去。"我说，"我们开香槟庆祝，我穿礼服。"

"谢谢你，震中。"

"老庄，我这辈子，注定再没机会震撼中华了。"我拉住他的手臂说。

"你是个懦怯鬼。"

"那总比做跳楼鬼好。"我悲哀地说。

"说得也是。"

那一日，我履行诺言，把最好的小礼服取出来，约好了庄与他那一半，订了位子，据案大嚼。

庄的女朋友是位非常时髦的小姐，穿着漂亮，有学识，中英文都不错，又会一两句法文，运用得非常滑溜，什么"《红楼梦》是一本 Roman a clef[2]——曹雪芹的 Piece de resistance[3]"，

---

[1] The Savoy Hotel，伦敦著名的酒店。

[2] 影射小说，使真人真事以伪装出现的小说。

[3] 代表作。

而"香港不适久居,年期满了不知如何,只好当它是 pied-a-terre[1]"之类。

多么闷的一个女人。

俗死人,丝毫没有灵魂,活着就是为摆一个时髦的款。她太清楚她自己的优点在什么地方,拼命炫耀,以致失去一切优点。

我抱着相当愉快的心情出来,但一边吃龙虾汤一边深深地寂寞与悲哀。

这种女人在香港是很多的,赚个一万八千就以女强人自居,呵呵呵,她们何尝不担心嫁不出去会变成老姑婆,强人!

这顿饭的下半局我便静寂了。

市面上若只剩下这一类女人,那我还不如返璞归真,到唐人街去挑选,至少她会为我生四五个儿子,不会唠叨身材变样子。

我伤透了心。

老庄点起了香烟。

那女子白他一眼,自以为很幽默地说:"你这个坏孩子,整天吸烟,像支烟囱。"

我忍不住闲闲地说:"男人吸烟也算不得坏习惯,你们女人总是非得男人为你们做圣人不可,他若是个十全十美的人,也不会独身至今了。"

"你认识庄那么久,总知道他的过去。"她非常有兴趣,"他到底结过婚没有?四十岁的人了。"

"他是老处男。"我说。

她:"别开玩笑。"

我:"谁开玩笑。"

她:"我不相信。"

---

[1] 落脚处。

我："过去之事何必计较，你嫁也只能嫁他的现在与充其量他的将来，过去与你没有相关，并且这年头生活检点的王老五多得很，我也是个不二色的男人，心中只有一个女人。"

她："你，心中只有一个女人？"（不可置信地。）

我："如果我心中有第二个女人，叫我一会儿出去，立刻被车撞死。"（悲惨地。）

她不响了。

饭后侍者取来白兰地，我学着洋酒广告中的语气说："整瓶搁下。"然后咕咕地笑，啊，只有微醺的时候最开心。

老庄似乎比我醉得更快，他乐呵呵的，分外凄凉。"喂，震中，你没听过我唱歌吧，我唱你听。"他的兴致高得很。

"是洛史超域吗？我只听洛史超域的歌，哈哈哈。"

"不不，你听，这是一首时代曲。"他张大嘴唱，"有缘相聚，又何必长相欺，到无缘时分离，又何必长相忆，我心里，只有一个你，你心中没有我，又何必在一起。"

啊，听得我呆住了。

老庄的声音居然十分温柔、缠绵。

唱完了他伏在桌子上。

他女友皱上眉头。"怎么会醉成这样？"

我下了断语："酒入愁肠，化作相思泪。"

他女友说："我们回去吧。"

我伸手入口袋掏钞票，掏半日，摸出一沓二十磅钞票，交予她。"你付，你付，我与他先走。"

"你们俩不如回家睡觉吧，我开车送你们。"她忽然变得很大方，并没有生气。

是，老庄说得对，她有她可爱的地方，我忽然感激起她来。

我们三人苦苦挣扎，到了家里，老庄已不省人事，我则勉强大着舌头说话。

我跟她说："你睡我房间，我到客厅沙发去睡，你也别回去了，天都快亮了。"

我拖了电毯往地上一躺，进入黑甜乡。

第二天醒来的时候，闻到咖啡香。

我刚在想，有个女人在家真不错，睁开眼睛，看到的却是庄国栋。

"老庄，"我揉着眼睛，"你女友呢？"

"上班去了，你还想她做咖啡给你喝？"他笑。

我自地上爬起来。"你要与她结婚吗？"

他叹口气。"或者再过一阵子。"

我坐到早餐桌子上去，巴不得用咖啡洗脸冲身。

"可是你不爱她。"我说。

"这有什么稀奇，"庄朝我瞪着眼，"你跑出去街上站着，叫爱妻之人举手，你会看到一只手才怪。"他停一停。"感情是可以培养的。"

我看着天花板。

"看开一点。"他说道。

他自己也并没有看开过。

庄去上班后没多久，小姐姐驾车来看我。贵妇，戴大钻戒，披银狐，浓妆。

我探头过去看她的脸，问她："脸上这些粉是永久性的吗？会不会剥落？"

她以仍然黑白分明的眼睛斜睨我一眼。"罗震中，大姐说你近日来生活非常荒唐。"

"是。"我直认不讳，"又不上班，天天吃喝嫖赌。"

"你这样下去怎么办？"小姐姐问。

"不怎么办？"我说道。

"不打算改正？"

"改什么？"

"震中！"

我低下头。我为什么还要找工作？我不再稀罕，我心目中只有一件事，一个人。

"小姐姐，我觉得累，我希望休息一下。"

"你姐夫们从来不需要休息。"

"他们是老婆奴，我是人。"

"震中，你虽然神情萎靡，但仍不失幽默感。"她叹口气，"放假是你的事，但不要过分。"

"你怕我混了梅毒回来？"

"狗口不出象牙！"她骂，"什么话都说得出口。"

隔了一会儿我问："爹爹那边有消息吗？"

"有，他说你的朋友庄国栋确是个人才。"

"还有呢。"我渴望知道玫瑰的近况。

"他对你失望。"

"还有呢？"

"他自己生活很愉快。"

"还有呢？"

"没有了，你还想知道什么？"

我迟疑一下。"你始终没见着他新太太？"

"我很快可以见到了。"

"什么？"

"爹爹要带她过来，两个人往欧洲度假呢，由爹爹驾车，逐个国家旅行。你看爹爹是不是宝刀未老？猜也猜不到他竟会这么懂得享受的。"

"她要来？"我的心又强力地跳动起来，失去控制。避都避不开，我避不开她。

"他们要来？"小姐姐更正我。

我又去斟酒喝，我快要酒精中毒了。

"震中。"

"什么？"

"你见过黄玫瑰，她是否真的很迷人？"

我点点头。

"三十多四十岁的女人，还怎么迷人？"小姐姐问。

"因为她从来不问这种愚蠢的问题。"我说，"她也从来不妒忌的。"

"去你的。"小姐姐说，"又借古讽今。说真的，她到底怎样漂亮？"

"她不漂亮，不不，一个女人漂亮，是代表大方、有学问、有见地、拿得起放得下、够潇洒，她只是一个美丽的女人。"

"我不明白。"

"你见了她便会知道。"

"大姐也这么说。"小姐姐说，"她比起我们怎么样？"

"我不敢说。"

"死相！"小姐姐娇嗔。

我心情再不好，也忍不住笑出来。每个女人都要做美女，颠倒全世界的男人，天天对牢魔镜问："谁是天下最好看的女人？谁？"

啊！女人。

只有黄玫瑰除外，她可不觉得自己美，她甚至不知道自己是一朵玫瑰。

现在她要来了，我躲不过了……我有想过要躲吗？也没有，我渴望见到她，现在我得到借口，名正言顺地可以再睹她的风采。

要避开一个人总不是办法，最佳的解脱是可以做到心中没有此人。

我做得到吗？

小姐姐说："你过了年，瘦了不少。"

"辛酉年与我时辰八字相克。"

"你又来了。"

"小姐姐，你别理我，她几时来？"

"他们月中到。"

"住哪儿？"

"萨克辙斯郡[1] 的房子，"小姐姐向往地说，"温默斯·哈代[2] 小说中女主角的家乡……黛丝[3] 姑娘的悲剧……"

我没有接上去。

她要来了。

我怎么样面对她？（以沉默的眼泪。）

我穿什么衣服？说什么话？如何控制我自己呢？

难题，都是难题。

小姐姐去了。

我的心一直跳得像要从喉头跃出来。

我希望老庄快下班，我要把这件紧张的事跟他说。

看看钟，才三点，该死的钟竟像停止了似的。我踱来踱去，度日如年，终于忍不住，开车出去找庄国栋。

他在公司里忙得不可开交，女秘书与女助手以爱慕敬仰的语气

---

[1] Wessex，威塞斯郡。

[2] Thomas Hardy，托马斯·哈代，英国作家，诗人，小说家。

[3] Tess，苔丝，哈代小说《德伯家的苔丝》的女主人公。

看着他说:"是,先生,是,是。"老庄的工作美发挥到无极境界。

我吞吞吐吐地对他说明来意。

他坐下抽烟,笑说:"到巴黎去避一避。"

"我不想去。"我说道。

"既然想见她,那么顺其自然。"庄说。

"好,可是我害怕。"我说。

"真是矛盾,你这个懦弱的人!"

我反问:"如果你知道你要见到那个她,你会怎么样?"我急急问:"你会比我好过?"

他不敢出声了,脸色变了变。

我抓到了他的痛脚。"是不是?嘴巴不再那么硬了?"

"好的,"他说,"让我来招呼老板娘,你躲在我身后好了。"

"你当心被她迷住了。"

"要迷住我,还真不是那么容易的事呢。"

他倨傲地说。

我开始清醒,酒也不喝了,又重新打扮得整整齐齐,我在等她大驾光临,纵然她已是我父亲的妻子,若能够偷偷多看她一眼,也是好的。

她与爹来的那一日,两个姐姐与我去接飞机。我激动得脸色煞白。

爹的精神很好,容光焕发,老远就叫住了我们。

而玫瑰则有点倦意,她的头发很长了,云一般地披在双肩上,穿件浅色毛衣,同色系长裤,不知怎地这么朴素打扮,益发浓艳惊人,额上泛油光,唇膏脱落一半没补上,也只表示她是一个感性的女人,活生生的娇憨使我心跳。

我认了命了,如果能以余生这样侍奉她身旁,不出一声,也是值得的,我自有我痛苦的快乐。

大姐因见过玫瑰，立刻迎上去，小姐姐则发着呆，向她瞪视。

玫瑰掠着头发与我们一一打招呼。

小姐姐轻不可闻地在我耳畔说："美女，美女。"

见到她便相信了。

玫瑰一向懦懦怯怯，并无架子，好脾气地微笑着，硬是要我与爹站一块儿。

她取出手帕印一印额角的汗光，不好意思地说："坐了二十多个小时飞机，原形毕露，难看死了。"她笑。

大姐顿时就说："你是永远不会难看的。"

爹也笑。"别宠坏她。"

玫瑰只是笑。

我们上了车，往小姐姐处驶去。

玫瑰并没有说话，爹讲什么，她只是留神听着。小姐姐把玫瑰这个人从头看到脚，又从脚看上头，面孔的表情代替了"无懈可击"四个字。

我们一家团聚，济济一堂，斯人我独自憔悴，在一旁看着玫瑰的一颦一笑，心碎成一片一片。

爹问我："庄呢？在办公？"

我答："那还用问？他不比我，他是个顶天立地的汉子。"我自嘲说。

玫瑰转过头来。"准时上班就算顶天立地了？那倒也容易，震中，你不必妄自菲薄。"她微笑。

"是。"我脸红。

"叫他来吃饭。"爹说。

"好。"我说。

庄说他会怀着最好奇的心情来见我们。

　　在喝下午茶的时候，老庄来了。我听到车子引擎声出去迎他，见到他不由得喝一声彩：沉郁的面孔，早白的鬓角，整齐的服饰，温文的态度，他如果不认是英俊小生，我头一个不依。

　　他见到我微笑。"她来了？"

　　"来了。"我低着头说。

　　庄拍拍我的肩膀。"别怕，有我在。"

　　"跟我来。"

　　我带他进屋子。

　　爹一见老庄，马上迎出来跟他握手。

　　玫瑰正与小姐姐说话，听到有客人来便回过头，庄的手尚在爹手中，他远远看见玫瑰，便呆住了，脸变了一种奇怪的青色，丝毫不觉自己失仪。

　　玫瑰看见一个陌生人这样瞪着她，她也怔住了。

　　我连忙上去解围："老庄，你想加薪水，就直说好了，何必抓着我老爹的手吞吞吐吐？"

　　庄那种镇定的姿态完全消失，他退后三步，脸色灰白，跟我说："震中，请跟我到书房来。"

　　我几乎要扶着他走这短短的几步路。

　　关上书房门，他呆了相当久的一段时候。我以为他不舒服，连忙替他斟酒，叫他躺在沙发上。

　　"有什么事？"

　　"没什么事。"他像是恢复过来了，"我突然提不上气来。"

　　"休息一会儿再吃饭。"

　　"不，震中，我想回去。"

　　"真的那么坏吗？"

　　"找个医生看看。"

　　"要不要我送你一程？"

"不用，向你父亲道歉，我自这里长窗出去便可以。"

"迟些我回来再见。"我说。

他点点头，去打开长窗。

"老庄。"我叫住他。

"什么事？"

"她是否值得我为她发狂？"

庄国栋看向我，眼神中充满怜惜、同情、痛苦、惆怅、心酸……

庄说："震中，可怜的震中，可怜的我。"他打开长窗去了。

小姐姐进来。"震中，国栋呢？"

"他不舒服，去看医生。"我说。

"你呢？"她说，"我觉得你们两人都有点怪。"

伤心人别有拥抱。

小姐姐坐下来。"美人这回事……如今我相信了。"她怔怔地说。

那顿饭我吃得味同嚼蜡。

想爱她，不能爱她，避开她，又想见她，见到她，还不如不见她，我又想逃离她。

父亲认为我精神恍惚，非常诧异，我再也没有话说，便告退了。

玫瑰吃得很少，她说是累。

回到庄的公寓，我打开门进去，看到他女友脸色铁青地走出来。

她并不睬我，一别头就走掉。庄在看电视。

"怎么了？"我问。

庄的眼睛仍然留在七彩卡通上，正轰轰烈烈地在演《大力水手》。

"庄，"我说，"怎么了？"

庄说："我告诉她，我从来没爱过她。我爱的，一直是另外一个人。"

"你不是改头换面，要做个新人吗？"

"我错了，她仍然控制我的灵魂。"庄简单地说。

说完他就全神贯注地看《大力水手》，不再出声。他紧闭着嘴唇，脸色非常坏，但一双眼睛却闪亮得像一头野兽，我觉得奇怪，但自顾不暇，顾不得那么多。

我说："我还是去巴黎，听你的劝告。"

他不再回答我。

我收拾衣物，提起只轻便的箱子，摸摸袋中，余款无多，因此在老庄抽屉中，取了沓钞票。

我临出门跟他说："我借了你三百磅，现在就搭夜船去巴黎，我看我俩难兄难弟，分头腐烂比较好些。"

我也不知道他有没有听见我说些什么。

我开了那辆随时会散的福士坐气垫船到宝龙[1]，然后南下巴黎。

到巴黎时天快亮了。我跑到圣母院去祈祷。

如果在香港，你的心能碎成一百片，那么在巴黎晨曦中的圣母院，你的心可以碎成一千片了。

我租了旅馆，就住在那里，专等爹爹与玫瑰走。每日早上坐在塞纳河的"新桥"边发呆，听金发女郎们的絮絮细语。

钱花光了，打电话给姐姐们求救，她大声叫道："罗震中！你在地球哪一个角落？"

我说："巴黎。而且我的钱花光了，花都的花也不再芬芳了。"

---

[1] Pau Christophe，法国加莱港口地区小城。

"爹找你，请快回来。"小姐姐说。

"他还没走？"我意外。

"有点意外，留下来了。你快回来，有要事。"

"那么多要事，一年三百六十五日罗家都有要事，我才不信。"

"罗震中，你敢不回来！"

"好，我回，我回。"

我又开着那辆老爷车回到伦敦。

大船经过多佛海峡，风呜呜地吹，深紫色的天空，海鸥哑哑地低鸣，我几乎想连人带车一齐驶下黑色的海水，从此消失在世界上。

但是我没有那么做，我没有勇气。

我回到伦敦，站在父亲的面前，做他的乖儿子。

父亲果然有要事寻我。

他开门见山地说："震中，我有要事得回香港，我要你照顾你继母。"

我抬起了头。

父亲咳嗽一声。"震中——"仿佛有难言之隐。

"什么事？"我忍不住，"为什么你俩不是一起回去？"她早早离了我跟前，我好安居乐业。

"她不肯回香港。"父亲说到此为止，叹口气，站起来走开。

我问大姐："怎么回事？他俩吵架？"

"不是吵架，她跟你好友庄国栋有点暧昧。"大姐顿足说。

"什么？"我两只耳朵几乎掉了下来。

"庄国栋，"大姐说，"他们两个天天都约会。"

"他疯了。"

"我也这么想。"大姐说，"他要找女朋友，一卡车一卡车的随他挑，怎么会发生这种事？父亲再也不能与后生小辈去谈判，你去把这件事弄清楚。"

"我？"我退后了一步。

"你怎么样？"大姐恼怒地说，"你父亲养了你千日，用在一朝，你不愿出力，还啰唆？"

"好好，我与他去说，他现在住哪儿？玫瑰又住哪儿？"

"玫瑰住夏惠，他住老公寓。"

"我马上去。"

"你去了说些什么？当心把事情弄僵，我早知会有这样的事。古人说娶妻娶德，色字头上一把刀，这话不会有错。"

"你老了，大姐。"

我出门去找老庄。

我在写字楼把他找到了。

老庄精神奕奕，神采飞扬，整个人散发着无上的活力，是什么令他这么愉快？简直不能置信。

我冷冷地，将手臂叠在胸前，斜眼睨着他。"老庄，君子不夺人之所好。"

他并不介意，笑笑问："你的所好，还是你爹的所好？"

"我警告你，庄国栋，做人不要太绝！"我提高声音。

"是。"他说，"你生气了，震中，但是我认为你应该听我的解释。"

"你还有什么话说？你还有胆子在这里工作？"我竖起双眉，"朋友妻，不可戏，你听过没有？"

"但是我认识她的时候，"庄以清晰冷静的声音说道，"她不是任何人的妻子，她只有十七岁。"

"十七岁——"我呆住，"庄，庄……"

"就是她，黄玫瑰。震中，咱们爱的是同一个人，为之黯然伤神的，亦是同一个人，想爱而不敢爱的，也是同一个人。世界上根本没有第二个黄玫瑰，我们早应该知道了。"

我震惊。

"我已失去她一次，震中，我不打算再失去她。"他补上一句，"命中注定，震中，命中注定的，你难道还不相信命运？我结识了你，就是为了要与她重逢，冥冥中一切自有安排的。"

我镇定下来以后说："我不能让你破坏我家庭的幸福。"

"震中，"他似洞悉我的心事，"我太明白你，你自己不能爱她，可是，把她留在罗家，看看也是好的，是不是——"

我一记左勾拳出手，把他打得飞出去，撞在小型文件柜上，哗啦啦犹如大厦倾，压塌了柜子，倒在地上，乱成一堆，女职员们像刺激电影中的女角那样尖叫起来。

老庄跌在地上，他苦笑，摸一摸嘴角的血，他并不说什么。

我指着他说："你让我见到你与她在一起，我打死你。"

我转头走了。

我去找玫瑰。

还没到夏惠酒店，我的拳头已经肿得像一只拳击手套，又青又紫。

到了酒店大堂，打电话上楼，找到她，因为激动过度，说话打结。

她五分钟后下来大堂见我。

春天到了。

她穿极薄的丝衣服，飘飘欲仙。

"震中！"她横我一眼，坐下来。

我心酸地看着她。

"你打架了。"

我问："你信我，还是信他？"

"你们有话好说，怎么老打架？"

我心中打翻了五味架。"老打架？我知道你在这一生中，为你打破了头的男人不计其数，但是刚才，我不是为自己与庄国栋打架。"

"是为你爹？"

"是。"

她沉默。

"回去香港吧，玫瑰。"

她对我说："我加件外套，与你找个好地方说话去。"

我等她披件白色薄呢大衣，一同散步到附近的公园去。

我们在长凳坐下。

公园中情侣们散步拥吻，年老的公公婆婆以隔夜面包喂白鸽，气氛温馨宁静。

她细细地说："他是我第一个爱人。"

"那已是近二十年之前的事。"我说。

"为了在他那里受的创伤，我嫁了一个自己并不爱的人，达十年之久……"玫瑰的声音越来越低。

"可是你离了婚，你现在是我爹的夫人，你要忠于他！你不是想告诉我，你嫁他只是为了求个归宿吧？"

她不响，凝视远方的人工湖。

我咆哮："你难道不爱罗德庆？"

"我爱。"

"那么跟他回香港吧。"

"我要想一想。"

"想什么？"

"震中，请不要对着我吼叫，"她心虚，"震中——"

"你这一辈子伤了多少人的心？"我眼睛红了，鼻子发酸，"黄玫瑰，你根本不懂得爱情，你好比一只蝴蝶，一生出入在万紫千红的花丛中，但蝴蝶都是色盲，根本不懂得欣赏花朵。就好比你，你得尽了所有人的爱，但是你并不感激。"

"不。"她倔强地看向我，双眼闪着泪光，明亮得犹如两颗宝石，但她并没有流下眼泪，"不，每个人爱我，我都感激。"

我不可置信地瞪着她。

"震中，"她静静地说，"即使你爱我，我也感激。"

我呆住了，头顶像被人浇了一盆冷水，透心凉。

她早知道了。

我怎么可以低估她。

"震中，我不是那种人，我非常重视感情，我……"

"我知道，我在气头上故意侮辱你，我晓得你，你活在世界上，不外是为了感情。"我垂头丧气。

"我是爱过很多次，但每一次都全心全意，我也爱你父亲。"玫瑰说，"你不要污蔑我了。"

"对不起。"我说。

"我与庄国栋……我想好好看看他，我爱了他这么多年……"

"这么一段幻觉，你们当时都年轻，相识才短短一段时间，而得不到的东西永远是最好的。"

"我就是想清楚这是不是事实，他这个人存在我心底已经十多年，有时候越是模糊的印象越是美丽。"

"如果你发觉你爱的确实是庄国栋，你打算牺牲我的父亲？"

她美丽的眼睛看着远方。"我相信随缘。"

"你相信不负责任。"我赌气。

"震中，"她苍白着脸，"我知道你不原谅我。"

"我爱我父亲，"我说，"我不忍看他伤心。"我加一句："我也爱庄国栋，我亦不想看到他再一次心碎。"我仰起头。"还有我自己，我们这些人，都欠你良多，为你伤神，玫瑰玫瑰，我还能说些什么？"

她垂下眼睛，掉了一串眼泪。

我说："有选择的爱便不是爱，玫瑰，承认吧，承认你并不爱罗德庆爵士，你欣赏他尊重他崇拜他，但并不爱他。"我咄咄逼人。

她呜咽。"如果家明还在……"

她霍地站起来，要走回酒店。我连忙轻轻拉住她。

"求求你，"我说，"疏远庄国栋，为他好，也为了你自己好。"

她紧紧抿着嘴唇。

"过去的事已过去，"我说，"你看过费丝哲罗的《大亨小传》[1]没有？"

我说："你们两个人并无能力挽时间的狂澜。我知道你们的事，你们在夏日相遇，燠热的夏日夜晚，熏风下你们为恋爱而恋爱，你才十七八岁，一朵花都能引起无限的喜悦，他离开你的时候，你认为地球从此停止转动……可是玫瑰，你现在长大了呀，玫瑰，你听我说，你必须帮助你自己，自这个魔咒解脱出来。"

她闭上眼睛，又一串眼泪。

我只好递过去手帕，不忍心再说下去。

送她到酒店的一段路，才短短十分钟，我看出她内心矛盾反复地挣扎。

我伸过手去，扶住她肩膀，她向我投来感激的眼光。

我轻轻地说："让我来帮助你，搬到大姐家住。"

她软弱地点点头。

我替她略为收拾，便接她到大姐家。

大姐见到玫瑰，非常安慰，连忙报告父亲，大家对玫瑰，以

---

[1] Francis Scott key Fitzgerald, *The Great Gatsby*, 菲茨杰拉德，《了不起的盖茨比》。

爱护以忍耐。

我并不是小人，庄国栋来找我的时候，我坦白告诉他，玫瑰在我的监护下，不打算再见他的面。

老庄嘴角挨了我一拳，犹自青肿着，他瞪着我，良久不语。

"我的心情与你一样坏，老庄，咱们哥俩别说二话。我胸中像是塞满沙石，天天吃不下东西，晚上双眼红涩，像火在燃烧，但闭上眼睛，又睡不着。转眼又到天亮，又是一日，嘴巴苦涩、发酸，脑子发涨，除了玫瑰两个字，心中没有其他人，其他的事——你想想，老庄，这种日子，我是怎么过的？我是怎么挨的？我根本不是活着。"

老庄不出声。

"我当然晓得你不好过，这话你劝过我：请你控制你自己。"

老庄背转身。

"你都几乎成功了，你不是要结婚生子吗？苦海无边，回头是岸。"

"我回头，你呢？"他仍然背对着我。

"我？"我想了一想，缓缓说，"我去做和尚。"自己都觉得语气凝重凄酸，不像在开玩笑。

"你父亲只有你一个儿子，你去做和尚？"

"鱼与熊掌，不可兼得。"

"你劝得了我，为何不劝你自己？"他问。

"事情不临到自己，是不知道的。"

"震中，"他的声音非常温婉，"我与你，我与你竟是同样的命运。"

"你是宿命论者，老庄，我现在明白了。"

"我仍然要争取她，无论如何，我要争取她，你与你父亲，即使再加上一支军队，也不能阻止我。"

他转头走了。

我紧紧守护着玫瑰。

庄国栋真疯了，他的行为，与一个十多岁热恋中的孩子没有分别，他开始重新追求玫瑰。他辞去业务，日夜在我们家外徘徊、敲门。

雪融光了，花园里各色花卉开放，庄国栋英俊地、憔悴地苦笑着，毫无怨言，一次又一次，要求让他进屋子来见玫瑰，他双眼燃烧着炽热的恋火，低声下气地恳求。

大姐的心早就为他融成一堆，如果他追求的是大姐，大姐早就背夫弃子，收拾包袱与他私奔。

她开导他，他耐心听，最后那句话永远永远是："让我见一见玫瑰。"

当年他折磨过她，不待来生，他就来偿还这笔债。

玫瑰将自己锁在房内，吃饭也不出来。

她仍然美得动人心魄，纯象牙白色的皮肤，漆黑的眼睛，成熟的风韵，整个人散发着蜜之香味。美丽的玫瑰，我们都如在弦之箭，等她做出最后的抉择。

待完了这件事，我就远远离开，永别此地。

一个晚上，我听见玻璃窗上发出敲打声音，开头以为是风雨声，心才想着明早起来可观赏落红，抬头却望到一轮明月。

声音是小石子碰到玻璃所发出的。

我连忙自床上跳起来，我明白这是什么，这是咱们中学时期唤小朋友出来玩的暗号。那时大家还住着老房子，最高不过三层。石子敲在玻璃窗上，既不会吵醒别人，但又响亮。

我轻轻撩开窗帘，看到老庄站在窗下，果然是他。

他抬着头，英俊的脸充满了炽热的神情，两眼闪闪生光，身上的那套西装恐怕已有一个月没更换了，十分皱旧。但对老庄挺拔的身段并无影响，他仍然是个人见人爱的俊男。

他的石子自然不是掷到我窗上，他要的是玫瑰。

我推开了窗，玫瑰的声音在我隔壁响起。

"走开。"她的声音充满矛盾与感情。

换了是我，听到她的声音，我也不会走开。

果然庄国栋问："你为何逃避我？"

玫瑰仍然说："走开。"

"我不会走开。"他说，"好不容易爬墙进来。"

明天我就养两条杜布曼，咬死他。

玫瑰仍然说："走开，我要关窗了。"

我实在忍无可忍，大力推开窗，大声嚷："庄国栋，我警告你，三十秒钟内你不走开，我就报警。"

玫瑰被我吓了一跳，她走过来敲我的房门。

我拾起地上的拖鞋向他扔下去，他闪开，也不生气。"玫瑰。"

我大吼："滚你妈的蛋！"我提起床头的水晶花瓶，连水带花向他头上摔去，我简直想杀了他。

瓶子掉在石卵小路上，碎成一片片，亮晶晶在月光底下溅开。

"玫瑰。"老庄仍然叫她的名字。

玫瑰推门进来拉住我的手臂，她的手犹如有千斤之力，我怎忍心甩开她。

"欺人太甚！"我愤然道。

"随他去，不要跟他计较。"玫瑰恳求我。

我悲苦地看着她，只要她开口，我怎么能够推却？

她伏在窗口上对庄国栋说："你走吧。"

庄国栋说："你知道我就是走了，明天还是要回来的。"

我叫："你死了这条心吧。"

他回答我："我人死了，这条心未必死。"

我跟玫瑰说："告诉他，叫他不用在这儿充罗密欧，叫他去死。"

玫瑰哭了。

我顿时静下来。

她哭了。

她绾在头顶的秀发松了下来，披散在肩膀上，她穿着件白色缎子小夹袄，脚上并没有穿着拖鞋。

在那一刹那，我原谅了庄国栋，我原谅全世界爱玫瑰的男人，因为我是他们其中一分子。

我再看出窗去，他已经走了。

我坐下来求玫瑰。"你回香港去吧。"我疲乏地说，"我们都累了。"

她伸出手来掩住了脸孔。

我看到她戴着一只玉镯雪白，只有一斑翠绿。这只玉镯好不熟悉，这正是不久之前，我陪庄国栋在玉器市场买的东西。

我的心狂跳，我万念俱灰，我放弃。

我说："玫瑰，你自己决定吧。你如果打算跟他走，快点决定。如果要回香港，罗德庆爵士永远在等待你，也请快点，这里痛苦的不止三个人，是四个。"

玫瑰说："原谅我。"

"你这一声'原谅我'，带来多少人的痛苦？"

"原谅我。"她抬起头来。

月色下她的脸色是象牙白的，大眼睛黑漆漆的神秘而美艳。

我平静地告诉她："像你这样的女人，应该被绑在柴堆上活活烧死。"

她听了一怔，急急地夺门而出。

　　我睡不着，就在睡衣外加一件皮大衣，开动跑车出去，我也不知道何去何从。

　　我跑到一间酒馆，坐下来，叫了威士忌加冰，就此喝起来。

　　我也不知喝了多少，只听得酒保敲起小钟，表示酒馆要打烊了。

　　我摇摇晃晃站起来，只见一个华籍女郎走过来，拍我的肩膀。

　　我看着她。"好面熟，贵姓大名？"

　　"你忘了我？我是庄国栋的前女友。"

　　"啊，是，"我醉态可掬，"久仰。"

　　"我叫小曼。"

　　"你可姓陆？"我傻笑，"我可不姓徐。"

　　"我姓薛。"她皱上眉头。

　　"啊，丰年好大雪，珍珠如土金如铁。"

　　"你说什么？"她皱眉问，"你喝醉了？"

　　"是，我是喝醉了。"我靠在墙上，"你呢？"

　　她苦笑。

　　我醉眼看仔细她，她仍是那么时髦，珊瑚色唇膏，绿眼盖，我叹口气说："庄国栋不要你了？"

　　她耸耸肩。"是。"也不见得特别伤怀。

　　"你不难过？"我问她。

　　"有什么办法？"她说，"哭死也没有用的。"

　　我好不羡慕。"你已获得金刚不坏身了，你太难得，你什么都不怕？"

　　"你少讽刺人。"她说。

　　我怔怔地问她："同样是失恋，为什么有些人寝食不安？"

　　"谁？谁会为爱情寝食不安？"她诧异地问道。

"算了，你既已练得刀枪不入，就不必理会咱们这些可怜虫了。"

"先生，"酒保上来说，"咱们打烊了。"

我跟薛小曼说："走吧。"

"走到什么地方去？"她问。

"我不知道，从哪里来，往哪里去。"

"你从哪里来？"她又问。

"家里来。"

"那么回家里去。"

我点点头，与她走出酒馆，她扶着我。

"喂，"她问我，"你为谁喝成这样？"

我哈哈笑，笑完又哭。"我为玫瑰，我为的是玫瑰。"

她问："谁是玫瑰呢？"

我唱着："蝴蝶本为采花死，梁山伯为祝英台。"

我找到了车子。

"你这个情况，不适宜开车。"她扶住我。

"无妨。"我说，"你放心。"

我推开她，上车，发动引擎。

我说："有空约会你，喂，你的电话号码呢？"

她给我一张卡片，塞在我上衣口袋里。

我开动车子，向前驶去。

我大声唱着歌，又叫这辆老福士切勿辜负了我。

我驶着之字路，缓缓地格隆格隆向家驶去。我不能死，我告诉自己，罗震中，男子汉大丈夫不能找点借口就去死，你必须安全到家。

家门在望了，我欢呼一声，开了铁闸，驶进门去，不知怎的，我竟刹不住车子，一直朝游泳池冲过去。

我大声尖叫："救命，救命！"

泳池里不知道有没有水，完了，完了，我这次完了。

我急急推开车门，车子轰地跌进池内，水大力压进车厢，我几乎窒息。

"救命！"我吞着水，"救命。"

我拼命地游向池边，怕得要死，那一点酒醒了大半。

家人显然发觉闯了祸，开亮了所有的射灯，司机跳进池中来打捞我。

我抓紧司机的手不放，痛得他怪叫起来："三少爷，无妨，无妨，你松松手，我这就拉你上来了。"

我冷得颤抖起来，震惊过度，不住地抽筋。

小姐姐说："叫医生来，快叫医生！"

玫瑰提着厚毯子出来，抢着盖在我身上。

我哭起来。

小姐姐见我无事，顿时破口大骂："罗震中，我胆子都被你吓破了，你疯了？把车子驶进泳池来冲凉，你黄汤灌饱了是不是？"

我只是哭。

玫瑰说："扶他进房，让他休息。"

小姐姐顿足。"我一辈子也不要再见到这样窝囊的男人。"她回房去了。

司机与园丁将我扶到房间去。

我伤透了心，不肯换上干的衣服。

"你会伤风的，"玫瑰说，"快听我话。"

我惨叫："妈妈，妈妈。"这世界上，只剩下妈妈爱我，只有她不舍得我。

恍惚间看到母亲向我走来，长脸蛋充满戚容，微褐色皮肤依旧，手放在我背上，说道："震中，你又不听话了。"

"妈妈，不是我的错，不是我的错。"我号叫。

司机强脱了我的衣裳。

母亲叹口气。"震中，妈妈抱歉不能照顾你一辈子，妈妈实是身不由己。"她仍是那么温柔。

我饮泣。

医生一来，母亲便冉冉消失在我眼前，他替我打了针，要我多休息。

我却发了高热。

一忽儿见到玫瑰结婚了，新郎是庄国栋，父亲和我去将玫瑰抢回来，但她对我嗤着鼻，老庄对我摇头叹息，嘴角挂着一个冷笑。

随后我又来到一个有牌楼的仙境，云雾重重，我大声叫玫瑰。

玫瑰出来了，但父亲挡在她身前，父亲看着我。"震中，你想怎地？"他震怒，提起金光闪闪的宝剑要砍杀我。

我大嚷："爹爹，爹爹，我不敢！我生是罗家的人，死是罗家的鬼。"

我最爱的是父亲。

待我自噩梦中醒来，已是三天以后的事了。

小姐姐见我醒来，松口气，犹自赌气道："呸！才一百零二度[1]，就发梦魇，乱喊乱叫，叫人不得好睡，轮班服侍你。"

我虚弱地微笑。

"你都做些什么梦？"小姐姐问。

我说："爹拿剑砍我。"犹有余怖。

"叫你别上唐人街看武侠片午夜场！"她白我一眼。

_____

[1] 指华氏度。约三十八摄氏度。

　　同父同母生的姐弟，我这两个姐姐仿佛生少了一些零件长少了几条筋，她俩的思维简单得多，生活得丰足愉快。在她们眼中，我无疑是个自寻烦恼的家伙，不值得同情。

　　我别转了脸。

　　"大姐也在这里呢。"她说。

　　我不出声。

　　"这一阵子你可是交了苦运了？我倒情愿你恢复以前那种无忧无虑，做一个大快活。"

　　大姐推门进来问她："你手里是什么？"

　　"参汤。"小姐姐说。

　　"我告诉过你，这种东西是巫道，年纪轻轻的男人，喝喝就坏了，好好的西药是医生开出来的，混在一起吃，他的病不会好。"

　　"你懂什么？"

　　两个女人在我病榻前吵了起来。

　　我问："玫瑰呢？"

　　"昨夜她守在你床前，如今睡觉去了。"大姐说。

　　我不响。

　　"喝了这碗参汤，好有点气力。"小姐姐说道。

　　大姐光火。"他只是你弟弟，要这般好气力干吗？"

　　小姐姐脸都涨红。"你这个泼妇的一张贱嘴，总没些长进，不住地说些不三不四的疯话。"她抓住大姐的手臂。

　　两人扭打着走出我房间。

　　但凡三妻四妾的男人，想必是老寿星找砒霜吃，活得不耐烦了。

　　她们离开之后，我将盛参汤的那只碗转过来，又转过去。

　　我应该怎么办呢？我茫然想。

"震中。"

我抬起头，看见玫瑰站在我床头。

我淡淡地说："因我病劳驾你了。"

"你那辆福士报销了。"

我一震："啊！"

"开了很久吧？一定有感情。"她说。

啊，那辆福士，我颇心如刀割，它伴我月夕共花朝，足足七八个年头。

只有玫瑰明白我心，两个姐姐巴不得破车有这个结局。

但我一向不要什么簇新的跑车。

玫瑰说："那日其实很危险。"

我说："是，我知道，很容易淹死。"

她沉默。

"你仍不回香港？"

她不出声，脸上已瘦下一圈来。

我叹口气。"我已洗手不理这件事了，"我说，"你自己想清楚吧，我要搬出去。"

"你搬哪儿去？"她急。

"我不理你，你也别理我。"我说。

"你姐姐们恐怕也不肯。"

"哼，她们不肯有什么用，"我说，"我懒得对牢你日夜操心——吹皱一池春水，与我何干？"

玫瑰抬起头来，似笑非笑地看我一眼。

"对，我知道，你从来没要我操过心，我是狗拿耗子。"

"你说话很善用成语。"她笑。

我心都碎了，她尚若无其事，恶毒的女人。

她说："这是你湿衣服口袋中取出的一张卡片。"搁下她就走出去了。

我看那张卡片：薛小曼，老庄的旧欢。

那是一个强壮的女郎，她永远不会知道啥子叫惆怅旧欢如梦，真是她的幸福。

我放下了卡片去找老庄。

我还很虚弱，坐在公车上，活脱儿像个三期肺病患者，都夏天了，还穿着厚夹克。

我到老庄的公寓去按铃。

他来开门，白衣白裤，精神奕奕。

他很诧异："你，震中？"

我颓然说："老庄，我没有理由恨你，你认识她，比我早了十七年。"

"啊，震中，我太高兴了，你的思想终于搞通了。"他迎我入内。

我躺在他的沙发上。"咖啡！"我说。

"你精神好一点了没有？"

我无精打采。"没有。"

"打算怎么样？"

"做和尚去。"

"别开玩笑，披上袈裟事更多。"他将咖啡给我。

"你与玫瑰呢？"

"我根本见不到她。"

"啊？"我很意外。

"她很谨慎，她只答应我，她会考虑。而且老弟，且慢臭美，这并不是你从中作梗的结果，有没有你，她都会这么做。"老庄说。

我明白了，自始至终，我都不过在扮演一个小丑的角色。

刹那间我大彻大悟，头顶上如被浇了一盆冷水，由顶至踵，苦不堪言。

我反而静下来。

"你打算娶她？"我问。

"如果她答应嫁我，那自然。"他答得快。

我点点头。

"震中，你为何来个一百八十度大转变？"

"我思想搞通了。"

"不，定有其他的原因。"

我微笑，改变话题："我碰见小曼。"

"谁？"他抬抬眉毛问。

"小曼，"我没好气，"忘了？"

"哦，她。"他恍然大悟。

"是。"我问，"你不反对我约会她吧？"

"当然不反对，但为什么是她呢？"庄国栋大惑不解，"像她那样的女人也很多的，你可以从头开始。"

"我看中她的铁石心肠：失恋就失恋，第二天又爬起来做人，多么好。"我禁不住艳羡她。

老庄苦笑。"是的，这确是她的优点，她注射过感情防疫针。"

"我可不想人家为我要生要死的。"

庄笑。"你真会做梦，有人会为你要生要死？你有这样的福气？"

自然没有。

"你呢？"我问，"你打算如何？"

"我待玫瑰发落。"他说。

"你有几成希望？"

"我不知道，我很乐观。"

我问："为什么我们要待玫瑰发落？"

他很诧异。"我不知道，我是她不贰之臣，我从来不想叛变她，侍候她是我唯一的乐趣。"

"他妈的，叫人恶心、肉麻。"我骂。

"你呀，你连被她发落的资格都没有。"庄笑嘻嘻的。

这也是实话。

"我不再在乎。"我说。

"不在乎是一件事，你忘得了她？"老庄又一支飞箭射过来。

"陪我出去走走。"我说。

"我要等她的电话。"他愉快地说。

"她要找你，总会再找来。"我说。

"哈哈，我才不听你的鬼话。"他摇头。

我说不服他，只好当着他的面打电话给薛小曼，轻而易举获得约会，这女郎大方，不会叫男人痛苦。

老庄凝视我。"你以前不是这么随便的，以前你守身如玉，又不怕寂寞。"

我微笑。"那是很久之前的事了，现在我已失了身，无所谓。"

老庄忽然发怒。"这又有什么好笑？你嘴角为什么老挂一个白痴式的笑？"

"笑也不让我笑？"我还在笑。

"你变成这样，可不是我害的。"他喘息。

"我没说你害过我，我们仍是好友。"我太清楚了，即使没有庄国栋，玫瑰也不会在千万人中挑中我。

"你为什么有万念俱灰的感觉？"他摇我手臂。

"我不应万念俱灰吗？"我问。

"玫瑰战争的伤亡名单又多了一个名字。"他喃喃道。

我啊哈啊哈地干笑起来，拍拍屁股就走了。

到了约定的时间，小曼站在西区一间小酒馆门口等我。

她打扮得非常出色，鲜红线织的小外套，窄牛仔裤，平底鞋，我温和地吹一声口哨。

我说："喜欢到什么地方去？"

她说："月底了，我已破产，如果大爷你有钞票，就请我吃顿好的。"

"没问题。"

我们选了间意大利小馆子，气氛随便，但食物精美。小曼仿佛真的很饿，据案大嚼起来。

我问她："你到底是做什么的？"

"西区肯肯舞女郎。"她边吃边抬起头来。

"不要说笑。"

"我是药剂师。"

我肃然起敬。"啊。"

她笑。"三千多磅一年，又得交重税，有什么值得'啊'的。"

"为什么不回香港？"我问。

"香港又有什么在等我？"她反问。

我不知如何回答她。

"告诉你，"她叹口气，"你们这些纨绔子弟永远不会明白，大学文凭实在只是美丽的装饰品，毫无实际用途。我只希望快快寻张饭票，嫁掉算数，胜过永世沦落异乡，足够温饱。"

我忽然问："我这张饭票如何？"

她一怔。"别开玩笑。"

"真的，小曼，你看我如何？"

她笑。"喂，我们是好友，别乱说话。"

"我念法律出身，父亲是罗德庆爵士，你如嫁给我，罗家不会亏待你，以你这般身材相貌，打扮起来可不会差，何苦再独自挨下去？"

小曼凝视我。

"嫁我胜过嫁庄国栋，他是穷光蛋。我不是说人要拜金，但我们确实是活在一个真实的世界里。"

她说："我要一杯咖啡。"

我叫咖啡给她。

"如果婚后你不满意我，可以马上离婚。"

"像好莱坞电影呢，"她冷笑，"为什么要急急结婚。"

我无可奈何地说："我腹中的肉不能再等，总得找个人认了才是，你就包涵包涵吧。"

她笑得喷酒。"为什么挑我？"

"为什么不挑你？"我反问，"你适龄，又想结婚，聪明伶俐开朗，又有学识，家底清白——为什么不？"

"我吃饱了，你少胡闹，走吧。"

二十世纪八十年代的女性也尚有她们的矜持，可怜的女人们，我一生之中，见过无数的女人，只有玫瑰是胜利者。

"我送你回去。"

"啊，你买了新车。"

"是的，我的老车死了。"

她微笑。

她随我上车，我驾驶术流利，一边向她落嘴头："你看，你老公多好，有人管接管送，不必挤车。嫁了我，你也不必朝九晚五地去受洋人气，给不三不四的男人吊膀子，两餐有着落，又少不了你四季衣裳，年年有新皮裘穿，在家养儿育女，不亦乐乎？"

她不响，默默看着车窗外的风景。

"女人不外是一朵花，总归有谢落的一天，我看你也挺得差不多了，是不是？二十七八岁年纪，正是结婚的年龄，嫁我，跟我回香港，包你在亲友间吐气扬眉。

"我有什么不好？我会爱护你照顾你，咱们都是成年人，婚姻不必有太多的幻想，咱们到巴黎度蜜月，以后一切都是新的开始——你想一想。"

小曼用手掩住了脸，过了一会儿，我看到她的眼泪自指缝间流出。

我温和地说："你到家了，不请我进内喝杯茶吗？"我递了手帕给她。

她静静抹干眼泪。"我想早点睡。"

我说："小曼，明天我来接你上班，八点半？"

她想一想。"八点整。"

我点点头。

她进屋去了。

当夜我回到小姐姐那里，找她商量大事。

她问我："什么事呢？"

"你保险箱里有什么像样点的钻戒？"我问她。

"你要钻戒干什么？"她愕然。

我指着自己的鼻子说："戴在这里，流行着呢。"

小姐姐气道："你倒是恢复得快，一下子没事了，调皮过以前。"

"小姐姐，生命总得继续下去。"我摊开手。

"你要戒指干吗？还没回答我。"

"送给我女朋友。"

"啊！"她先是一怔，然后明白过来，非常洋派兼戏剧化地拥抱我，把我挟得透不过气。身子上那股狄奥小姐的香味更是刺鼻而来，我忍受不住，猛地咳嗽起来。

"死相。"她骂我。

"我要订婚了。"我说。

"跟谁？"

"一个女人。"

"很好，我情愿忍受你这种腔调，胜过你先一阵子的神不守舍。"

"戒指呢？"我说。

"我手上这只好不好？"她伸出右手。

我看一看。"不要这种破铜烂铁。告诉你，别小气，将来还不是由罗德庆爵士归还于你。"

"我抽屉里倒是刚镶好一只方钻……"她迟疑。

小姐姐终于把那只戒指交予我。

我还觉得满意，就放在口袋，她心疼，叫我收好些，又嘟哝着说不知谁家女儿好福气，一下子就混得上了青云等等。

我说："小姐姐，天下的福气都叫你一人享了去不成。"

我回到房间，也不想什么，心中其实没有深切的悲哀。我的心已死，我的心已碎，但是不知怎地，我的眼泪汩汩而下，我哭出声来，像一只受伤的猪猡，啊啊嚎叫。

我怕她们听见，用被蒙住了头。

但我知道，从此以后，我不会再哭。

正如庄国栋所说，一切都是注定的，谁是谁非，不必多说。

至少在这整件事的过程中，我搭救了薛小曼。第二天一早，闹钟把我惊醒，我摸摸口袋中的戒指盒子，摸出门口去。

小曼坐在她公寓楼下吃三明治，见了我，乍惊还喜，神情复杂。

我自门口花圃采下一枝玫瑰花交予她手中，取出指环，套在她左手无名指上。

我说："我们在伦敦结婚，回香港请喜酒，你今天到公司辞职吧。"大功告成。

她呆呆地看着我。

过了很久她说："我以前是庄国栋的女朋友。"

我拍拍小曼肩膀。"如果你不是老庄的女友，也是其他人的女友，过去的事，谁关心呢？小曼，今天起，你是我的未婚妻。"

我接她上车，送她到公司，把车钥匙交在她手中。"你自己开车回家，当心点。"

她点点头。

"别担心，你会爱上我的。"我挤挤眼。

她拉住我的手，想说话又说不出口。

我安慰她："我早在夏惠吃饭那夜，就看中了你，当时苦无机会。小曼，现在真是皆大欢喜。"

我向她招招手，踏上计程车。

其实不过因为她是最近最方便的一个，然则有什么分别呢？

一切都是注定的。

我乘车到市区的大时装店，叫女店员取出十号的衣裳，一挑就一大堆，都送给小曼。

我有大量的爱，我要将我的爱送予乐于接受的女人。我不想再在玫瑰身上锦上添花。

我签出了支票，走出店铺。这倒是一个晴朗的好日子，罕见的阳光照在我身上，我将双手插在口袋里，踯躅在街头。

我失去的只是一颗心，旁人不会觉察到。我解嘲地想，总比失去一只眼睛或一个鼻子好得多。

一个乞丐走来问我要钱："先生，一杯咖啡。"

我说："拿去买一瓶威士忌。"给他一张大额纸币。

他震惊地站在那里。

我不再守住自己。

回到家里，我大嚷："来人哪，三少爷要茶要水。"

大姐苍白着脸出来。"震中！"她递过来一张电报。

我接过，上面写着：罗爵士病重，请即返。署名的是他的家庭医生。

"什么病？"我失声怪叫。

"我已订了六张飞机票,"大姐说,"马上回去。"

"六张?哪儿来六个人?"

小姐姐抢着说:"咱们两对,玫瑰与你,不是六个?"

我冷笑。"我还以为回去分家产呢,原来是趁墟[1],敢情好,原来孝顺儿孙古来多!"

小姐姐气结。"罗震中。"

"我与我未婚妻一起走,"我气愤地说,"我可不管你们。"

我拨电话给小曼,她已经回到公寓。

我命令她:"马上订两张机票回香港,愈快愈好,我父亲病重,我们回去看他。"

她一连串的"是"。

娶妻总得娶大学生,办事能力都高一些。

我放下电话,走向偏厅,玫瑰坐在窗前。

我淡淡地说:"你如了愿了,是不是?"

玫瑰抬起头来,嘴角倔强,她什么都不说,眼神闪过一丝轻蔑。

她看不起我,是因为我乘人之危,说话叫她难受。

我长叹一声。"你打算怎地?"

她仍然一语不发,抱住手在窗前,背对着我。我说:"玫瑰——"

她忽然发火了。"你走开好不好?"她急促地道。

我退后一步。

她的长发披在肩上,大眼睛分外地乌黑闪亮,嘴唇特别地薄,脸色罩满阴霾,威仪有加,她沉着声音说:"走开。"

我顿时觉得自己像一只苍蝇,我转头便走出偏厅。

我有什么资格骚扰她这许久的日子?一切都是她与罗德庆之间的事,她是他妻子。

---

[1] 赶集。

我枉做了小人。

我驾车去接小曼。

时装公司已把我买的衣物送到她处，堆满了桌子，她将脸埋在七彩缤纷的绫罗绸缎之中，并不出声。

"小曼。"我叫她。

她跳起来。"票已经订好了，今夜起飞。"

"我们一起回去吧。"我说。

"你爸爸不会有事吧？"

"应该无事吧，五十多岁，正当盛年。他身体一向很好，但也很难说，许多朋友，才三十岁左右，洗一个澡就死在浴缸里，无名肿毒，查也没的查。"

"震中。"她叫我一声。

我握住了她的手。

"谢谢你。"她说。

"什么话。"我很温和。

小曼的脸很秀丽，她实是一个出色的女子，我们婚姻的客观条件是这样好，简直是培养感情的最佳温床，包管能够相敬相爱，白头偕老的。

我环顾她简单的小公寓说："这地方太潮湿，我们还有四五个小时，你收拾一下，我替你找一间较好的公寓。"

"我在这里住了四五年了。"

"难怪你身体那么差。"我笑，"这简直是蜗居。"

"反正回香港，也不必搬了吧？"她试探着，语气出奇地温婉。

一个女人是一个女人，给她们机会，她们就恢复本来面貌。我有种感觉，小曼将放弃她那女强人本色，回到厨房厅堂去做一个好妻子。

我们会很幸福。

为什么我每说完一句话，都仿佛听见回音，在我脑中响起，如此空洞虚无？

我不敢再想下去。

小曼问我："你喝什么？我尚未知道你习惯喝什么？"

"别担心，盲婚有盲婚的好处，慢慢发现对方的优劣，兴致盈盈。"我笑。

"我始终觉得这么快订婚是不对的。"她别转脸。

"别再犹豫。"我叹气，"现在我需要你。"

"你可担心你父亲吗？"

"心急如焚。"

"你控制得很好。"小曼说。

"我在别的事上，一向控制得很好。"

电话铃响起来，小曼将铃声拨得很低，只发出一阵沙哑的呜呜声，像一个人在哭。

她取起话筒，听了三分钟，尴尬地将话筒交予我。"是庄国栋找你。"

"跟他说，他们的事与我无关。"我淡然说。小曼很服从。"他说你们的事与他无关。"她放下电话。

我又说："给我一杯威士忌加冰。"

小曼进厨房去。

这间破公寓，连中央暖气都没有，怎么熬过一年一年？真难为她：做一份辛苦的工作，还得打扮得如此蝴蝶，她也有她的苦衷，并不如外表那么活泼开心吧？每个人都如一本书，都有可观之处，只是有些封面设计得太差，不能引起读者打开扉页的兴趣。

我自她手中接过威士忌，喝一口。

　　小曼问："你喝得很多吧？"

　　"是。"我说。

　　我说："老庄抽烟，我喝酒，我知道酒对身体无益，基于我不想活到一百八十岁的缘故，也就不想戒。"

　　她不出声。

　　我说话是鲁莽了，于是又补救："如果你一定要我戒……"

　　她爽快地说："算了，别越描越黑，这点气我可以忍受，天下没有十全十美的事，我若受不了，就回医院做药剂师，可是看你一个人的面色，总比看全世界人的面色好。"

　　我亦不出声。

　　小公寓内的气氛弄得很僵。

　　门外一阵急剧车声，有人冲出来拼命拍门。我当然知道是谁。

　　"去开门。"我对小曼说。

　　小曼开了门，就回避到厨房去。

　　老庄冲过来问："玫瑰要回香港？"

　　"我老子病重。"

　　"这么巧？"

　　"你问我，我问谁？"我冷冷地说。

　　"你也一起回去？"

　　"小曼也去，今夜的飞机。"

　　"我跟玫瑰走。"

　　"好得很，我们可以包一架专机，声势浩荡地赶回去探病。"

　　他握紧拳头。"她不能回去，她不能回去，我眼看胜利在望，她不能回去！"

　　"你不是最相信命运吗？"我问，"既然一切都已注定，你急也无用。"

"震中，如果你不同情我——"他住了嘴。

我们三人静得离奇。

小曼捧出了咖啡，她说："我要与震中结婚了。"

老庄抬起头来。"恭喜你，震中会是个好丈夫。"很明显，他已经魂不守舍。小曼过来站在我背后，我握住她的手壮胆。

庄说："我现在马上去订飞机票。"他站起来了。

我们一家七口赶往飞机场，在候机室又碰到庄国栋，人事错综复杂，大家又不打招呼不说话，像是华人黑帮回香港集会，个个板着脸皱着眉头。

飞机上我叫小曼与玫瑰坐，我与老庄，两个姐姐姐夫一对对，几乎霸占了头等舱一半座位，非常有气势的样子。

我一直喝酒，选的是毡[1]，喝了上厕所，去了厕所又回来，渐渐就松弛了。开始引老庄说话，他不答我，眼神非常空洞。

我自顾自地说："我想我爱我母亲多点，她病的时候，我要难受得多。抑或当时我还小，根本不懂得借酒消愁？"

没有人回答我。

我大声唱："借酒消愁愁更愁，酒入愁肠，化作相思泪。"

仍没有人睬我。

连小曼也不理我，他妈的她把我当饭票，一点真感情也没有。

我大叫起来："小曼小曼，快来安慰我。"

大姐过来说："你发什么酒疯？"

小姐姐说："给他一粒安眠药，叫他睡觉。"他们灌我吃药。我大喊："谋杀，谋杀，你们只要我静默，不许我说话，又不爱我，没有人爱我——"

[1] Dutch Gin，荷兰金酒。

小曼过来，将我的头放在她肩膀上。"你躺一会儿，我会爱你的。"她的声音坚强有力。

大姐门槛很精，马上去坐玫瑰身边，老庄只好挪到别的座位。

我放心了，闭上眼睛。飞机轰轰地开出去。咱们一家子最笨，搭飞机也趁凑热闹，全挤在一块儿，有什么三长两短航机摔下来，罗爵士偌大的家产就没人承继了。

我忍不住哈哈笑起来。

小姐姐嘟哝说："罗震中距离崩溃的日子已不远了。"

这是我听到的最后一句话，我睡着了。

到香港的时候大姐猛推我。

来接飞机的是老黄与老黄妈。司机开了两辆车出来才够用。

大姐向老庄开炮："庄先生，咱们要上车了，你让开些。"他虽没对玫瑰怎样，但也看出她心中不满。

玫瑰木着脸，长长睫毛闪得阴晴不定，她头一个上车，我与小曼跟第二辆车。

我的酒自然已醒，剩下的是头痛。

坐在车内，我浑身抽紧，拍着前座老黄的肩膀。"老爷怎么了？"

"老爷……"他说不下去，低着头。

"说呀！吞吞吐吐干什么？"

他又说："老爷很不舒服……"

"废话？"我骂，"几十年来，老黄你都以蠢钝著名，我是问你，他可有生命危险？"

小曼说："他老实人，吓慌了，你别逼他吧。"

老黄坐在司机旁边，低着头，不出声。

我问司机："老爷到底怎么样？"

"三少爷，咱们是外边的用人，见不到老爷。"他答。

我心扑扑跳。"可是不行了？"

司机说："老黄妈前两日到处找老山参。"

我心凉了一半，都说参汤可以吊命，吊到儿孙赶回来见最后一面……

忽然我悲从中来，我父亲，我放声大哭起来。

老黄急急道："三少爷，三少爷。"

我说："我一直令他失望，我不是一个好儿子，我不是一个好儿子。"

老黄细细声说："三少爷，现在发奋还来得及。"

我把头靠在小曼肩上，小曼一言不发，紧紧搂着我。

我猜就是在这一刹那，我对小曼有了真心。

我发誓如果爹爹可以康复，我会做他的好儿子，做牛做马，在他写字楼做后生，此后年年月月日日，孝敬他，不再往外国流浪逍遥。

车子到了家门，我跳下车来，但是玫瑰比我更快，她急步奔过花圃，在草地上摔了一跤，我过去扶她，她身上的一套浅紫色西服跌得满是泥斑，也不顾那么多，抢先奔进大门。

女用人迎出来。"太太。"

"老爷呢？"她急急问，"老爷呢？"气急败坏，声音是颤抖的。

"房里，太太，你衣服——"

玫瑰的膝盖擦破了，在淌血。

我看到我们家的王律师与张医生自书房走出来。

这时姐姐与姐夫们也进到屋子，济济一堂。

张医生说："罗爵士刚睡，别打扰他。"

玫瑰说："我要看他。"

"他说过不见任何人。"张医生斩钉截铁地说，"如果你们还尊重他，就不要违反他的意愿。"

玫瑰含泪坐下来。

我默默无声。

爹爹对我们彻头彻尾地失望。我的心痛得要掉出来。

"请大家到书房来。"王律师说。

大姐头一个瞪眼。"到书房干什么？"

"有关家产的事——"王律师咳嗽一声。

小姐姐尖叫道："我不要听，我不要听，我不要家产，我只要我爹爹！"

我过去与小姐姐拥抱，啊，毕竟是姐姐，心事与我一样。

大姐沉声说："我最恨你们这些律师，忙不迭执行任务，你站在这里就是个不祥人！告诉你，别人家或许需要你，鸡毛蒜皮的财产都争个半死，这里用不着你，走走走，我们不要分什么。"

王律师无端端挨一顿骂，傻了眼。

我去打开大门。"走！"差点说"滚"。

玫瑰取出一只水晶烟灰缸朝他扔过去，差点打中他头颅。

王律师大失风度，回骂："你们罗家人简直是野蛮人！"他拔足飞奔走了。

我指着张医生说："还有你，我要见我的老子，不用你挡在中央，我姓罗，他姓罗，你姓什么？这是我未婚妻，那是我姐姐、姐夫，那边是他的妻，让开。"

罗德庆爵士夫人成了野玫瑰，她扬起浓眉，黑漆漆的大眼睛闪闪生光。"你走开，他是我丈夫，有什么事我来负责。"

我们一家人一拥而上，把张医生吓得退后三步。

玫瑰手才碰到房门，忽然掩面而泣。

我们都静下来。

玫瑰哽咽。"我怕，我怕我没有赎罪的机会了。"

忽然之间，我们身后扬起一阵豪迈的笑声——"哈哈哈哈，好，好。"

我们转过头，一见之下，如雷击般呆在那里，作不得声。

这不是爹爹？

法兰绒西装，贝壳粉红的衬衫，容光焕发，神采奕奕，我们个个如呆鹅似的站在他面前，作不得声。

玫瑰脸上的泪珠还没有干，她颤着声道："德庆。"

爹爹张开了手臂，把她搂在怀里。

我马上明白了，怪叫欢呼："姐姐，姐姐，这老奸巨猾的装病吓我们，把我们这班鬼灵精唬得一愣一愣的。"

大姐刮打我的背部。"你这死鬼，口没遮拦。"

她随即说："爹爹，你把我们吓疯了。"

玫瑰揽住他的腰，闭着眼睛，一言不发，只是流泪，也顾不得有这么多人看着，她将脸紧紧靠在爹胸前，爹用手摸着她的头。

小姐姐大大地松了一口气，瘫痪在沙发上。

大姐喃喃说："爹真是的，装病，罗德庆爵士怎么会有这种锦囊妙计！"

大姐夫说："虚惊一声，好叫你们晓得老爷子的重要。"

"真的，"大姐说，"我只觉得一颗心如要从口腔中跃出来一般，控制不住，真有什么事，我头一个……"

爹笑。"这事迟早要发生的。"

"迟好过早。"我说，"但凡人，都懂得逃避现实，躲得一时是一时。"

爹点点头。"你们都很好。"

"不要脸，"我犹自不服气，"出到装病这一招，好不低级趣味，简直离谱，为老不尊。"但我心中犹如放下一块大石，好不快活。

爹笑。"有时做人要出点绝招，否则你们到得齐全？"

我说："姜是老的辣。"

大姐说："没辙。"

小姐姐说："被他吓死了。"

老黄笑眯眯地进来，我揪住他。"我不放过你，你这老头！"

大姐说："老黄，你忠心耿耿得很。"

老黄咻咻地笑。

小姐姐说："最可怜的是张医生与王律师，无端端给咱们骂个贼死。"

爹说："哎……这可是我的未来媳妇，怎么冷落了这个宝贝蛋儿？过来我瞧瞧。"

我赌气拉住小曼。"别过去。"

小曼笑眯眯地挽住我的手走过去。

爹上下打量她，点头，"很好，可是你要多多包涵我这个儿子，他——"

我插嘴："算了，你别教训我，爹，我以后什么都听你的。"

小曼瞟我一眼。"戒酒呢？"

我举起双手做投降状。"我决心做老婆奴，戒戒戒。"我握紧她的手。

我充分明白了，经过这次，我了解到，在父亲与玫瑰之间，我选的是父亲。我爱过，爱去了，我又恢复了自己，我想我不是情圣，我不能像老庄那样，一辈子痴缠一个人。

我不是那块料子。

谢谢主我不是那块料子。

忽然之间我浑身轻松起来，一切烦恼一扫而空，在爹身边转来转去。

小姐姐朝我瞪眼。"怎么？你不避开爹爹了？"

我眨眨眼，不出声。

爹说："要成家立室了，做人父亲了，他自然不想他儿子也避他。"

玫瑰一直不出声。

但事情再明白不过，爹爹已胜利，赢回了玫瑰。

爹爹，战无不胜、攻无不克的罗德庆爵士。

但我没有再见到庄国栋，他闷声不响地走了。

玫瑰一日与我详谈，我带着惭愧、害羞又坦然的神情坐在她对面。

她声音低不可闻，但我侧着身子聆听她。

她说："真糊涂，竟犹疑了那么久。"

没头没尾，但是我留神地听下去。

"直到知道德庆说他病了，我蓦然发觉，我生命中不能缺少这个人。"

"我也是。"我说，"我不能没有爹爹。"

"于是我对庄说，我将永远是罗家的人，以前是以前，过去是过去。"

做得太对了，玫瑰。

"可是……"她柔情似水地说，"那些美丽的日子啊，我与他度过，刻骨铭心的思念，十年如一日，我悄悄伤神，现在想起来，只觉如一本爱情小说的情节一般，遥远而美丽，却与我本人无关，但因这个人，又明明转变了我半生的命运。如今我只知道，我爱的是罗德庆，这是他，不是别人，他不能失去我，我也不能失去他，我们将白头偕老。"

我很感动，玫瑰的真挚，令我又一次地感动，我发觉我的眼睛红了。这个女人真是祸水。

"老庄呢？"我问。

"我不知道。"

"你不问他？"我着急。

"我怎么问他呢？"玫瑰诧异地说，"他既与我无关，我何必还关注他的喜怒哀乐。"

玫瑰说："庄是一定痛苦的，而我的安慰一定是虚伪的，干吗要多此一举？"

我呆住了，只有至情至性的人才会说出这样的话来，我为父亲庆幸获得这样好的妻子，但是一将功成万骨枯，可怜的老庄……

"他现在何处呢？"我急如热锅上的蚂蚁。

但玫瑰可不理那么多，她笑吟吟的，毫无心事般，跟着老爹到百慕大晒太阳去了。

我真不明白这女人，这个可怕的女人，一切可怕的女人，老庄呢？

我愤恨地把这个故事告诉小曼。自然，像所有的人一样，以罗生门的方式倾诉，隐去自己的过失，一笔勾销，一言不提，单单攻击别人。

我说："你想想，老庄哪儿去了？他会不会有所不测？你了解他，以他那独一无二的性格，不留下片言只字而失踪，你想想……"我不敢想下去。

小曼不出声。

后来我发觉，她是不便出声。

尽管以后大家都过着幸福的日子，我心中对老庄仍具歉意。

姐姐与姐夫们仍回英国去协助老爹的事业，老爹与玫瑰形影不离，是城里人公认最美丽的一对。而小曼，渐渐崭露头角，开始出风头，做杂志封面，名牌时装穿在她身上，相得益彰。新一辈的名媛迫不及待地与她交往，因她是罗德庆爵士的未来媳妇，我则与小曼维持着长期订婚的状态，因目前流行这样的关系——

有什么不愉快呢？一切十全十美。

但该死的，我挂着老庄。

他仿佛是消失在空气中了。

很久很久之后，我收到一封信，从印尼泗水寄出。

小曼把信交我手中，诧异地问："谁认识猎头族的人？"

我装个吹毒箭的样子吓她。"呼，呼！"心中也奇怪。

把信拆开来，熟悉的字迹，竟是老庄写的。我怪叫起来。

信中说："震中，如果世上尚有人记挂我，那应该是你。你以为我已杀身成仁了吧，而事实并不如此，添张恐怕是我们之间，唯一大智大勇的人。我现住泗水，每日在街上游荡，替水手们做导游，又为外国通讯社做些散工，以图温饱。偶尔想起你，震中，真是感慨万千。我一生失去玫瑰两次，也属福气。自此以后，我看不出发奋图强有什么好处，为了我所爱的女人，我再不能做一个正常的人，但是你放心，我会活至老死。他们说，当你走下坡时，速度是快的，我已四十二岁，快了。国栋。"

我用拳头擂着桌子，喃喃地说："老庄，老庄。"

情海变幻莫测，情可载舟，亦可覆舟，可是请问谁又愿置身一池死水之中，永无波澜？

图书在版编目（CIP）数据

玫瑰的故事 /（加）亦舒著 . -- 长沙：湖南文艺出版社，2021.5
ISBN 978-7-5726-0103-3

Ⅰ . ①玫… Ⅱ . ①亦… Ⅲ . ①长篇小说—加拿大—现代 Ⅳ . ① I711.45

中国版本图书馆 CIP 数据核字（2021）第 036203 号

上架建议：畅销·小说

MEIGUI DE GUSHI
玫瑰的故事

作　　者：[加]亦舒
出 版 人：曾赛丰
责任编辑：匡杨乐
监　　制：毛闽峰
策划编辑：李　颖　陈　鹏
特约编辑：周子琦
营销编辑：刘　珣　焦亚楠
版权支持：姚珊珊
封面设计：尚燕平
版式设计：李　洁
出　　版：湖南文艺出版社
　　　　　（长沙市雨花区东二环一段 508 号　邮编：410014）
网　　址：www.hnwy.net
印　　刷：三河市兴博印务有限公司
经　　销：新华书店
开　　本：775mm×1120mm　1/32
字　　数：278 千字
印　　张：11.5
版　　次：2021 年 5 月第 1 版
印　　次：2021 年 5 月第 1 次印刷
书　　号：ISBN 978-7-5726-0103-3
定　　价：52.80 元

若有质量问题，请致电质量监督电话：010-59096394
团购电话：010-59320018